南海观音菩萨像

民俗文化丛书

# 观音菩萨传

◆ 南海观音菩萨出身修行传
◆ 观音菩萨出身修行传

普通 编注

文化艺术出版社
Culture and Art Publishing House

图书在版编目（CIP）数据

观音菩萨传 / 普通编 . —北京：文化艺术出版社，2012.1
ISBN 978-7-5039-5325-5

Ⅰ. ①观… Ⅱ. ①普… Ⅲ. ①章回小说—小说集—中国—清代 Ⅳ. ①I242.4

中国版本图书馆 CIP 数据核字（2011）第 282821 号

---

## 观音菩萨传

| | |
|---|---|
| 编　　注 | 普　通 |
| 责任编辑 | 阡　陌 |
| 装帧设计 | 李　鹏 |
| 出版发行 | 文化艺术出版社 |
| 地　　址 | 北京市东城区东四八条 52 号　100700 |
| 网　　址 | www.caaph.com |
| 电子邮箱 | s@caaph.com |
| 电　　话 | （010）84057666（总编室）　84057667（办公室）<br>（010）84057696—84057699（发行部） |
| 传　　真 | （010）84057660（总编室）　84057670（办公室）<br>（010）84057690（发行部） |
| 经　　销 | 新华书店 |
| 印　　刷 | 国英印务有限公司 |
| 版　　次 | 2012 年 1 月第 1 版<br>2023 年 5 月第 3 次印刷 |
| 开　　本 | 700×1000 毫米　1/16 |
| 印　　张 | 17.125 |
| 字　　数 | 200 千字 |
| 书　　号 | ISBN 978-7-5039-5325-5 |
| 定　　价 | 49.00 元 |

版权所有，侵权必究。印装错误，随时调换。

# 目录

观音菩萨漫谈 …………………………………………………………… 1

## 南海观音菩萨出身修行传

第一回　庄王往西岳求嗣 …………………………………………… 3

第二回　岳神奏上帝 ………………………………………………… 6

第三回　妙善公主降生 ……………………………………………… 8

第四回　朝中招选女婿 ……………………………………………… 10

第五回　妙善不从招赘 ……………………………………………… 12

第六回　妙善后园修行 ……………………………………………… 14

第七回　庄王夫妇园中劝女 ………………………………………… 16

第八回　采女奉旨劝公主 …………………………………………… 19

第九回　三公主坚辞父王 …………………………………………… 22

第十回　妙善往白雀寺 ……………………………………………… 24

第十一回　寺中神将助力 …………………………………………… 26

第十二回　庄王火烧白雀寺 ………………………………………… 29

| 第十三回 | 妙善云阳赴死 | 32 |
| 第十四回 | 妙善魂游地府 | 35 |
| 第十五回 | 妙善还魂逢释迦点化 | 38 |
| 第十六回 | 香山修禅点化善财龙女 | 41 |
| 第十七回 | 妙善化身治病 | 44 |
| 第十八回 | 妙善揭榜入国 | 46 |
| 第十九回 | 妙善入宫视病救活二姐 | 49 |
| 第二十回 | 仙人手目调药 | 53 |
| 第二十一回 | 妙善驾云归香山 | 56 |
| 第二十二回 | 狮象托身拖去清音 | 58 |
| 第二十三回 | 庄王被魔受难 | 62 |
| 第二十四回 | 善财领兵收妖 | 65 |
| 第二十五回 | 妙善救得君臣返国 | 69 |
| 第二十六回 | 妙善一家骨肉完聚 | 72 |

## 观音得道

| 第一回 | 溯源流书生说法　警痴顽菩萨化身 | 79 |
| 第二回 | 浊酒三杯凉亭小宴　明珠一颗好梦投怀 | 83 |
| 第三回 | 怪老人妙舌说慈航　小公主停哭听佛偈 | 87 |
| 第四回 | 物色乘龙欲传大位　闲观斗蚁引动慈心 | 91 |
| 第五回 | 救孤蝉公主受伤　医创瘢国王悬赏 | 95 |

第六回　众庸医都无丹鼎药　怪修士指说雪山莲…………99

第七回　须弥山迦叶寻莲　兴林国宝后受病…………103

第八回　留偈语暗藏后事　感死生了悟禅机…………107

第九回　梦见佛容喜出望外　违逆父命罚作灌园…………111

第十回　祝寿筵前畅言旨妙　再贬厨下杂作苦工…………115

第十一回　一念精诚感彼宫女　半宵操作怜此劳人…………119

第十二回　鉴精诚老父回心　愿修行女奴宣誓…………123

第十三回　兴土木重修金光寺　定良辰舍身耶摩山…………127

第十四回　试金刀斩断六根　入空门静观三界…………131

第十五回　一念兴定中尘劫现　功行满心上白莲生…………135

第十六回　了因缘往朝须弥山　施米谷安度神鸦岭…………139

第十七回　遇善士指点前程　恋风景旁生枝节…………143

第十八回　金轮山大师被劫　塞氏堡同伴求援…………147

第十九回　草履几双黑人争去　圣尼一位白象驮来…………151

第二十回　妙善师赤足赶行程　加拉族游牧居沙漠…………155

第二十一回　卢庄求宿又遇因缘　糯米相贻治愈痼疾…………159

第二十二回　天马峰歼除虎患　玻璃城路得光明…………163

第二十三回　上高峰巴蛇吞象　入幻境神将击人…………167

第二十四回　遇白熊三尼装假死　避灵猿七步学朝真…………171

第二十五回　绝岭登临迷津悟彻　高谈往事竖子弄人…………175

第二十六回　苦行千般道成九品　当头一棒喝破三千…………179

第二十七回　观自在南海清修　悯苦厄中原化度…………183

第二十八回　洒甘霖救济旱灾　卖鲜鱼感化下士…………187

第二十九回　责贡蛤蜊民不堪命　消除疫疠手到生春…………191

第三十回　游五台夷奴盗法像　拒寇乱菩萨现奇容…………195

第三十一回　莲花峰番僧面壁　少林寺李全招降…………199

第三十二回　少室山大士退红军　洛阳市群生照宝镜…………203

第三十三回　幻香梨小警贪顽　托梦兆庇护善士…………207

第三十四回　水月朦胧慈容隐现　情怀荡漾浪子操刀…………211

第三十五回　详偈语擒捉康七　入空门剃度一峰…………215

第三十六回　画观音指示善士　卖药草忻逢孝子…………219

第三十七回　治危病煎服薄荷汤　医痲症传说观音柳…………223

第三十八回　严居士建造白衣庵　刘贤妇割股疗姑疾…………227

第三十九回　吴孝子万里寻亲　观世音几番现示…………231

第四十回　钩金鳌解除苦难　归南海结束全书…………235

# 观音菩萨漫谈

在我国民众奉祀的神明当中，观音菩萨是最显赫者之一。观音由印度神祇而本土化，由佛教神祇而大众化，他的身世，他的性别，他的形象，他的行止，他的神职……在在都那样曲折纷繁，说来神奇，听来有趣。

## 观音菩萨的名号

观音菩萨的名号，通行的是"观世音菩萨"。在谈"观世音"之前，我们还是先了解一下"菩萨"的含义。

菩萨是梵文音译"菩提萨埵"、"菩提索多"的略称，意思为"觉有情"、"道众生"、"道心众生"，也译作"大士"、"开士"、"高士"、"圣士"、"无双"、"法臣"、"法王子"等等。由此可知，"菩萨"是一个"类"的概念，并不指某个特别的人，除了我们熟知的"四大菩萨"，还有所谓"八大菩萨"、"十二圆觉菩萨"，甚至有五十一阶位次之分，可见其类数目之众。

其实，在佛教里，"佛"（佛陀）也是一个类概念，原指修行所达到的最高一级果位，后来才专指释迦牟尼佛，同时有些情况下也指别的。菩萨是仅次于佛的第二等果位，释迦牟尼成佛之前也被称为菩萨，这在佛经中屡见不鲜。

菩萨与佛到底有怎样的区别呢？佛教有正觉、等觉、圆觉之分。正觉是指对一切法的性状，无增无减地、如实地觉了，专就自身而言，也称"自觉"。等觉也叫遍觉，不仅自觉，而且能平等地、普遍地使他人觉悟，所以

也称"他觉"。圆觉是指自觉、觉他的智慧和功行都已经达到最高的、最圆满的境地,所以也称"无上觉"。佛是上述三种觉都具备了的,而菩萨则是抱着宏大的志愿,要将自己和一切众生度出苦恼而得到究竟安乐(自度,度他),要将自己和一切众生脱出痴愚而得到彻底觉悟(自觉、觉他)的人。

需要指出的是,观世音本已成佛的,称作"正法明佛"或"正法明如来",只是为了济渡众生,又现菩萨之身,而在未来阿弥陀佛涅槃之后,又要现成佛相。《大悲经》说:"观世音菩萨不可思议威神之力,已于过去无量劫中,已作佛竟,号正法明如来。大慈愿力,安乐众生,现作菩萨。"《悲华经》、《观音授经记》均说到了观音将来成佛事:"于西方极乐阿弥陀涅槃之后,观音成佛,名遍出一切光明功德的如来。""阿弥陀佛灭度之后,补处而号普光功德如来,均为方便示现也。"

回头再说"观世音"。

观世音是梵文的意译,也译作"光世音"、"观自在"、"观世自在"等。音译为"阿婆卢吉低舍婆罗"、"阿缚卢枳低湿伐罗"等。

而观世音名号的出典,通常谓源自《妙法莲华经·观世音菩萨普门品》:

观世音以何因缘名"观世音"?佛告无尽意,菩萨善男子。若有无量百千万亿众生受诸苦恼,闻是观世音菩萨,一心称名"观世音菩萨",即时观其音声,皆得解脱。

也就是说,身陷苦难中的众生,只要诵念观世音菩萨的名字,就可得到解脱。

唐朝时,为了避唐太宗李世民的名讳,略去了"世"字,简称"观音"。以后,这个称号一直沿用至今。

不过,观音菩萨还有许多别称,大多也源自佛经,或与佛经有关。诸如:燃索、千光眼、施无畏者、大悲者、救苦菩萨、圆通大士、普门大士、白衣大士、南海大士等。

佛教密宗则以"正法金刚"为观音菩萨的密号（密宗对其所奉佛菩萨或所授传法灌顶弟子的特有称号），同时与阿弥陀佛同号"清净金刚"（因密宗认为观音为弥陀的同体化现）。

## 观音菩萨的身世

观世音的来历颇为久远，可以追溯到公元前7世纪的印度。那时佛教还没有产生。据印度婆罗门教的经典《梨俱吠陀》记载，当时的天竺（印度的古称）有个观世音，是一对孪生的小马驹，又叫双马童神。它是婆罗门教的善神，象征着慈悲和善，神力宏大。它能使盲人复明，病者康复，残者健全，不育女性生子，公牛产乳，朽木开花。这对"观世音"在当时受到天竺人民的普遍信奉，《梨俱吠陀》中有不少对双马神童的颂歌。

公元前5世纪，释迦牟尼创建了佛教，吸引一部分婆罗门教徒改信佛教，对"观世音"的信仰也被带到了佛教中。公元前3世纪，佛教大乘教产生，佛教徒们考虑到佛教中也需要一位善神，便将婆罗门教的"观世音"正式接纳，成为佛教的慈善菩萨，名叫"马头观世音"。那时的观世音，其形象依旧是一匹可爱的小马驹。到了公元前后，佛教徒考虑到诸菩萨都是人身，便将马头观音改作男人身。于是，观世音菩萨由一匹小马驹变成了一位伟丈夫。

马头观音，又称"马头明王"，为"六观音"之一，形貌威猛

马头观音也叫马头明王(天台宗则称为"师子无畏观音"),后来成为佛教密宗所传的六观音之一。马头观音的密宗造像形貌愤怒威猛,正面顶上为马头,有摧伏妖魔之势。这与汉地显宗流行的观音像大为不同。

佛教徒在接纳、改造婆罗门教的善神为慈善菩萨之后,又为他编造了一份"履历",以使其渊源有自,令人信服。这一次,观世音像释迦牟尼一样,成了天竺国的一位王子。《悲华经》载:

有转轮圣王,名无净念。王有千子,第一太子名不眴,即观世音菩萨;第二王子名尼摩,即大势至菩萨;第三王子名王象,即文殊菩萨;第八王子名泯图,即普贤菩萨。

佛教的所谓"转轮圣王",是凡间最圣明的君主。后来,这位转轮圣王成了佛,即阿弥陀佛(无量寿佛),掌管西方极乐世界。而太子不眴曾发下宏愿,要解除世间一切众生的苦难,所以宝藏如来给他起名叫"观世音"。经过数十年的修炼,不眴也成了佛,号称"正法明如来"。只是为了启发一切菩萨的愿行,使一切众生成为佛种,获得安乐,这位正法明如来佛示现菩萨身,辅助佛,弘化佛法。这样,他成了父王——阿弥陀佛的左胁侍,弟弟大势至菩萨成了父王的右胁侍。

上述《法华经》只说观音菩萨兄弟二人是王子,却未说为何人所生。有的佛经则说他们兄弟是莲花所生。《观世音菩萨得大势至菩萨授记经》说:"昔金光狮子游戏如来国,彼国中无有女人。王名威德,于园中入三昧,左右二莲花化生二子,左名宝意,即观世音;右名宝尚,即得大势(又称大势至)。"在这里,观世音仍旧是王子的身份,只是名字不同;更重要的是,他的出身有了着落。

但在来到中国之后,他的身世又发生了变化,由天竺王子变成了中国公主。

妙善看经,《南海观音全传》的版刻插图

一般认为,佛教约在汉末(公元1世纪)传入我国,观音菩萨在三国时期落户中国。当时,魏国译经师——康居沙门康僧铠于嘉平五年(253年)到洛阳,首译《无量寿经》二卷。这部介绍阿弥陀佛和观音、大势至二菩萨的佛经,在当时受到普遍传诵。

佛教传入中国之后,其流行的过程也就是汉化的过程。自然,在这一过程中,观音菩萨也经过了加工改造。尽管自南北朝至唐不断有关于观音菩萨的经卷译出,但中土的人们还是把他改造成了中国公主。

成为中国公主的观音菩萨名叫妙善,父亲是妙庄王(甚至有说是周代楚庄王的)。虽然父亲的国属有些歧出,如兴林国、北阙国等;两个姐姐的名字也不一样,如妙清与妙音、妙员与妙英等;而且国中的一些臣民的名字显然非中土姓字,但得道观音菩萨是一位道地的中国公主。在相关的传说中,儒家思想、道教仪俗、民间信仰痕迹宛然,其文本模式也是中国式的了。本书收录的两部小说,就是中国式观音出身的典型的叙述。

## 观音菩萨的性别

就现代的一般民众来说,观音菩萨的性别似乎不是问题:观音娘娘嘛,

盛唐时期观音菩萨画像，这是婀娜妩媚的女子形象

能是什么性别？不过，只要一涉猎古迹或古籍，观音的性别就成了问题：他怎么长着两撇胡子？

其实，就佛教本身来说，佛菩萨早已脱出六道，非人非畜，非男非女，无所谓性别。而且，佛菩萨为了说法度化众生，可以示现各种化身，这些化身自然有男有女、有老有少。观音菩萨大慈大悲，愿行广大，化身众多。所以，化身的性别并不能说明观音菩萨的性别。而观音菩萨的性别之所以成为问题，是因为佛经中明确指称他是"王子"、"善男子"、"勇猛丈夫"。

不仅佛经中如此，观音菩萨在中土流行早期，其造像也多为男性。如敦煌莫高窟的壁画和南北朝时期的雕像，观音菩萨皆作男身，唇上是两撇漂亮的小胡子。湖北当阳县玉泉寺的殿左，有观音画像碑，碑上观音像相传是唐代画家吴道子所绘，亦作男像。

实际上，在南北朝的后期至隋唐，观音菩萨的女性形象已经出现，至唐宋则渐多，进而固定为女身。

观音菩萨由男身变而为女身，佛门、俗世两方面的作用力都有。转变的基础是由佛经提供的：观音菩萨诸化身中本就多有女性，而圣俗的需要、社会心理、性别角色期许共同铸成了转化的轨道。

南北朝时期，佛教在中国迅猛发展，出家的尼姑和在家的女居士骤然增多，其中包括相当数量的上层妇女，甚至是皇后、皇太后，她们自然希望有女菩萨，从而为自己修行得道留下一条光明的出路。而对俗众中的妇女来说，她们也有一些特别的心事和需求，有一位女菩萨可以倾诉、祈求自然要方便得多。尼庵中常以观音为主尊，一般家庭多供观音，正说明了这一点。

观音菩萨向来以"大慈大悲"著称。在中国传统文化里，父严母慈，"慈"似乎是女性的专利。因此，慈悲为怀的慈善菩萨观世音，自然也以女性形象出现才显得慈眉善目，这样不仅名实相符、名正言顺，也让崇奉者好亲近、乐亲近。

观音菩萨以女身出现，对于吸引信众（无论男女）来说，还有一个绝大的优势，那就是送子。在传统中国社会，家庭的世代衍传是非常重要的，所谓"不孝有三，无后为大"。因此，生子之事固然要娶"旺子之相"的女子为妇，或者一而再、再而三地纳妾，但也要求助于神明。生财与送子，几乎是旧时人们最希冀的神明的职司，人们希望所有的神明都能送子，女神不说，就连威猛的关公也被人们赋予了佑生子之职。基于此，人们期望观音菩萨送子已是顺理成章，请他由男转女也就不难想象。

应该指出的是，佛门本身对观音菩萨男转女身也起了很大作用。为了度化众生，观音菩萨常以女身示现，甚至为此而"淫人"。为达到教化目的，所化女身必然要漂亮迷人。马郎妇的故事是其代表。《维摩诘所说经·佛道品》说：观音菩萨"或现作淫女，引诸好色者，先以欲钩牵，后令入佛智"。另一处则记载说，观音菩萨化身马郎妇，"于金沙滩上施一切人淫，凡与交者，永绝其淫"。而《法华持验》则说陕右地区的人只知骑射、不知三宝，唐宪宗元和十二年，忽然来了一位提篮卖鱼的美艳女子，当地人都想娶她为妻。美女子说有谁能一夜背诵《普门品》，她就归谁。这样，接着又让胜出者背诵《金刚般若》《法华经》，最后只剩了一个姓马的。这位马郎迎娶后，美女子未等席散就去世了。后来有位紫衣老僧说她是观音大士，专门化为女身来度化当地人的。因此，观音菩萨的三十三相中有马郎妇观音、鱼篮观音，指的都是这个化身。

由此可知，观音菩萨不仅男转女身，而且为了弘扬佛法，可以变成一

位美艳妇人。因此,南宋人甄龙友题观音像诗云:"巧笑倩兮,美目盼兮,彼美人兮,西方之人兮。"而吴承恩《西游记》的描绘更为美艳雍容:眉如小月,眼似双星;玉面天生喜,朱唇一点红。璎珞横披,环结宝明;袒胸露臂,紫衣锦袍。乌云巧叠盘龙髻,绣带轻飘彩风翔。右手执杨枝,左手托净瓶。神情端庄,秀美可亲。

更为有趣的是,人们还给观音菩萨找了一位未成婚的丈夫——韦驮。相传韦驮是鲁班的弟子,家住峨眉山下,生活贫寒而心地善良。他见嘉陵江江阔水急,百姓渡江常有命丧江中者,便决心靠手艺挣钱为民造桥。恰好此时观音菩萨飞锡嘉陵,顿生慈悲,便在江畔贴出告示:农历三月十三,江中站一少女,能用银锭击中者可娶其为妇。十三日一早,十里八乡的显官贵族云集,见江心渡船上的女子美艳绝伦,纷纷掷银相投。奇怪的是,银锭皆落船中,却未能掷中女子。这时,韦驮自外做工返乡路过,见船上女子而生爱慕之心,但却舍不得掷出数月积攒的一两银子。旁边的一位长者告诉韦驮,只要他真心就必能掷中。韦驮将信将疑地将银锭掷出,银子正中少女胸怀。观音大惊,一看才知是吕洞宾捣鬼,但也不好反悔,便把一船银子送与艄公造桥,然后现出菩萨身向韦驮说明真相。韦驮爱慕不已,定要结百年之好。鉴于其诚心,观音便将韦驮带回普陀,让他做了自己的护法神。因此,无论在普陀山还是在其他主供观音菩萨的佛寺里,都有韦驮的塑像,人称他们为"对面夫妻"。

## 观音菩萨的形象

观音菩萨不仅性别上有过一些纷纭,他的形象(相)更是丰富多彩,其体系在佛教世界里几乎无人能出其右。

首先是所谓"六观音"之说,指观音菩萨的六种形象。六观音有两说,分别为天台宗和密宗所持。

天台宗六观音：大悲观音，大慈观音，师子无畏观音，大光普照观音，天人丈夫观音，大梵深远观音。

密宗六观音：千手观音（千手千眼观音），圣观音，马头观音，十一面观音，准胝亦译"准提"，意为"心性洁净"观音，如意轮观音。

此外密宗还有"不空罥索观音"，用以取代"六观音"中的准胝观音，或者只增加而不取代，成"七观音"。不空罥索观音三面六臂，六只手中有五只手持罥索（古印度的五色线编成的套兽索）。

藏传佛教还称观音菩萨可以变化为二十一位救度母，藏语称为"卓玛"。这些女性的度母都是从观音的眼睛变化而来的，她们的身色都不一样，有金色、蓝色、红色的等。其中最受人尊敬的是白度母和绿度母。白度母身色是白的，双手双足各生一眼，脸上有三只眼，故称"七眼女"。绿度母身色是绿的，据说她能解除八种苦难（狮、象、火、蛇、水、牢狱、贼、非人），俗称"八难度母"。

佛教一般把圣观音当做观音的总体代表，所以也称做"正观音"。正观音的标准形象是：头戴天冠，天冠中有阿弥陀佛像；结跏趺坐于莲花坐上，右手持半开莲花，左手结大悲施无畏印（横臂当胸侧，拇指尖顶在食指尖上，中空成圈形，其余三指直竖而微微分开）。

观音菩萨还有三十三身和三十三相之说，分别为其应身和化身。这里就不详赘述了。

应身与化身的区别，在于应身是为说法而现，所现之身众生不识；化身是为利乐众生而化，所现之身众生都知其为观音。观音菩萨的三十三相即其化身，也称"三十三观音"，分别如下：

一、杨枝观音：又名"杨柳观音"，立像，女式包头，披肩长巾，手持净瓶、杨枝。

二、龙头观音：云中乘龙之像。

三、持经观音：坐崎岖岩石上，右手持经卷阅读。

四、圆光观音：圆光中现出色身，合掌而坐，背后有炽盛火焰光圈。

五、游戏观音：闲乘五色祥云，左手安放于偏脐处。

六、白衣观音：身穿白衣，左手持莲花，右手作与愿印。

七、莲卧观音：合掌坐在池中莲花之上。

八、泷见观音：欹倚山崖，眺望瀑布。泷即瀑布。

九、施药观音：右手拄颊，左手倚于膝上捻莲花。

十、鱼篮观音：脚踏鳌鱼、手提盛鱼竹篮之像，或仅手提鱼篮。前者又名航海观音、海岛观音。

十一、德王观音：趺坐于岩上，右手持树枝做成的杖。

十二、水月观音：月下乘莲花舟，飘荡水面观月。

十三、一叶观音：乘莲花浮于水面漂行。

十四、青颈观音：坐断岩上，右膝立起，手扶岩壁，颈青色。

十五、威德观音：岩上观水，左手持莲花，右手着地。

十六、延命观音：倚水边岩上，悠然观赏景物，头戴顶有佛像的宝冠。

十七、众宝观音：坐在地上，右手向地，左手放在弯起的膝上。

十八、岩户观音：在山洞中打坐之像。

十九、能静观音：伫立岩畔，望海沉思。

二十、阿耨观音：法相庄严，两手相交，远眺海面。阿耨是梵语音译，意为"极微"。只有具有天眼、

青颈观音，此相与印度神话有关，颈为青色

轮王眼和能得佛果的菩萨，才能看见"极微"。

二十一、阿摩提观音：三目四臂，乘白狮而身放火焰。

二十二、叶衣观音：坐在垫着草叶的岩上，身披千衣，头戴宝冠，冠上有阿陀佛像，身有圆光，四臂。

二十三、琉璃观音：又名香王观音，双手捧香炉。

二十四、多罗尊观音：直立乘云，合掌，手持青莲花。多罗为梵语音译，意为"眼，瞳子"。

二十五、蛤蜊观音：乘于蛤蜊之上，或居于两扇蛤蜊壳中。

二十六、六时观音：右手持梵策的立像。

二十七、普慈观音：双手披衣，立于山岳之上。

二十八、马郎妇观音：民间妇女形象。

二十九、合掌观音：合掌立于莲华台上。

三十、一如观音：作乘云飞行状。

三十一、不二观音：两手低垂，坐于水面莲叶上。

三十二、持莲观音：少女坐莲花上，双手持莲花。

三十三、洒水观音：又名"滴水观音"，右手持净瓶作洒水状。

上述三十三观音中，并无"送子观音"。而从民间绘画乃至寺院塑像来看，送子观音并

蛤蜊观音，乘于蛤蜊之上

不鲜见。其形象多为手臂托（抱）一小儿，而身畔亦或有小儿攀爬游戏。

在观音的众多形象中，正观音、杨枝观音、鱼篮观音、滴水观音以及千手千眼观音的形象最为常见，后者仅见于寺庙，前三者亦多见于家庭。而龙头观音、读经观音、泷见观音、水月观音，则为文人所好，多有名家画作。

## 观音菩萨的悲愿

观音菩萨在中土有一个响当当的美名尊号：大慈大悲救苦救难观世音菩萨。这个尊号，可以说道尽了观音菩萨的大愿大行，体现了他在众多佛菩萨中的特质。

佛门讲究慈悲，佛教徒慈悲为怀，这是其普遍性。不过，一般的佛教徒修行有限，自度尚且不暇，而成佛的佛陀也有他们的主要职掌，因而，专以度化众生为职的菩萨使慈悲有了特殊性，也就是所谓"菩萨精神"。

佛教的慈悲，有其特别的意义。"慈"是"与乐"，即爱护众生，给予欢乐；"悲"是"拔苦"，即怜悯众生，拔除苦难。而"大慈大悲"，则是指"无缘慈悲"，即平等而无差别的慈悲（包括对罪犯、强盗）。这种大慈大悲，唯有佛菩萨才有。

在佛教里，"大悲"和"大慈"又分别指观音菩萨和弥勒菩萨。弥勒菩萨的梵名的意译是"慈氏"，他是未来将继承释迦牟尼佛位的"未来佛"，给予众生未来之乐，所以号称"大慈尊"。而观音菩萨发下誓愿，要救苦救难，拔尽众生今世之苦，所以称"大悲菩萨"，而且与观音菩萨有关的，也大多名以"大悲"，如《大悲经》、《大悲咒》、《大悲忏》等。

那么，观音菩萨发下了怎样的誓愿呢？

记载了观音的十二大愿，详细如下：

第一，广发弘誓愿：广发弘誓大愿心，度尽众生消烦恼。

第二，常居南海愿：泛海救迷度有情，善念南海观世音。

第三，寻声救苦愿：为人诸病卧高床，诚念大士得安康。

第四，能除危险愿：千处祈求千处应，苦海常作度人舟。

第五，甘露洒心愿：观音慈把甘露洒，烦恼于是化成莲。

第六，常行平等愿：弥陀加持常有念，随似观音平等心。

第七，誓灭三涂愿：观音菩萨救苦声，愿度三涂除诸障。

第八，枷锁解脱愿：志心持念观自在，枷锁苦痛得解脱。

第九，度尽众生愿：有情众生誓愿度，旷劫精勤慈悲海。

第十，接引西方愿：虚空之中引净土，至心诚念观世音。

第十一，弥陀受记愿：观音精勤宏愿力，弥陀受记下世佛。

第十二，果修十二愿：十二大愿弘誓深，有情共证无上道。

由上可知，观音菩萨的悲愿着实宏大。而这宏大悲愿也体现在了菩萨的形象上，那就是千手千眼观音。据《千手千眼观世音菩萨广大圆满无碍大悲心陀罗尼经》说，在过去"无量亿劫"即极其遥远的年代，观世音曾发愿："若我当来堪能利益安乐一切众生者，令我即时身生千手千眼具足。"随即，他的身上立刻生出了千手千眼，大地震动，诸佛放光照亮其身。从此，观世音菩萨便用"千眼"照见众生的烦恼，用"千手"拔除众生的苦难，可谓"法力无边"。

大悲观音普度众生的方式，主要是"寻声救苦"。据佛经云，众生遇到自然灾害、社会苦难，种种烦恼、鬼怪之害，只要呼叫一声"观世音菩萨"，观音即会前来解救。这样的"称名呼救"、"寻声救苦"之法，在

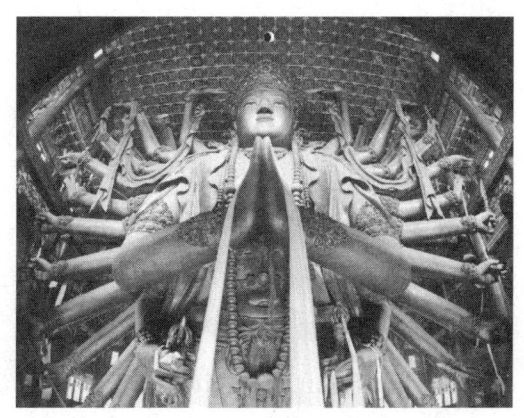

千手千眼观音像

《妙法莲华经》、《正法华经》、《维摩诘经》等佛经中均有记载。

显而易见,观音菩萨的种种灵验大多出自传言,但却反映了现实人生的真实状况。一方面是现实社会中还存在着种种苦难以及不公不平,还存在着人们无法抗拒的灾难祸患;另一方面,人们又追求幸福生活,希望少些苦难、灾祸,多些公正和谐,希望有超人的力量能够帮助实现这些美好愿望。

需要指出的是,观音菩萨的大悲有时有些过分,比如拔救罪犯、以淫止淫,前者不分邪正,后者不择手段。这固然是大悲,却与我国传统的社会规范不协调,甚至与佛教教义亦有乖离。后来,观音菩萨的大悲也有了一些调整,所记多为对积德行善之人的救渡。而且逐渐地,观音菩萨"拔苦"的份额小了些,"与乐"的比例大了些。因为对于规矩的普通大众来说,获得福祉较之祛除祸患是更为恒常的需要。

## 观音菩萨的道场

佛教流行中国后,都市有寺院,山野有丛林。由于都市的地域所限以及烦嚣不利修持,所以佛门丛林大规模地存在于山野,尤其是那些风景清幽的所在,故而苏夫子有"天下名山僧占多"之说。其中最著名的是四大菩萨的所谓四大道场。

众所周知的观音菩萨道场,是浙江舟山群岛的普陀山。

普陀是观世音菩萨所居的记载,在佛经和其他相关载记中就存在。普陀为梵文 potalaka 音译"普陀洛伽"的略称,也译作补怛、布呾,意译是"小白华"或"海岸孤绝处"。《华严经·入法界品》云:"于此南方(海上)有山,名补怛洛伽山,彼菩萨名观世音自在。"而善财童子前往参拜时,向南而行,渐至此山,只见其岩谷之中,泉流萦映,树林蓊郁,香草柔软,右旋布地。观自在菩萨,于金刚石上结跏趺坐,无量菩萨,皆坐宝石,恭敬围绕,而为宣说大慈悲法。

普陀山是舟山群岛中的一个小岛,面积十二万多平方公里。南北狭长,由南至北,有锦屏山、光游峰、伏龙山、雪浪山、青鼓山等,其中最高的是岛北的白华顶,现在也叫佛顶。浙东的古方志记载,秦始皇就曾莅临宁波,眺望海中的舟山群岛,把云雾中的岛屿当成了仙山蓬莱,听信徐福之言,派遣三千童男女随其求取长生不老之药。故此,该岛被叫做"梅岑岛",岑指小而高的山。可见,很早的时候,该岛就称得上是海上仙山、洞天福地了。宛然天竺普陀洛伽的普陀山禀赋自然品质,又累积文化底蕴,遇有机缘,很自然就成了佛教名山、观音道场。

成书于元代的《普陀洛迦山传》记载如下:

> 日本僧慧锷,从五台山得菩萨像将还,抵焦(礁)石,舟不能动,望潮音洞默叩,得达岸,延以像,舍于洞缘。张氏家屡睹神异,遂舍居供观音像。

《佛祖统记》与上述《图志》的记者大体相同,只是说日僧舟在普陀莲花洋触礁。而有的记载则说舟经普陀山时,海中忽然涌出无数铁莲花,而日僧在那里折腾了三日三夜。这样的敷演,当然旨在说明普陀与观音之缘以及观音菩萨的灵异。

自第一所寺院建立以后,宋元明清四朝,普陀山上寺院累代敕建,赐额不觉,寺塔楼阁、亭榭桥梁遍布全岛。民国年间,岛上有八十八的所庵院,一百二十八处茅蓬,僧众盛时达三四千人,真个是"见舍皆庵,遇人即僧","无处不供观音,无人不说慈悲",俨然"海天佛国"。

## 善财和龙女

在佛寺造像和有关画像中，观世音菩萨的左右常常可见一对童男女，他们就是人们耳熟能详的善财与龙女。他们是观音菩萨的左右胁侍，其职能是辅助观音普度众生。根据佛经的记载，他们都已经获得了菩萨行，只是为了协助观音，才又现回原身的。

善财是梵文音译，也叫善财童子。据《华严经·入法界品》记载，天竺福城长者子有五百童子，其中一个叫善财。据说，善财出生时，"五百宝器自然出现，又雨众宝及诸财物，一切库藏悉令充满。以此之故，父母亲属及善相师共呼此儿名曰善财"。这里，"善"是"多"的意思，"善财"就是"多财"。然而，善财他看破红尘，视财产如粪土，认为万物皆空，所以发誓要修行成佛。

当时，文殊菩萨住在福城东的庄严幢婆罗林说法，善财就近前去求教。文殊指示善财前往南方胜乐园妙峰山参问德云比丘。于是，善财风尘仆仆，经历"百城烟水"，依次参访了五十三处的五十五位善知识。这五十五位善知识身份繁杂，除了佛门的菩萨、比丘、比丘尼、优婆塞（居士）、优婆夷（女居士）之外，还有长者、童女、婆罗门、王者、仙人、天女、天神、地神、夜神、外道以及船师等。最后，善财在普贤菩萨那里见到了"自在神通境界"。普贤抚摩善财的头顶，善财成就了菩萨行愿。

善财是第二十八参时参访的补怛洛伽的观世音菩萨。此前安住居士曾指示他："海上有山多圣贤，聚宝所成极清净，花果树林香遍满，众流池沼悉具足。勇猛丈夫观自在，为利众生住此山，汝应往问诸功德，彼当示汝大方便。"善财在普陀洛伽山得观音菩萨教化，示现为菩萨。之后，为辅助观音普度众生，他又现童子身，做了观音的左胁侍。

中土关于善财童子的身世，却说他是大华山的一个出家小沙弥，是个孤儿。观音菩萨要收徒弟，土地爷推荐了善财。观音菩萨用假装坠崖试验了善财的诚心，于是就收下了他。而在《西游记》中，善财童子的前身却是作恶多端的红孩儿，牛魔王与铁扇公主所生的一个小妖魔，后被观音菩萨收伏。

有趣的是，这位佛门弟子在我国也成了财神的一员，进而跟民间版画中常见的招财进宝童子联系起来。其间缘由十分浅显，就是善财的名字——善于理财，善于招财。与此同时，民众还因其"童子"，又奉其为送子神，妇女们求其投胎而得贵子。佛门本来四大皆空，而佛经称菩萨为"童子"，意指其将如王子继承帝位一样后补佛位，又指其持戒清净而如童子一样没有贪欲，这些与钱财、子嗣毫无瓜葛。但是，民众就是给这位善财童子赋以招财引嗣的职掌，从而也使观音殿多了不少香火。

龙女在我国并不陌生，东西南北四海龙王以及其他的江河湖泊龙王，都有龙女。而作为观音菩萨右胁侍的龙女，其身份是南海龙王三太子的女儿。三太子奉父命变作一尾金鳞鲤鱼，结果误入渔人网中。观音菩萨慧眼看见，即遣善财买来放之归海。龙王命三太子取一颗夜明珠送观音道谢，并照其夜间念经。三太子之女素心慕道，代父送上九龙吐焰明珠，并请观音收留学道。

而在佛经中，龙女是佛教护法天神二十诸天之一婆竭罗龙的女儿。龙女极为聪慧，年只八岁时，偶听文殊菩萨在龙宫说法，顿然觉悟，遂至灵鹫山礼拜释迦牟尼，以龙身成就佛道。龙女成道与善财大为不同，她未经历苦修，也没有经历好长时间，而是向释迦牟尼献上了一

善财（右下）龙女（左下）

颗价值三千大千世界的宝珠,立刻就"变为男子,俱菩萨行,即往南方无垢世界,坐宝莲花,成等正觉"。她是供养成佛的典型例证,亦为信徒指示了一条修行得道的路径。

同样是为了辅助观音菩萨普度众生,成菩萨的龙女又现回女身,做了观音的右胁侍。不过,这位在龙华会上成佛的龙女,其在中国的影响却要远远小于善财。

## 对观音菩萨的崇奉

观世音菩萨在他随佛教传入中国的时候起,就得到了人们的崇奉。而且随着时间的推移,这种崇奉越来越显得全面周到、虔诚热烈。

在我国,对神明(乃至圣贤)的敬仰、崇拜,首要的表现就是立庙奉祀,对观音菩萨当然也是如此。

对观音的庙祀,有两种情况,一种是合祀,一种是专祀。

所谓合祀,是说观音菩萨与其他佛菩萨一起,在一座寺庙里奉祀。一般来说,比较大的佛寺里,都有主供观音的殿堂,习称"大士殿",俗称"菩萨殿"。供三位主尊的,往往是观音居中,文殊、普贤各居左右,习称"三大士殿"。专供观音的,常称为"圆通殿",因为观音有"圆通"之誉。不过,在这样的寺院里,主殿是供奉释迦牟尼佛(或包括其他诸佛)的大雄宝殿,菩萨殿一般是配殿。只有个别地方的大型寺院,比如观音道场普陀山的"三大寺"等,圆通殿才具有不亚于大雄宝殿的地位。普陀普济寺的主殿为大圆通殿,主供观音菩萨。法雨寺观音殿、大雄宝殿均有,但突出的还是观音殿。慧济寺有大雄宝殿、藏经楼、大悲楼(供观音),同在一条平行线上,可谓不分轩轾。

虽然大多数佛寺主殿奉佛祖释迦牟尼,但对观音菩萨的庙祀要远比佛祖广泛,这就是所谓专祀。专门奉祀观音菩萨的寺宇叫观音庙,或叫观音

峨嵋山观音殿

寺、观音院等。这样的寺庙在全国各地不计其数,所谓"佛殿何必深山求,处处观音处处有"。有学者作过统计,清代乾隆年间,北京城内的观音寺多达一百零六座,仅次于关帝庙。全国的情形也大体相同。

专祀观音的梵刹丛林,除了普陀普济寺之外,全国著名的还有:福建厦门五老山下的南普陀寺,这里被认为是闽南的观音主道场;黑龙江哈尔滨的极乐寺,河北秦皇岛市的观音寺,北京颐和园万寿山巅的智慧海,河南汝南县的小南海大士寺,云南大理白族自治州苍山五台峰上的罗刹阁,台湾台北市的龙山寺,等等。

对神明崇奉的另一途径是造像,无论庙祀还是家祀,都要有相应的造像。造像有木、石雕刻,泥塑,金属铸造,还有彩绘等。如前所述,观音菩萨在我国的造像,最初均为男身,南北朝时开始出现女身,唐以后则多为女身,且正观音像在唐时定型为华装贵妇(有时为少女)。

历代石窟、寺院的观音造像,以正观音形象为最多。如山东益都驼石石窟,其隋代观音造像,高三米九四,头戴花冠,长裙曳地,流丽柔巧,为少女形象;而唐代造像则美发高髻,面容丰腴,上身袒露,胸挂璎珞,下着水式长裙,身体欹斜,仪态雍容,为贵妇形象。河北正定县兴隆寺的

杨柳观音

明代彩塑观音像，广东六榕寺的清代铜铸观音像，也都是这种贵妇形象。

常见的另外一种观音造像是杨柳观音。河南洛阳龙门石窟的"杨枝观音"像，雕造于北魏孝文帝迁都洛阳前后，是较早的观音造像。观音头戴宝冠，右手执麈尾，左手托净瓶，香肩微躏，柔丽妩媚。后来的杨柳观音造像，观音右手中均持杨柳枝，作欲醮净瓶之水遍洒甘霖之状。普陀山有明刻杨柳观音碑，其上观音像本之于唐代阎立本所绘观音像。杨柳观音在民间成为最能反映观音菩萨雍容华贵的端庄妙丽之像。

佛寺中常见的观音菩萨造像，还有千手千眼观音。所谓"千手千眼"，大多并非实指，一般是在两眼两手之下，左右各长出二十手，手中各一眼，共四十手、四十眼，各配各谓"二十五有"（即三界中二十五种有情存在的环境），四十乘二十五而成千。当然也有实指的，比如四川大足宝顶大佛湾观音殿的千手千眼观音有一千零七只手，河南开封相国寺的四面千手千眼观音有一千零四十八只手。千手千眼所表达的意思是：度一切众生，手疾眼快，眼到手到，毫无阻挡。

就佛教而言，小乘佛教原本是没有佛像；但到大乘教流行，佛像就大造特造了起来。在我国，经南北朝以及随后各代，佛教造像大放光芒，摩崖、洞窟、寺院、园囿、壁垣、纸绢，佛像随处即有。此外，人家供佛像者也极多，故俗谚有所谓"户户弥陀佛，家家观世音"。

"家家观世音"，说明了我国民间对于观音菩萨家祀的普遍。家祀观世音,供像无外几种情况。一是建佛堂,这一般要大户人家才能做到。一是凿佛龛,这并不难做到。不过,佛堂、佛龛主供的多是释迦如来佛,当然也有合供观音或专供观音的。另外的情况,一是设香案供观音菩萨像,其像木刻、铜铸、玉雕、瓷塑均有。所谓"香案",有时不过是一个僻静庄严之处,可供焚香即可。

建佛堂、凿佛龛、设香案供观音的,当然是四时供品常新,天天焚香礼拜。小民百姓不一定天天礼拜,但逢着几个特殊的日子,则必定要爇香礼拜的。

所谓"特殊的日子",就是夏历二月十九的观音诞生日、六月十九的观音成道日和九月十九的观音涅槃(一说出家)日。这三个日子对观音菩萨的崇奉,无论是僧寺、民间,自然要隆重热烈得多,从而形成较长时间的香期,有的甚至长达近一个月。

## 观音菩萨与文学艺术

观音菩萨作为佛教重要的佛菩萨之一,同样与中国的文化有着深切关系。信仰、礼俗等方面的问题这里不再赘述,单就文学艺术而言,观音菩萨的影响就既深且广。她不仅为我国文学艺术提供了题材,供献了形象,也促进了文学艺术某些方面、某种程度的发展,丰富了我国的文学艺术宝库。

观音菩萨对我国文学的影响,首先是提供了题材。举凡小说、戏曲、曲艺乃至诗词文赋,以观音菩萨为题材的作品不在少数。小说如较早的文言笔记小说、较晚的白话章回小说,前者如南北朝时期专录观音菩萨灵感的《应验记》以及其他综合性作品如《宣验记》等,后者则如《西游记》、《封神演义》等。诗词歌赋吟诵、铺写观音菩萨的似乎并未出现多少名篇佳作,但作品也不仅见。

《香山宝卷》书影

也许是体裁更适合搬演其事迹，同时也更容易为不识字的庶民百姓接受的缘故，观音菩萨更多地出现在戏曲曲艺中。

戏曲可能是演述观音故事最多的体裁，作品如《观音救父记》、《慈悲观音惜龙南海记》、《观世音修行香山记》、《观音菩萨鱼篮记》（《鲤鱼记》）、《锁骨菩萨》、《马郎妇坐化金沙滩》等，形成所谓的"观音戏"专题。

宝卷是我国古代的一种曲艺形式，是以说唱方式搬演故事的。讲述观音菩萨事迹的宝卷也比较多，诸如《香山宝卷》（又名《观音济渡本愿真经》）、《鱼篮宝卷》、《观音金鉴》等。《鱼篮宝卷》讲的是马郎妇观音或曰鱼篮观音的故事，却较原本有所发展。故事中的马郎叫马二郎，他不再是金沙滩的好人，而是当地的恶人之首。其他的情节与原本大体相同。在这里，观音菩萨度化了一个大恶，既说明了她的法力无边，也增加了教育意义。这正是宝卷的创作者所期望的。

经过历代民间艺人和文人作家的加工，观音菩萨成了我国文学人物长廊中的一个独特艺术形象。她并不仅见于一部作品中，各种作品中的观音形象有其统一之处，那就是她的雍容华贵、端雅妙丽、菩萨心肠、无边手段。她是神，但又和蔼可亲；她是妩媚女子，但又无半点俗艳。如果要强作比附，那她就如同圣母玛丽亚，如同美神维纳斯。

本书所收的两种观音菩萨传记，《南海观音菩萨出身修行传》原署朱鼎臣撰。朱鼎臣为明万历时人，有《唐三藏西游释厄传》传世。《观音得道》署曼陀罗室主人撰，并题为"清"人。但民国时期署"江村"的同名书，与此书大同小异，只是回目和个别文字小异。而朱鼎臣撰《成道记》也有不同版本，文字上也有不少不同之处。不过，这些并不影响一般的阅读。

相较而言，两书的故事原型基本上是相同的。不同的是，前者较为简略，而且侧重在观音菩萨的修行；后者较为丰富，同时突出观音菩萨成道后的种种慈悲灵验事迹。两书合刊合读，则可了解观音菩萨各方面的全貌，从而对这尊我国民俗信仰中影响巨大的神祇有一个比较全面的了解。

# 南海观音菩萨出身修行传

〔明〕朱鼎臣

## 鹧鸪天

国主妙庄王,幼女妙善娘。
父欲招女婿,修行不嫁郎。
发去园中禁,容貌越非常。
白雀寺中使,天神相助忙。
遣兵去烧殿,精诚感上苍。
逍遥楼上劝,苦苦不相降。
押赴法场绞,虎背密山藏。
灵魂归地府,十殿放毫光。
究囚蒙解脱,香山得返阳。
九载修行满,功成道德强。
父病舍乎眼,医疾得如常。
文武入山谢,方知骨肉伤。
一家登佛国,快乐在西方。

# 第一回　庄王往西岳求嗣

话说金天大昊氏十一年，有西域王灵人，姓婆名伽，表字罗玉。自一十七岁起兵，二十岁登位，国名兴林，年号妙庄，掌管三十六载。东至佛齐国，西至天竺国，南至天真国，北至暹罗国，地方三千里。文有赵震，武有褚杰。君明臣良，刑清政理，万民乐业，四海无虞。当时大赦天下。于是，立宝德皇后伯牙氏为正宫。

谁想王与皇后年俱四十，并无子息；三宫六院，俱亦乏嗣。庄王对皇后曰："寡人百战千征，千辛万苦，才取得一个金瓯天下①，指望子孙承守，传位无穷。今日妃嫔虽多，并无太子，朕心十分烦恼。不知子童有何高见②？"

伯牙皇后奏曰："和气致祥，乖气致戾③。想是当年我王东征西讨，杀人大多，恐乖天和，所以致我夫妇四十已过，尚无一子传后。妾近闻得，西岳华山圣帝十分灵感④，凡有祈祷，皆获果报。我王何不发一道旨意，差礼部掌礼官悉怛喃、支都二人前去到那殿上，命僧道广建罗天大醮七日七

---

① 金瓯(ōu)：金属的杯子。喻指完整、巩固的疆土。
② 子童：亦称"梓童"。古时皇帝称呼皇后的专用词。
③ 乖气：乖逆凶暴的邪气。戾(lì)：凶暴。
④ 华山圣帝：五岳中西岳华山的主神，亦称"华山帝君"。下文称"岳神"。

夜<sup>①</sup>，忏过生前罪愆<sup>②</sup>，求嗣继后。倘或至诚格天<sup>③</sup>，求得一子，江山有靠，岂不甚美？"

庄王闻奏，心中大喜。即时设朝，乃宣文丞相赵震上殿，吩咐曰："寡人无子，要往西岳求嗣。卿可命掌礼官备办齐整，二月十九日，朕与皇后亲往行香。不得有误！"

赵震领旨，即差司祭司大使悉怛喃、纪善局承务郎支都二人前往西岳庙：点起僧道五十人，自二月十三日建醮起，十九日完满，皇帝亲来行香。

二人领旨，乃急办下成都锦十匹，朱佳香五十斤，高丽纸五箱，令支猪四只，太和鸡八对，曲江鱼十尾，衣锦龙荔、洞庭金橘、密云小枣，水陆珍馐，百般果品，无不具备。

二人带领百数校尉，搬运祭礼，竟奔西岳投下。悉怛喃将圣旨开了，宣读已毕。只见岳庙住持道士，姓安，道号志空，率众徒弟接旨已了，即吩咐首班弟子一庐打扫岳庙中殿，选集山前山后僧道数满五十，登时勤起法器，诵符请圣，建起无量清醮。真个是：

金钟法鼓闹喧天，揭谛哆哪件件全。
僧道两边齐拜咒，庄王果是结良缘。

却说庄王一连设醮七月七夜不歇，及到十九日清晨，庄王夫妇换了洁净祭服，大将军褚杰保驾，点起羽林亲军二百名，前后护持。来到岳庙下辇，掌坛道士志空俯伏接入。皇帝夫妇升殿，将祭物摆开，悉怛哺读祝文，支都行酒，将庄王心事一一祷罢。

志空复引入诚斋阁坐下，更衣。众僧道俱各叩头已毕，庄王吩咐曰：

---

① 罗天大醮(jiào)："醮"指僧道为祈福驱灾而设的道场。醮的名目繁多，罗天大醮是天子直接向上天祈祷的大道场。
② 罪愆(qiān)：罪过。愆，过错。
③ 格天：感动上帝。

"今日为朕之事，多亏了你众人忙了七日七夜。朕若后日得子承继，决不轻慢你众人。"吩咐已罢，乃将祭奠之牲分赏给僧道去了。

庄王同皇后及文武大臣一同治装回朝，将朝内大小官员俱各平升一级，命光禄司设宴，于是夫妇退入后宫去讫。正是：

虔诚秉璧拜西华，夫妇惟求子克家。
当日杀戒难忏悔，特教三女布毗伽。

## 第二回　岳神奏上帝

却说岳神感受庄王斋醮,知庄王是嗜杀之君,不该有子,该注他绝后。只是他今日有这一点处心,亦当寻个善报与他。乃呼千里眼、顺风耳二人,问曰:"今日有庄王要求子嗣,如今哪处有修善的人,可着他去降世报生,以救天下万民苦难。一则不绝他之后,二则使善人得以救世。你可速查报来。"

二人即挪开慧眼①,提起真觉,遍听遍观天下一遍,乃即奏曰:"今有鹫岭孤竹国祇树园施勤长者,祖宗三代修行,吃斋好善,仗义疏财,济人利物,德施不倦。今长者有三子,长曰施文,次曰施晋,三曰施善,俱皆持斋把素修善。只因前日有西霞山强人王喆,带有同伙三十人,被车触国天兵杀得无处投奔,饥了数日,竟来施文家乞食。他兄弟三人知他是强盗,要饿死他,与民除害,故分文斋粮不与。王喆无可奈何,乃复与众商议曰:'做也是死,不做也是死。如今这等饥饿,怎生过得?'乃提起杀人心,展开放火手,仍转车触国,将一大户戴德儒家打破,杀死男妇一百余口,房屋火焚,财物掳掠罄空。怨气冲入上天,司善土地奏过玉皇,玉皇大怒,说:'他三世救人,强人须不当救,但逼得他杀绝戴家,却不明明是他假

---

① 慧眼:佛教五眼之一。指二乘罗汉等照见真空无相的智慧。

手！今速将他兄弟三人拿入神霄洞天监禁，永不许他再见天日。'此系施家之事。今上圣要答庄王之醮，何不奏上天曹，赦此三人罪过，着他投生，以救凡世，岂不美哉！"

岳神闻奏，说："既有此人，我便修表去奏。"召唤清风童子排备法服①，直入昊天金阙紫微大帝阶下②，俯伏奏曰："臣掌西岳，职纠人间善恶。今有兴林婆伽王四十无子，夫妇发心，在本山建清醮七昼夜，祈求子息。臣查得祇树园施文兄弟三人素行为善，而施善修行尤笃③，非二兄可及。三人只因不救王喆之暴，得罪天廷，已蒙监禁终身。臣今冒死上奏，乞陛下赦他三人前愆，转男身为女身，次第投入伯牙氏腹内，限三年长短出世。复令施善不变夙心，生即斋戒，后成正果，以善度尘世。一则使婆伽王无子有女，恶仅及身而止；一则使施善历代之善，得大度于世。臣无任下情，统祈垂听之至。"

玉帝当时闻奏大悦，即吩咐北斗降生神急领其事④，将三人一时俱皆释放，把三个真魂付与北斗，带去婆伽王宫中，着本宫土地投讫。正是：

> 湛湛青天不可欺，未曾举意我先知。
> 善恶到头终有报，只争来早与来迟。

---

① 法服：道佛的正规服饰。
② 昊天金阙紫微大帝：即玉皇大帝，全称是"昊天金阙无上至尊自然妙有弥罗至真玉皇上帝"。道教天神，掌管天国，同时统御人间、阴间之事。
③ 笃(dǔ)：忠实，全心全意。
④ 北斗降生神：即北斗星君。道教神祇，主管人间降生之事，有"北斗注生，南斗注死"之说。

## 第三回　妙善公主降生

　　却说光阴迅速，日月如梭。庄王自思设醮求嗣以后，不觉瞬息三年。指望生一男子，接绍宗支。谁知宫中采女每夜闻得异香满室①，霞光遍宫。初生一个乃是公主，取名妙清，庄王心中甚是不悦。及至二年，复生一胎，又是公主，庄王吩咐宫人，将去淹死。众臣知得，连忙保劝，庄王不得已，权叫奶婆洗起②，取名妙音。

　　及至三年，皇后复有吉叶③。庄王指望必生太子，谁知却是施善托世。宫人报说"又是一个公主"，庄王当时闷闷不乐，乃对丞相赵震曰："寡人如今五十已过，止生三女，江山一旦休矣。只是可惜我一生汗马之劳付之流水，教我如何死得瞑目？"

　　赵震乃劝曰："儿女乃天排定，非人力所能为。我王善保龙体，且待三公主长成，选择三个驸马，待我王万岁之后④，拣择谁可托得江山者，便把后事尽付与他就是。帝王有子，亦不过使他承先继后；无子而让于女婿，使吾王世世代代得享祭祀，亦如有子一般，何必过虑。臣记昔日尧舜皆让

---

① 采女：宫女中地位较下的一等。因采选于民间，故称。也作"彩女"。
② 洗：婴儿初生时的一种仪式，又称"洗三"。其仪有洁净身体、命乳名等。
③ 吉叶（xié）：吉祥和洽。有吉叶，犹说"有喜"。
④ 万岁之后：指庄王死后。古人忌讳"死"字，遇死字时即用其他语言指代。皇帝称为万岁，因此说万岁之后。

于贤①，岂不是如此！"

庄王闻赵震之劝，其心始宽，乃命宫人养起，取名妙善。

妙善生后，行止动静绝与两个姐姐不同。口即斋素，心即好善，尤善修行。

一日，姊妹三人入长春花园闲玩。妙清笑曰："我姊妹今日上藉父王庇荫，下得母亲教育，清闲无事，得在此游戏，但不知常常得如是也不？"

妙音答曰："姐姐差矣！即如人家小时是兄弟，大是各乡里。况我等俱是女子，一旦及笄②，父王把我适与他人③，你东我西，焉得长能如此聚首？"

只有妙善笑而不应。

妙清问曰："妹妹笑而不答，其故何也？"

妙善曰："依小妹之见，人生富贵荣华，如春水朝露，霎眼不见。且如做皇帝的是至尊无对④，谁不思量万年长久？哪知兴废存亡，不移时而即变。自三皇至此，不知更了几朝几代，当日之威福，今何在哉？至亲莫如父母、夫妻、子弟，反到一旦大限来时⑤，你说顾得顾不得？至爱莫如田地、家业、财宝，一旦无常⑥，你说守得守不得？小妹今日也不顾荣华夫妇之乐，只愿寻一所干净名山好去处修行。倘一日修得出头，成个善人，那时腾身北极，翘足南溟，昂头东海，转眼西隅；上则度得生身父母超升天道，中则救得人间苦难贫寒，下则化得凶神恶鬼不兴殃祟，则小妹之分头足矣。二位姐姐何必多求。"

精心默祷格穹苍，弄瓦何期作弄璋。⑦

总为施勤三子善，他年南海法无量。

---

① 尧舜：中国古代传说中的两位被人称颂的帝王。他们禅位让贤，没有把帝位传给儿子。
② 及笄（jī）：指女子成年。笄，束发的簪子。古时女子少时垂发，到成人时则挽发簪起，故称。
③ 适——许配。
④ 无对：没有可以对等匹敌的。
⑤ 大限——人的死期。
⑥ 无常——原指人死时勾魂摄魄的使者，此处借指死的时候。
⑦ 弄瓦、弄璋——旧时关于生男生女的指代词，弄瓦指生的是女孩，弄璋（璋为古时玉器，形状像半个圭）指生的是男孩。

## 第四回　朝中招选女婿

　　话尚未毕，只见数个采女忙入园中，说："圣上有旨：今日朝中大设筵宴，将大公主、二公主招赘新科文武状元为婿①。速入更衣，勿得有违！"三姊妹听罢，实时归宫。

　　且说新科文职状元姓赵，名魁，字得达，乃宝应人氏。父震，现为当朝丞相。庄王见他人才出众，文学超群，即将长公主妙清招他为东床女婿，登时造起驸马府。又有新科武举状元，姓何，名凤，字朝阳，乃河东人氏。少年奋志，一十八般武艺件件惯熟。庄王又将第二个公主妙音，招他为西府驸马。当时金榜题名，洞房花烛。一代君臣，百年婚眷，庆喜筵席，载笑载歌，此乐真人间罕有也。

　　今日庄王寿届六旬，天寿皇节，赵魁与何凤商议曰："我二人宿缘有幸，今喜连襟，同寅协恭，共扶社稷。且喜皇上今值六旬寿诞，我等合该同公主上殿，祝寿递觞。"何凤曰："姨丈所言，正吾愚见。"乃备赛蟠桃一盒，久藏琼浆二壶，同二位公主一同把盏。

　　庄王当时喜女婿冰清，外翁玉洁②，又是华诞，不觉饮得酕醄大醉③。转

---

① 招赘(zhuì)：把男方招入女家承嗣宗桃的婚配。
② 外翁：此指亲家翁。
③ 酕醄(máo táo)：喝酒大醉的样子。

入神宁宫坐定，举目一看，只见大公主、二公主俱不在侧，银烛煌煌，只身孤身，心中猛省起来，说道："我招他二人为驸马，乃是半子，缓急不离左右。谁想他身恋夫妇之乐，得我撇得不瞅不睬①。此人如何把得大事？若是今把江山付与他掌管，一发不睬我了。如今只有三公主在身（边），未曾招人，目今务要招个有恩有义，真真当得半子的在我身旁，然后把天下大事交与他管，那时我退入养老宫，做个太上皇，我愿方足。"乃呼太监怀安曰："汝可接娘娘来，我有大事与他商量。"

怀安忙入乾清宫，宣得皇后到来。庄王曰："寡人今日贱辰，娘娘将何为寿？"②伯牙皇后跪进曰："梓童别无他寿，只愿妙善他日招个孝顺女婿，时时在宫中伏侍我王，妾方满心满意。"

庄王曰："尔言正合朕意。"乃吩咐采女："尔可去景梅宫，请三公主到此。"但见采女不多时宣得三公主来到③，叩头山呼已毕。且听下回分说。

　　万里江山胤子悭，欲招三婿显门阑。④
　　谁知妙善生来拗，不恋东床恋鹫坛。⑤

---

① 得我：将我，把我。
② 寿：以礼物祝寿。
③ 不移时：时间不长，不一会儿。
④ 胤（yìn）子：子，子嗣。胤，后代。悭（qiān）：欠缺。
⑤ 鹫坛：本指释迦牟尼在灵鹫山的说法之处，借指佛教。

## 第五回　妙善不从招赘

却说庄王问曰："我养汝姐妹三人，母桂虽然茂盛①，但终是女子，何以掌管山川。吾闻昔日曾有尧禅舜位，我今见你两个姐姐都成亲，宣你来，别无他说，将你欲招女婿，嗣位东宫，付托后事。你说还是要招文状元？武状元？"妙善即俯身奏曰："父王圣旨，敢不听从？但孩儿身心主意不同，各有所志，愿父王见容。"庄王曰："你且说来。"

妙善曰："孩儿不愿婚姻，只愿修行学道。若得果证菩提②，不忘养育之恩。"

庄王听罢大怒，曰："这泼妮子，又来作怪！朕为一国之主，万姓之尊，见识倒不如你？哪有皇家公主好人不做，去做尼姑③！"

妙善复奏曰："天下大器，谁人不爱；夫妇快乐，谁人不喜。只是孩儿素性只愿修行，任他一切荣华，儿心全似冰炭不入④。父王真若萦心孩儿初心改，不肯改！"

庄王起身，怒欲笞之。妙善乃勉强假应之曰："父王苦苦要儿招婿，儿情愿招个医士也罢。"

---

① 母桂虽然茂盛：借指孩子虽然不少。旧时以"兰桂齐芳"比喻后代成才。
② 菩提：梵文音译，意指觉、觉悟，佛教指达到大彻大悟的境界。
③ 尼姑：比丘尼的俗称。指出家的女性佛徒。
④ 冰炭不入：一般作"冰炭不容"，指二者无法相处相容。

庄王曰："天下英才多少，汝偏不要招，却要招医士，汝心下是何主意？"妙善曰："儿招医士，非有别意，只要医得天下无倾颓之相①，无寒暑之时，无爱欲之情，无老病之苦，无高下之相②，无贫富之辱，无你我之心，尽得吾意佛果菩提，不选日时，结成夫妇。此则儿之愿也。"

庄王听罢，怒气冲天，骂道："这个妖精，一发对人前空说鬼话！"叫值日内使何陶，过来听令。何陶跪下禀曰："陛下有何发落？"庄王曰："无奈这妮子忤旨，你可将她锦衣剥下，取御棍打出，禁在后园，侍她冻饿而死，免得挂朕心怀。"

内使承旨，尽将衣冠剥下。妙善叩头拜谢，竟自往后园修行去了。

不听招亲忤二亲，后花园内受孤伶。

衣冠礼服都剥去，一旦翻成越路人。③

---

① 倾颓（tuí）：倾覆，衰败。
② 相（xiàng）：佛教指世间万物诸法的体状外表。
③ 翻：反。越路人：路上遇到的过往的陌生人。

## 第六回　妙善后园修行

却说妙善来到园中，甘心淡泊①，一意修行，与明月为朋，与清风为友，逍遥自在，无碍无拘。全忘却宫中之乐，足以易此之乐。

忽一日，皇后思念公主不置②，乃差御前采女娇红、翠红二人，入园探问消息。

二人见公主初心不改，即跪下劝曰："奴婢禀告公主，俗语云：'世间风流事，无过夫妇情。'何不回宫招娶驸马，以图快乐？立志修行，成得甚事？况且乃是王宫之女，玉叶金枝，罗绮千箱，富贵第一③；何必苦恋空门，吃此黄荠淡饭④，成甚勾当！"

妙善曰："你等哪里晓得我心里事。富贵罗绮，何道希罕？皇帝今日送我在园中，如离火坑。感谢三光⑤，今日才得随心满意修行。正是：长空云散清如洗，天地春回万象新。你们每每花言巧语，在此絮絮喏喏做甚？何不早早回去，休得在此胡缠！"

二宫女畏惧公主，只得叩头喏喏而归。

① 淡泊：即淡薄。
② 不置：放不下。置，放。
③ 富贵第一：天下第一的富贵人。
④ 荠(jì)：荠菜，一种野菜，叶可食。
⑤ 三光：指日、月、星辰，亦称"三精"。

妙善见宫女去了，欢然笑曰："这贱人去了，且喜这园内并无忧虑，幸有白云明月为伴，真如神龙得水，猛虎逢山。不如拿香案过来，拜告天地，申奴一点诚意。"安排已了，深深拜曰：

焚香祝告上天庭，园内修行铁石冰。
奴年方十有九岁，父母偏将奴结亲。
奴见地狱千般苦，不愿将身去嫁人。
爱欲般般都放下，三途八难永除根。①
锦绣罗衣披麻绩，全身净尽灭红尘。
出门一步乾坤阔，逍遥自在感天恩。
清风明月常为伴，垂杨绿柳好藏身。
千般快乐浑不喜，一心只要道完成。
若得奴身成正果，鱼逢绿水现金鳞。

---

① 三途八难：佛教指不利于得道的世俗劣性。

## 第七回　庄王夫妇园中劝女

却说妙善参拜天地已了，收拾香案，卧房歇息。不想皇后见两个大公主夫妇唱随如愿①，快活无边，陡然想起妙善后园受苦，止不住两泪纷纷。叫娇红问曰："你前日去劝公主，她如何回复？"娇红说："公主修行，心如铁石，全不听劝。"皇后曰："大公主招文，二公主招武，何等快乐。偏是妙善古怪，一心只要修行，父王发怒，逐出花园，却要冻饿死她。我痛思骨肉，忧忆成病。昨日合宫商议，待君王回宫，哀告乞赦孩儿之罪。你在宫外伺候回话。"

却说庄王朝散归宫，娇红慌忙禀曰："圣驾已归，娘娘可速迎接圣驾。"皇后鞠躬接入宫内，只见庄王眉头不展，脸带忧容，闷坐龙椅。皇后奏曰："陛下往日入宫，无限欢喜，今日缘何不耐烦？朝内有何事关心，臣妾合当分忧。"

庄王曰："妙善拗性，前日不听朕言，被朕贬禁，囚于后园。朕思量起来，'猛虎犹护子，毒蛇也爱儿'，自家骨肉，安忍禁囚园内？况朕又无五男七子②。早晨听得中散大夫许智，他倒有五男二女，昨日又添一子，众官

---

① 唱随：即夫唱妇随。
② 五男七子：即下文的五男二女共七个孩子。这是中国古人理想的家庭子女模式。

都贺他。我为万乘之君,四海之主,反不如他,朕心安能欢喜!"

皇后曰:"父母见识,大抵相同,自家儿女,怎不爱惜?从今只要改过前非,便罢。"

庄王曰:"既是梓童这等说,我和你同去园中,以赏玩为由,带那不孝子回宫便了。当值怀安哪里?"怀安叩头禀曰:"万岁有何使令?"庄王曰:"汝可护驾,到后园去来。"

怀安唤娇红、翠红,一同悄悄步入园中。只见妙善正在那里看经念佛,见圣驾已到,慌忙接入坐定。

庄王问曰:"我儿前日忤旨,老父不觉一时性起,懈尔在此①。今朝爹娘于心不下,故又来劝尔回宫,早招佳婿。"妙善禀曰:"儿愿出家修行,不愿在家嫁人。故今日在园中看经礼佛,无非为出尘凡之计。老爹娘莫管儿。"

庄王又小心劝曰:"我儿当三省后行。神仙姑诬,佛法苦空。"只听得又说:"孩儿不要苦苦执迷,早早同我回宫,招选佳婿,掌管我万里江山,免得我老爹娘后无结果。"妙善听罢,只不做声。

皇后又劝曰:"吾今无子,止生汝姐妹三人。爹爹年老,再无别亲。汝可回心转意,再不可执迷如前。倘不甘听②,爹爹怒起,那时汝进退无门,我老娘再不顾你了。"

妙善听了母亲叮咛,哭倒在地,叩头禀曰:"修行是儿素心,招赘非儿所愿。儿思想,人生百岁,为欢几何?若不早早修行,一旦无常堕落凡劫③,不得轮回④,那时对谁哀告?望爹娘及早转宫,丢儿莫念。奉养则有大姐、二姐可托,比如不曾生得孩儿一般。伏乞爹爹大开恩宥⑤,容儿留此修行,不胜感佩。若要儿负却初心,天日在上,宁甘万死,不愿在世!"

① 懈:指抛置不顾。尔:你。
② 甘听:心甘情愿地听命令。
③ 凡劫:凡间的劫数。
④ 轮回:即"六道轮回"。佛教认为世上众生的生死相继,各依所作善恶业因,一直在六道(天、人、阿修罗、地狱、饿鬼、畜生)中升沉不定,像车轮一样旋转不停;只有得道者才能免于厄运。
⑤ 宥(yòu):宽恕。

庄王忍怒复劝曰："凡为人子，不遵父命，是为不孝。我想为僧道的，盖是懒惰、孤贫、家苦、下流、求食度日之人，我儿决不可学他。"

妙善再奏曰："儿闻三世诸佛①，今古明贤，皆舍五欲②，成等正果③，普济天下。人间天下，终不然都是下流之人？"

庄王听罢，对皇后曰："罢罢！子童，我和汝归去，管他妖精则甚。"说罢，飘然归宫去了。

妙善见父母已去，乃微微冷笑，向支机石上蟠坐④，念经不辍。听下回分解。

拘禁花园诵佛经，抛开爱欲炼精金。<br>清风明月无边趣，圣旨虽严不易心。

---

① 三世诸佛：即三世佛。有横竖之分。
② 五欲：即色、声、香、味、触"五境"。"五境"能诱发贪欲，故称"五欲"。又指财、色、饮食、名和睡眠。
③ 等正果：佛教把与因相对的事物称为果，有无果之说。此处等正果当指等正觉之果，即自觉、觉他。
④ 支机石：放织机的平坦大石。蟠坐：盘腿而坐。

# 第八回　采女奉旨劝公主

忽二采女入园，禀曰："今有大公主、二公主，特来拜访。"言未毕，只见妙清、妙音双双同至。妙善连忙作礼，曰："今日不知二位尊姐到此，有失迎候。"

妙清曰："我姐妹多时不见贤妹，心如刀割；又听得爹爹把妹子拘禁在此，我二人心中十分不安。今日特来接你回去，同享荣华，免得在此孤栖冷淡，无了无休。"

妙善答曰："姐姐言之有理，但姐姐仅知其一，不知其二。修道之事，昔年花园游玩已见大意，到今日禅心入定，叫我与二位尊姐同意，观如拒敌①。死亟关头②，我已勘破了大半。但言姐姐来看我则可，若说劝我，海枯石烂，我心决不从汝之劝。二位贤姐及早归去，小妹出家，后日若得功成正果，先度双亲，后度二位姐姐，同登净土③，有何不可？今日双亲譬如不生小妹一般，多多借言拜上。"

妙音复劝曰："妹子差矣。人生青春易过，容颜易改。及早回心，招了亲事，一生快乐，何须做这等勾当。"

---

① 这两句说双方不可能达成共同意愿，就如同敌对双方一样。
② 死亟关头：生死急迫的关键时刻。
③ 净土：佛教指无劫浊、见浊、烦恼浊、众生浊、命浊的清净世界。

妙善曰：“姐姐你哪里晓得：蟾蜍无返照之光，玉兔有伴月之意①。探尽龙颜海藏、天堂地狱，任君去行。我今情愿离恩割爱，一心学道，望姐姐且莫多言。”

妙清亦怒骂曰：“以你这等愚痴下贱，枉生伶俐！不听忠言劝谏，只怕你登时受苦在后。”

妙善曰：“姐姐免息雷霆之怒。我与你身同意不同，汝自思天子之富贵，管我则甚。”

二人听罢，乃飘然拂袖回归。

妙善看见二人去了，依然念经不歇。

皇后自那日从园中归去，十分忧闷，百计不能得儿女归回，乃禀过庄王，再差采女娇红、翠红，复往园中。见三公主，进言劝曰：“天下无不是的父母。公主修行固是好事，学道法不若学人伦②。夫妇人伦，公主当熟悉之矣。今公主在此若执意不回，小奴婢奉上圣言，特来请归府中，招选驸马。由不得公主肯不肯，我二人抬也抬得汝去。”

妙善大怒，骂曰：“汝这奴婢，辄敢如此！我若不看敕命面，决不轻轻放汝。汝去多多拜上父王，我今只愿修行。今后汝等再不可来乱言乱道。”

娇红曰：“公主既然如此，奴婢想，此地修行，亦非长久之计。”

妙善曰：“我已筹之熟矣。我今欲往汝州龙树县白雀禅寺，有五百僧尼清正行道③。烦汝等与我奏过父王，若得此处修行，后当报你。”

娇红曰：“公主请自在，奴婢竟归宫中，奏知便了。”又听下回分解。

修行一念本生成，甘向花园礼佛经。

---

① 蟾蜍无返照之光：蟾蜍代指月。此句说发出的月光决不会收回。玉兔有伴月之意：传说月宫中有白兔，常年捣药不止。两句意指人各有所钟，不能强求改变。
② 人伦：指人与人之间的关系和行为准则：父子有亲，君臣有义，夫妇有别，长幼有序，朋友有信。
③ 行道：即修行、修道，指佛教徒根据佛法教义去实行。

拂拂香风花影乱，团团夜月柳荫清。

亲言絮聒空克耳，婢语劳叨枉送情。

自雀寺中闻大觉，道高俯仰鬼神惊。①

---

① 大觉：大彻大悟。这里指使人大彻大悟的佛法。

## 第九回　三公主坚辞父王

却说庄王为妙善之事，终日只是放心不下，尽付国政不理，专在宫中听采女回话。只见娇红二人忙忙到宫，回话曰："奴婢奉命到园中再三劝解，谁知公主决不回心。她说今有白雀寺，寺中有五百尼僧出家，所在正好修行。教奴婢奏过我主，她今要往那里修行，明日入宫来拜别便去。"

庄王闻奏，说道："果是这等，待我将计就计，因风吹火，用力不多。一壁厢差人吩咐白雀寺僧尼劝她回来①，若劝她不转，好生治罪；今就传圣旨到园中，召她到殿前，拜别之时，再将言语留他，又作区处②。"

内使怀安领旨，即到园中奏曰："主上说公主在此处难炼丹③，宣娘娘入宫，好送去白雀寺，任意修行。切莫久延于此。"

妙善闻旨，不胜欢喜，说道："今日才称吾心。"实时随内使转到宫中，参拜父王说："奉爹爹之命往白雀寺修行，就此别吾父母前去。"

庄王曰："孩儿自这等痴呆！老父寤寐不安，饮食不宁，遣使宣儿回宫，做个好人，今我孩儿反好学道。"

---

① 一壁厢：一边，一面。
② 区处：打算，处置。
③ 炼丹：道教法术之一。有内外之分，外丹指用炉鼎烧炼矿石药物，内丹指以人体作炉鼎炼精、气、神。此处借指佛教的修行。

妙善曰:"爹爹差矣。常言道:'一言既出,驷马难追。'要天下万民信服,只凭一语。今日为何言颠语倒,哄弄孩儿?"

庄王大骂曰:"泼贱无知,不依吾言,苦要修行,且看你怎生结果!"

妙善曰:"爹爹暂息雷霆之怒,恕却孩儿不孝,今朝别去,有日功成,便来救度父母。"言罢,便叩头八拜,竟出金銮而去①。

拜别双亲去入禅,洗心涤虑怎迟延。

空门广布修行事,便是逍遥自在仙。②

---

① 金銮:即金銮殿,皇宫大殿。
② 空:佛教认为一切事物现象都有其各自的因和缘,事物本身并不具有任何不常住不变的个体,也是非独立存在的实体,故曰"空"。

## 第十回　妙善往白雀寺

妙善既下了殿，不管认得路不认得路，望直向前便走。宫中妙清、妙音知得，统率百官、采女、内使，一同赶来，苦口扯往，再三苦留。妙善凭他说得口生莲花①，只是不听，拜辞便走。二公主哭回宫中去了。

当时妙善起头一看，只见文武官及五军都督，俱跪在地上送行。妙善曰："不劳卿等远送。尔等回朝，俱要尽忠报国，休献谗佞②。为文者论道经邦，为武者运筹决胜，保护边防，便是你等职业。"

众臣齐奏曰："臣等尚有一言冒犯，启上公主，不一恕罪。"

妙善曰："众卿有何议论？"

众臣曰："臣闻上古行孝为先，背亲出家一何行奉何佛③？只在宫中孝亲顺父，强如出家。出头露面，被人笑话。臣等愚不谏贤，烦公主回心，只要言行相符，孝悌忠信④，胜似修行。"

妙善曰："众卿听我道：凡人在世，轮回难免。我身心各有所见，汝等为文者辅佐君王，为武者忠心报国，莫负平生所学。为臣子与出家，各人

---

① 口生莲花：形容语言委婉动听，佛教指说法。也作"舌绽莲花"等。
② 谗(chán)佞(nìng)：说别人的坏话，花言巧语蒙人。
③ 一何行奉何佛：何必要离家出走？何必要信奉佛教？
④ 孝悌忠信：儒家的伦理规范。对父孝顺，对兄友爱(悌)，对君忠诚，对朋友守信。

立意不同，再休多言。卿等回去，借言拜上父王，休要牵挂孩儿。一朝道果缘成，定来相见。如今我路须生①，既出了家，身且不顾，信步行将前去，何怕他凶山险水，虎豹豺狼！我今随路只借问白雀寺便了，你众卿俱各早回，再不消远送。"

　　辞父抛娘出外乡，寻思礼佛实为强。

　　若还参得玄机透，不管山遥与路长。

---

① 我路须生：我要走的路分岔很多，也不熟悉。

## 第十一回　寺中神将助力

妙善在路，饥食喝饮，晓行夜宿，不觉一日，早近白雀寺边。

却说此寺创自轩辕皇帝①，内有五百尼僧。掌管尼僧，名唤夷优，系土罗国女子出家，道果行高，无不宣敏②。闻得庄王有旨，叫劝她转路，乃叫徒弟郑正常、闻法海，吩咐曰："今有三公主与国王不和，罚到我寺中，要我等劝她回心转意，招取驸马。今日到来，大家且去迎接，看是如何。"

只见妙善看看来到山门，夷优同二个徒弟叩头迎接。妙善连忙答礼曰："奴家今日特来出家，众师父何劳下礼。望师父引我参拜如来③。"夷优乃引到殿上，命徒弟焚香、撞钟、打鼓。

参拜已毕，妙善下殿到法堂上④，请师父参拜。

夷优曰："公主是国家金枝玉叶，荒山尽是庶民贫贱女子，到此修行，不当稳便，老身安敢受公主之拜。"

妙善曰："学道在心，岂分贫贱；不拜师父，何以出家？"

夷优曰："公主莫不是星辰反乱，不顺父王，假来出家，见人之过，毁

---

① 轩辕皇帝：即传说中的上古三皇之一黄帝。姓轩辕氏。
② 宣敏：畅达、敏捷。
③ 如来：从如实之道而来、开示真理的人，释迦牟尼的十种称号之一，亦作为一切佛的称号。
④ 法堂：佛寺中演说佛法的厅堂。

佛谤法？如何宫中不招驸马受风光，岂不妙哉！老身每在此穿破衣①，吃薄粥，冷冷清清，有何好处？"

妙善曰："众师父听我道：吃粥心清爽，寂寞寤寐安②。宝刹五百尼僧③，也有富贵之家、聪明智慧、端庄洒落少年出家，终不然你也叫她嫁人，叫她还俗？我今特来与你同伴出家，共祝圣会，你反来劝我。原来汝等只图风光过日，不管生死之因乎？"

夷优曰："非老身敢说此话，因圣旨教劝公主回宫，如若不劝回来，要放火烧寺，以此苦言劝化。"

妙善曰："汝等亦非出家之谊④。若论出家道理，不怕生死灾患，才成正觉⑤。任他来烧，烦恼则甚！"

夷优曰："公主见识差矣！终不然为一人，累及五百僧尼同你受苦？老身住持三十余年，未尝惹半分横事。公主与父王斗气，于我有甚相干？"

妙善曰："众师差矣。自古僧有六和五德，出家之道行也。古圣之道有舍身饲虎者，割肉饲鸽者，有燃灯为炬者，有舍股截手足者⑥。汝等惜身养命，贪恋未除，如此修行，乃利己伤人，非是释子之礼也⑦。未来烧寺，先自恓惶，想你全无达道之意！"

郑正常、闻法海对师父曰："牯牛有胎，养子不下，将他割开。如今她左来右答，右来左答。说她不过，我们如今且去难她。""告公主知道：你莫说出家清闲自在，不分贫贱，皆当受我差使。要你同去厨中，理事物用，自当勤谨。厨下完备，又要烧水换水，五百尼僧沐浴等毕，然后上堂。如有一些不合，大的荆杖，小的竹笞，一顿打出山门。这等禀过在先，任从你可行则行。"

---

① 每：们。
② 寤寐(wù mèi)：醒与睡。
③ 宝刹：对佛寺的尊称。刹，梵语音译。本指佛塔顶部的装饰，即相轮；后也泛指佛寺。
④ 谊：意义，道理。
⑤ 正觉：佛智。对于凡夫的"不觉"、外道的"邪观"而言。
⑥ 这几句中的"以身饲虎"等，均是释迦牟尼成佛之前的修行之事，即佛本生故事所讲。
⑦ 释子：释迦牟尼的弟子，也泛指佛教徒。

妙善曰:"耳心自受,任从差遣,奴当其前。"

夷优曰:"既然如此,你来皈依了佛。"

妙善乃跪对如来,言曰:"皈依诸天佛,奴身愿出家。望乞慈悲怜念,一任红尘乱似麻,奴身永远不恋。"

夷优曰:"你来皈依了法。"

妙善乃对天跪曰:"皈依清净法,奴身不染尘。愿向空门恋道心,永不思宫壸①。"

夷优曰:"再来皈依了僧。"

妙善乃对师父跪曰:"皈依大众,差使自当撑。亦事从头拱听经,永无愁虑生。"

只见妙善一点慕道真心,感动上界玉皇,乃召太白金星吩咐曰②:"今有下方庄王女子,不喜荣华,情愿修行,如今父王把她在白雀寺中受苦。那妙善粗使细务,尽身所便,如此劳碌,并无怨恨之心。若不救她,有失好生之德。你可吩咐三官、五岳、八部天龙、伽蓝、土地,速去代伊之劳③;再差东海龙王厨边开井,猛虎黑夜送柴,飞禽朝朝送菜。诸事尽发天神护持,使她得安心慕道,不得有违!"

太白金星把玉旨传下,白雀寺中诸神个个供命。正是:

    一点真心格上苍,诸神领旨各奔忙。

    果然作善来天眷,白雀如来不可量。

---

① 宫壸(kǔn):指宫廷。壸,宫中的路。
② 太白金星:天神之一。太白星的人格化而成。常在玉帝御前执事。
③ 伽蓝:梵语 Sangharama 之略。意为"众园"。指寺院、佛寺,也指护卫寺院的伽蓝神。

## 第十二回　庄王火烧白雀寺

却说夷优见妙善在寺得神力之助，乃唤徒弟郑正常商议曰："自从公主到此，劝她不回，罚她厨头辛苦。谁知六丁神将上香①，八洞神仙献果②，伽蓝、土地打扫厨下，龙神开井灶头，猛虎运柴，飞禽送菜，黄昏钟响。有此异事，想是神力助她。你入朝去奏上国王，取她回去，免得在此生灾惹祸。"

郑正常曰："徒弟即便去奏。"乃到殿上，把上项异事一一奏上。庄王听奏，大怒曰："有此等怪？你且回寺，我明日便来取他。"

郑正常退去，庄王即召五城兵马司忽必力入朝③，吩咐曰："你可来日点起五千兵马，往白雀寺，不许走漏一人，将火焚了，即来回话。"

忽必力领了圣旨，出到教场，点起五千兵，星夜把白雀寺围绕三匝④，水泄不通，一齐放火。只见五百尼僧无有生路，在内号天叫地："今日焚寺，公主自己之事，连累我众人死得可怜！"

---

① 六丁神将：即"六丁（神）"，道教的火神。
② 八洞神仙：泛指道教的神仙。八洞为神仙所居的洞府，有上八洞、下八洞之分，后泛指神仙或修道者的住所。
③ 五城兵马司：京都掌管禁军的首领。
④ 匝（zā）：一圈。

妙善对僧尼众曰："火焚寺，实我之灾。"乃跪天告曰："灵山世上①：弟子庄王之女，你是轮王之孙②，不救小妹之难？你离王殿，我离王宫；你向雪山修道，我向白雀修行。普救世间之苦，何为不护我今日之灾？"因拔竹簪，口中刺血，望天喷去。只见一段精诚感动天地，须臾乌云四起，红雨淋漓，烟消火灭。满寺俱得死里逃生，都来拜谢公主活命之恩。

忽必力见事不谐，慌忙转朝，奏过庄王。庄王怒气不息，又差忽必力提兵再去，锁来朝中问罪。忽必力承旨，带领军校蜂拥而去。

转过伯牙皇后，叩在丹墀③，奏曰："妾想平昔眷属之宠，今朝不顾身命，径造圣前④，乞赐恕罪。所有小女愚痴，纳妾一计：愿我王如有便道之所，立结彩楼⑤，妾同二女并驸马在楼上百般歌宴，却拿妙善从楼下游过。她见如此富贵，敢有回心⑥，免得骨肉分离。未知圣意如何？"

庄王听罢，曰："依卿所奏，就着该衙门知道，搭起彩楼，来日劝回公主。"

但见营缮司赫连赤钦奉圣旨，结起彩楼。皇后娘娘、公主、驸马、嫔妃、采女，同上楼中，百样笙歌，百般快乐，将为可以劝得我公主回心。

谁知妙善心如精金，烈火百炼不磨。当被军校锁押过楼，忽必力禀曰："公主你为何受这般苦楚？你看彩楼上欢声鼎沸，百般快乐，何不回宫招婿，免受禁持。"妙善曰："我一身生在人世，本心不爱荣华，如今视死如归，只是未曾还得双亲养育之债，他何念哉！"

须臾之间，已押到法场，只见众臣摆开祭礼，那妙善已绑在场上。众臣奠酒，读祭文曰："伏维兴林妙庄王十六年，岁次甲申，七月朔日，国亲臣等仅以清酌之奠，敢昭告于公主前而言曰：

---

① 灵山：印度灵鹫山的略称。释迦牟尼在此说《法华经》，称为"灵山会"。
② 轮王：转轮圣王的省称。转轮圣王在佛教指人间的英明君主。释迦牟尼成道前是印度迦毗罗卫国净饭王王子。
③ 丹墀(chí)：皇宫中红色的台阶。
④ 径造：径直到。
⑤ 彩楼：用竹木等结扎的楼阁，披红挂彩，故称。
⑥ 敢：恐怕，应该。

嗟乎！公主秉性贞纯，操行淑顺。不贪富贵之荣，惟思苦空之乐。有量吞天，无心世混。斗转星移，人非物换。为生不顺于父母，故死不得乎正终。青春虚度，白日顿昏；花绽遭风，灯明掩瘤；逼赴黄泉，形如朝露。特送云程，鉴纳不备。尚飨！

其众臣祭罢，俱各大泪。妙善只是低头闭目，口无一语。

俄顷，内大臣忽报圣后登临，众臣正于法场焚香，恭迎圣后到此。圣后曰："今你卿士等既已祭毕，请各回朝，以便我吩咐。"

娘娘曰："你这回好好依我做娘的说，回家招选佳婿，免致这样出头露面，受这凌辱。你若不遵，遽然受死①。你若死，教我怎生舍得母子今日分离！"

妙善听母之言，面无改色，只是闭口低头不语。

俄而②，皇帝有诏，促母后回宫；俄而，内臣又传圣旨到，言皇帝怜妙善苦楚，赦他死罪，召回冷宫囚禁，别作施行。

妙善起来，对内臣说："父王好没道理，要杀便杀，何故又来促回冷宫囚禁？"

内臣曰："三公主，死门难向③。常闻'子孝父慈'，何故苦苦执迷？"

妙善曰："他只把死来挟制我，除了死不怕，且看他如何摆布我！"

　　一死须教轻泰山，修行不改任摧残。

　　祝融已有天神助，说甚宫囚血染凡。④

---

① 遽（jù）然：急促的样子。
② 俄而：即俄尔，一会儿。
③ 向：朝向。
④ 祝融：传说中的火神。后来成为火或火灾的代称。

## 第十三回　妙善云阳赴死

庄王将妙善囚在冷宫，自念骨肉参伤①，密谕内臣曰："父慈子孝，缘父不慈，故子不孝。我今早上已告过家庙家祖，愿求阴力默佑，转她心性。如今不免亲往冷宫劝她一番，且看听我也不听。"

庄王乃与内臣同到宫门，开了锁钥，已是二鼓时分。

妙善见父王来到，跪在地上。庄王哭谓之曰："我儿，慈母配如地，严父配如天。不从父母训教，何异禽兽！你两个姐姐，因顺父母招亲，百般快乐，你情愿要做囚人？世情最好的是夫妇之义，爱重如山，恩深似海。今当改过前非，顺从父命，招选驸马，一生快乐。若不依从，休想在世。"

妙善曰："爹爹所言差矣。悟者方知太阳门下无星月，天子门下有穷儿。孩儿各有所见，夜半更深，着甚来由，苦来相劝？"

庄王曰："我儿这等愚痴。招婚是人之大礼，何故不从？"

妙善曰："宁可使须弥山粉碎②，大千世界平沉③，教我招夫，此事休提！"

---

① 参伤：疑为"参商"，指如参星和商星一般永不相见，此指父女暌隔。一本作"伤残"。
② 须弥山：梵语音译，意译"妙高山"。一个小世界的中心，山顶为帝释所居，山腰为四天王所居，周围有七山八海及四大部洲。
③ 大千世界：佛教所谓的世界，分小、中、大千世界，合称"三千大千世界"。

庄王曰："你这等不识抬举！教你招夫为帝，此乃好事，何故不从？"

妙善曰："爹爹正觉昏迷，邪心炽盛。你为万民之主，不能齐家，焉能治国？若是天子人王，畴肯半夜三更①，父入子宫，逼女嫁人？天下闻知，乃万世之羞，是何道理？"

庄王见妙善执了一念，决无回心从父招夫之理，曰："明日在法场斩首，以治你不孝。"说罢，忿忿即出冷宫。

土地闻见此事，即忙具表奏上玉皇。玉皇曰："如今西方除了世尊②，就是妙善。此等大识智菩萨③，今日有难，岂可坐视。她如今忤了父命，明早押赴法场处决，你可防护。待她刀砍刀断，枪戳枪折，绞她之时使她不知疼痛。汝可化作一虎，跳入场中，速将妙善背入山林净处，将灵丹一颗放她口里，使她尸首不坏，魂归地府，游遍即送还魂香山，得通南海普陀岩显灵④，方成正果。"

土地领了玉旨，即于法场俟候。但见时至五更，军校将法场团团围转，监斩官忽必力把妙善绑在场中，专等旨到开刀。

妙善就绑，怡然大笑，说道："我今早得超升，再不沉迷于地。但你等可速斩我，休凌辱我的身躯。"

说罢，令旨已到，催促下手。只见一阵风过，天昏地黑，法场红光罩起，妙善刀砍不入，枪戳不入。

圣旨传下，再取红绫丈二，绞死无违。

方绞之时，忽见猛虎跃入场中，军校惊得四散，将妙善一竟背入密松林去讫。

监斩官回奏庄王，庄王大喜，曰："今小女不合于天理，不忠不孝，应

---

① 畴：与"谁"通。
② 世尊：亦作"释尊"，佛教徒对佛祖释迦牟尼的称谓。
③ 菩萨：梵语音译"菩提萨埵"的省称，意译为"觉有情"、"道心众生"。指修持六度，上求觉悟，下化众生，当来成佛的修行者。在"圣者"的行列中，菩萨的地位仅次于佛，在"三乘"中属于"大乘"。卓越的大乘佛教徒也可以称为"菩萨"。
④ 普陀岩：即普陀山，相传为观音菩萨显灵说法的道场。在浙江普陀县，为舟山群岛之一。

该虎食。劳卿所至,钦赏黄金二锭。尔其退朝。"

公主修行一命倾,父心何忍丧儿身!

岂知作善天怜念,南海功成万古秋。

## 第十四回　妙善魂游地府

却说妙善被父绞死，土地将她尸骸背在山中，她一点幽魂不散，杳杳如浮云，昏昏似梦中。抬头一看，不知身在何州何地，乃自叹曰："奴家被爹爹绞死，缘何来到此间？又无高山草木，又无日月星辰，又无人形房屋，又无鸡犬相闻，怎生是好？"

正叹之间，只见一青衣童子放大毫光，手执幢幡，向前言曰："吾奉阎君敕旨①，迎接公主游一十八重地狱②。"

妙善曰："此是何处地方？"

童子曰："此正是阴司。只为公主不肯招亲，却被父王绞死。久闻公主大慈大悲，道风高超，主司启奏，十主大悦③，普传敕旨，特来迎接。不须惊恐，即便登程。"

妙善只得与童子同行。来到鬼门关④，只见众鬼个个跪门迎接，牛头马面都来双拳拱手。入了关门，俱见枷锁刑具令众鬼受苦楚之惨。妙善问童子曰："此皆何等刑具？是何等之人当受此罪？"

---

① 阎君：即阎王，阴间的主宰。
② 十八重地狱：有关地狱的一种说法，谓地狱有十八层，由上至下，刑罚之苦越来越重。
③ 十主：佛教的阴司分十殿，各殿都有主司，称"十殿阎罗"，故曰"十主"。
④ 鬼门关：通往阴间的关口。

童子曰："不忠不孝，受那凌迟碎剐、剥皮扬灰之刑；贪淫屠戮，受那刀山剑树之刑；抛弃五谷，轻贱百物，受那碓舂磨磨之刑；势豪凌虐小民，受那铁床铜柱之刑；纵恣口腹，食尽水陆，受那沸汤油锅之刑；搬唇弄齿，面是背非，谗谮阴狡，受那抉目拔舌、抽肠剖腹之刑；推人落水，坑人下井，受那奈河水淹之刑；淹没子女，触污三光，受那血湖血海之刑；恃强凌弱，将大压小，以富吞贫、以贵欺贱，受那石压剉烧之刑，钓鱼射鸟，投机骗诈，受那铁鹰、铁犬、毒蛇、恶虎咬啮之刑；还有黑暗饿鬼、阿比畜生种种刑具，不可胜数。"

童子一边指说，妙善一边行去。忽见几个尼僧，一手将妙善扯住，喊叫："慈悲度脱①！"妙善曰："我平日与你无冤，何故扯我？"众尼曰："我是白雀寺僧尼，因公主不从父王，故来放火惊死。我这几个僧尼不得超脱，望公主慈悲救拔。"妙善曰："既要超脱，合掌向前，随我诵经。"

但见地藏王观见冤魂缠住善心公主②，乃向前吩咐众魂曰："我今已与尔奏过阎君，发尔俱向极乐园，投生出世，再不在此处枉死受苦。"僧尼俱大欢喜，拜别而去。

看看公主来到金桥，但见上面宝盖幢幡，下是黄罗锦绣，左右栏杆四龙围绕，紫云布地，百乐齐鸣。公主问曰："为何此桥这等富贵？"童子曰："只为公主善心，千般地狱化作锦城，血湖化作莲池。"

妙善曰："此间又听得有哀乐两样之声，为何？"童子曰："乐者，十王殿内笙歌之乐；哀者，地狱中鬼囚之苦。"

妙善曰："受罪之鬼，何方人氏？"童子曰："都是阳间为恶之人，今来阴司受刑。"

妙善曰："既是如此，待我解厄超度他去。"只见真经诵动，四下天花乱坠，囚中放大光明，枷锁自脱，百刑俱解，一切鬼凶俱得佛力超生，地狱

---

① 度脱：救度脱离苦海。
② 地藏王：也即地藏菩萨，俗谓其主宰阴间之事。

为之一空。

妙善举头再看，见十王齐齐都在前面迎接。妙善急忙答礼曰："弟子有何德行，敢劳阎帝垂青①。"

十王曰："吾等闻知公主诵经说法，天花乱坠，真乃善哉！善哉！大众愿来拱听②。"

妙善曰："既要听经，可将三途八难、十八重地狱一切鬼囚放出听讲。"阎帝吩咐牛头马面③，速将众囚一齐放释。

妙善诵经已罢，陡然地狱化作天堂④，刑具化作莲花，冤家债主、一应囚犯，俱得解脱⑤。

判官即忙将死生簿来⑥，禀过阎君曰："自从公主到此，刑具尽化，罪人尽脱。吾恐地狱、天堂自古设立，若今不送他转去，是有天堂无地狱，成甚酆都世界⑦！"

十王曰："既然如此，今公主地府皆已游过，可着二十四对幢幡送公主过奈何桥⑧，引到密松林尸所，着她还魂，往升上界。"阎君与六曹⑨，俱在孟婆亭作别而去⑩。

游遍阴司过奈何，狱囚冤债尽消磨。

孟婆亭下相分手，飒飒仙风鼓太和。

---

① 阎帝：即阎王。
② 拱听：拱手而听。拱，拱手，两手在胸前相合，表示恭敬。
③ 牛头马面：在阴司当差的小鬼，头像牛、面像马，故称。
④ 陡然：一下子。
⑤ 解脱：佛教指摆脱烦恼业障束缚而得自由自在。特指断绝生死因果、不再陷于业报轮回，与"涅槃"、"圆寂"的意思相通。
⑥ 判官：阴司的官吏，掌管生死簿，位次仅亚于阎王。死生簿，即生死簿，登记世人阳寿及死期的簿册。
⑦ 酆（fēng）都世界：即鬼域、鬼城。
⑧ 奈何桥：相传阳间通往阴间的桥。在此桥上犹可回望阳间故乡，过此桥则再无可奈何，故称。
⑨ 六曹：本指古代各部的属官，此指阎王的各部门属官。
⑩ 孟婆亭：相传通往阴间路上的亭子，人死后到此喝过孟婆茶，前世之事即浑然忘却。

## 第十五回　妙善还魂逢释迦点化

却说妙善离了地府，真魂被童子引得附在原尸体上。一时醒转起来，只见身卧树林之下，叹曰："我记得先在地府无所不闻，无所不见，只指望求离八难；何期今再还魂，凄凄冷冷，孤苦伶仃，又无山居学道，又无林隐藏身，如何是好？"

正在沉吟哽咽，珠泪交流，云移笃动，释迦如来驾起祥云，一时来到妙善面前，打个恭讯①，说道："娘子为甚在此荒山野路？"

妙善把那生前死后还魂之事，一一对那先生告诉了一遍。

释迦曰："娘子，我看你这般苦楚，不若与我权为夫妇，结草为庵，随时度日，有何不可？"

妙善曰："先生差矣。弟子游遍阴司，探尽轮回之事，你这皮毛之话，在我跟前休得乱说。"

释迦曰："善哉善哉！吾乃非别，西天释迦是也，前言戏之耳。因你修行，此处不是安身之所，特来指引你到香山去，修行有着落。"

妙善连忙拜倒地上，说："弟子肉眼，一时不识师父到此，万望莫罪。但不知香山在哪地方？"

---

① 打恭讯：夸腰作揖并口中做声。

释迦曰："香山乃自古隐仙之所在，越国南海中间①。上有普陀岩，可以修行。"

妙善曰："此去未知有几多路程？"

释迦曰："记有三千余里。"

妙善曰："只怕身上无食，肚中饥饿，力不能胜，一时恐难到得。"

释迦曰："我有仙桃一颗，带来与你。此桃不是凡果，上界欢喜园中之桃，吃了四时不渴，八节不饥②，永无荣枯，长生不老。"

妙善得了此桃，遂拜别释迦，竟往香山，趱程前去③。

太白金星云头观见妙善行步艰难，乃唤香山土地向前，吩咐曰："今有妙善公主，要往香山修行，奈缘路远。尔可变作猛虎挡路，待她来时，尔可背她前去，不得有违！"

土地受了金星敕旨，在于当路伺候。只见妙善沿途借问而来，正行之间，撞见老虎当路而吼。妙善向前祝虎曰④："我是不孝之女，违父出家，今日相见，任从饱食。"

虎忽作人言曰："禀告公主，吾非虎也，乃香山土地，奉上帝敕旨，化身迎接公主，望请乘骑，送至香山。"

妙善曰："既是如此，感谢公公。倘若得道成，不忘厚报。"

言语之间，耳边只听得如风似电，早到香山。只见：

层峦耸翠，古木生阴，万顷金波，皓月团团，光凝碧海千林玉笋。祥云霭霭罩青岭，泻下丹崖群鹿舞，瀑布泉高吹来绿，树众禽鸣调黄莺。乃悬崖有四季不谢之花，断崖有尽日常新之草。郁巘插神霄⑤，登

---

① 越国：战国时诸侯国，在今浙江一带。
② 四时：四季。八节：八个节气。四时八节，此处概指整年。
③ 趱（zǎn）程：赶路。趱，赶，快走。
④ 祝：祷告。
⑤ 郁巘（yǎn）：高耸的山峰。郁，勃起。

泰山而小鲁；片帆遮巨浪，驾溟渤而扬波①。幽禽野鹤停长松，锦鲤游鳞穿远渚②。真个生成鹫岭③，宛然画出蓬莱④。铃铎朝昏，尽是沙门说法⑤；鹫岛上下，悉皆梵刹燃香⑥。正是：

□□□□□□，依峰作锁环水城。

天下名山称第一，世间胜境此为尊。

---

① 溟渤：泛指大海。
② 渚（zhǔ）：水中的小块陆地。
③ 鹫岭：灵鹫山。本指中天竺释迦牟尼初次说法之地，此处借指其宜于弘法。
④ 蓬莱：传说中的海上三仙山之一。
⑤ 沙门：梵语音译"沙门那"的简称，亦作"桑门"。意为勤劳、净志、息止、修道等。原为古印度婆罗门教以外的出家者的通称，佛教盛行后专指佛教僧侣。
⑥ 梵刹：指佛寺。

## 第十六回　香山修禅点化善财龙女

却说妙善既到香山，清心涤虑，朝诵暮习，修到九载，神机广大，妙法无边。只见岩中群虎数千，咬木衔石遮盖四围，山王土地禅护，人为龙象交泰①；神钦鬼奉，猿猴献果，鸾凤供花，庆云祥瑞②，重重罩裹。妙善自知百炼丹成，永可不涉死生障路③。

当时有地藏王与香山土地商议曰："自公主娘娘到此修行，如今正果已成，自世尊以来一人而已。不惟三千大士菩萨由彼挥指④，而三千大千世界亦由彼管辖⑤，上含重霄，下至九地⑥，凡有血气，皆在彼之掌握。此诚我等之主，而为诸侯之所瞻依者也⑦。今日二月十九日，可尊他高坐，以救济万民。"

土地听罢，即会同四海龙王、五岳圣帝、一百二十位太岁神煞、三十六员天门天将、风伯雨师、雷公电母、三十六显、八仙十王，共尊妙

---

① 龙象交泰：佛家认为水中龙力最大，陆上象力最大，因此称修行勇猛有最大力者为龙象。交泰，指天地之气和祥，万物通泰。
② 庆云：祥云的一种。
③ 百炼丹成：借指已经觉到如来正法，修成了菩萨果。不涉生死障路：指脱离了生死轮回。
④ 大士：菩萨的意译。
⑤ 三千大千世界：略称"大千世界"。佛经以须弥山为中心，以铁围山为外郭，同一日月所照的四天下为一"小世界"；一千"小世界"为一"小千世界"；一千"小千世界"为一"中千世界"，一千"中千世界"为一"大千世界"。因大千世界中有小、中、大三种千世界，故称"三千大千世界"。
⑥ 九地：地下最深处，与"重霄"相对。
⑦ 瞻依：敬仰、依赖。

善盘莲花宝座，以为"人天普门教主"①。

俱各参拜已毕，但无一徒。自是妙善招度，善男女中倘得一好徒弟，着土地报来。

土地访得兖州大华山有一童子，名唤善财，家居乐邦，父母俱丧，自幼在本山出家，未成正果，此子可度，乃将其人回奏娘娘。妙善即差土地前去取来。

只见不一时间，土地接得童子到座。妙善问曰："你是何人？"

善财答曰："弟子名唤善财，家居乐邦，父母俱丧，六亲骨肉全无，自幼在本山出家。今闻娘娘在此千百亿化，弟子特来，望乞脱度。"

娘娘曰："只怕你心意不诚。"

善财曰："不远千里而来，何为不诚？"

娘娘曰："你也晓得什么本事？"

善财曰："弟子知得世间好恶之事，能观千里之外。"

娘娘曰："既晓得这般本事，如何肯来投我？"

善财曰："自古无师不成正果。"

娘娘曰："既是如此，你且权居岩下，待我取了法戒文簿，再来度你。"

娘娘乃唤土地："你可引众神仙化作海中强盗，明火持枪，杀上山来，我即奔上岩头避难，跌下岩去，以试他善恶之心何如。"

土地听令，即化作勇猛强人，蜂拥杀入山来。娘娘连叫"救命"，失脚跌下万丈深岩。善财看见，为师义重，急忙亦跳将下岩，托起师父，即对娘娘哭曰："师父弄假成真，不该如此戏虢弟子。"

娘娘亦哭曰："尔果真心慕道。尔才上岩，见岩下有甚人否？"

善财曰："我见底下有一童子死尸。"

娘娘曰："此即你之凡胎，如今我已与你脱化了。自是合掌诵经，再不

---

① 人天普门教主：观音菩萨的称号之一。人天，人界与天界。普门，周遍圆通。《法华经·普门品》即观音所说法。

可离我左右。"

一日，娘娘挪开慧眼，见东海龙王差第三太子出来巡海。太子承父之命，变作一金鳞鲤鱼，随海踊跃，误入渔人网中，被渔人拿起，将在越州市上货卖。娘娘即遣善财化作客人，将一吊钱前去买到，岩前令放之归海。三太子再三拜谢娘娘活命之恩。归到龙宫，报知父王。龙王说："你可即取夜明珠一颗，送上娘娘殿里，照他夜间诵经。"

时有三太子公主素心慕道，要去修行，闻得此事，即禀老龙王曰："孙女愿送此珠，往拜娘娘学道。"

龙王曰："你有此盛举，我水族永无沉溺之忧。"乃取水晶蛟绡帕，盛珊瑚果盒，托九龙吐焰明珠一颗。公主捧定，献上娘娘。

娘娘受了明珠，让公主回宫。龙女曰："弟子不愿归宫，情愿在此伏事娘娘，皈依佛法①。"

娘娘曰："学道甚难，尔乃公主，如何受得这苦？"

龙女曰："娘娘当初十磨百难，尚且耽九之②；何况今时有娘娘真正师父在此，弟子何不可学？万乞娘娘以慈悲为本，收留弟子。"

娘娘曰："你既诚心，可拜了善财为兄，自今呼为兄妹，专一修心讲道，不得有违！"

自是二人领了娘娘法旨，闲则诵经说法，有事则救苦救难，一任替天行道。

花市道人读传至此，乃叹曰：

> 作善天庭必降祥，千磨万劫为谁忙？
> 终身只恨韶华短，出世应知道味长。
> 已入天堂轻地狱，既登佛境藐阎王。
> 善财龙女参禅定，种种慈悲求万方。

---

① 皈（guī）依：原指佛教的入教仪式，后泛指虔诚地信奉佛教。也作"归依"。
② 耽九：指妙善修行了九年。别本作"单身先自为之"。

## 第十七回　妙善化身治病

却说庄王自从绞妙善死后，只在宫中与妃嫔作乐，朝政付与赵震总摄，凡有内外忤旨，一任杀戮。有白雀寺伽蓝搜他过恶，迭成文簿，一一奏上天曹①。玉皇殿前掌书令乃接上表文②，转达天庭。

玉皇见奏，心中大怒，说："此人杀女不慈，烧寺甚虐！"叫注禄判官，查他阳寿何如。

判官将簿细查，见他阳寿尚有二十年未尽。玉皇曰："既他帝禄未可削除③，可宣降疾神人前来听差。"

天医宫中温元帅听得玉旨④，即忙俯伏玉阶："启圣上，有何法旨？"

玉皇曰："今有兴林国妙庄王行恶，放火杀人，当除符命削籍⑤，但此人阳寿未尽。汝可即降灾殃，缠害其身，使他妙药难医；后来感动善女舍身救他，方显报应。汝其钦哉！"

温元帅领旨，即将重疾恶疮降与庄王身上。但见庄王在宫乐极悲生，忽然身体沉重，周身发出恶疮，皮肉俱烂，日夜叫痛不止。

---

① 天曹：天上的官府。
② 玉皇殿：天上的皇官大殿。人间奉祀玉皇大帝的殿阁也称玉皇殿。
③ 帝禄：指妙庄王的寿命。
④ 温元帅：瘟神，灾病之神。上文称做"降疾神人"。
⑤ 符命：天授君权。

娘娘在香山佛位上心眼一观，会见父王身染重疾，乃烂肉疼痛不止，说曰："如今我父得病，十分狼狈。我今虽能成道，父母养育之恩亦当补报。不免化作凡僧，与父亲一看生疮，到彼揭榜救取，一来报得他养育之恩，二来显得我修行有用。你二人好好与我护持香火，我去下凡走一遭即来。"正是：

　　　　只因九载功成大，
　　　　变化凡僧便不难。

## 第十八回　妙善揭榜入国

却说庄王得疾十分沉重，伯牙皇后衣不解带，朝夕侍奉汤药。忽然想起妙善死得苦楚，乃以言挑曰："我王这等重疾，一旦倘有不讳①，独无后言乎？"

庄王曰："让位与女婿便了。"

皇后曰："哪个女婿？"

庄王曰："凭梓童择哪一个。"

皇后曰："可去宣来。"乃以皇帝手诏，命怀安太监去召。

怀安一时回报说："两个驸马爷同二位公主，各在府中饮酒作乐。小奴婢先到赵府禀事②，闭门不理；后到何府，亦复如然。奴婢又再三禀云：'如今皇帝病重，你府中爷爷知否？'俱曰：'知得多时。'又听得两个公主说："纵然有病，终不会就死。'因此奴婢回复。"

皇后把怀安所奏之事，将手扶住庄王，一一把上项事，逐件对庄王细说。

庄王听罢，气满胸臆，恼得几死者数次③。夫妇相抱大哭一场，说："我

---

① 不讳：死的别称。
② 奴婢：这里是官人自称。旧时宫中太监也自称奴婢。
③ 几(jī)：将近，几乎。

有太子,决不到此地位!可惜第三个女儿,又无福承受。如今怎生是了?"

皇后曰:"当时女儿修行,听她出家①,即有缓急,亦可叫她来身边。如今两个大女儿,她自享富贵,这等宣诏,她反视如路人,公然不睬。"

庄王哭曰:"'路遥知马力,事久见人心。'②今日若非梓童,朕之在此,有谁看顾!今日死者已不能复生。可宣值日内臣速写榜文,四处张挂,但有天下名医有能医得朕疾,即愈便把大位让与他去③。这两个畜生或若到来,可与一顿乱棒,赶他出去。"

皇后传旨,命中书科写下榜文,招集天下医士。军士即将榜文贴于皇城四门。榜文曰:

朕以丕德忝厥位,获戾上下神祇,非可言罄④。或者天降之罚,俾朕躬偶遘恶疾,数月不瘥⑤。群臣咸思为朕属祀山川,但冥冥决事,终成幻路⑥;而起死回生、沉疴顿称⑦,山林草泽未必无抱奇术足以斡旋天地者存于其间。今朕从士舆论,惟尔罗拽名医⑧,果能挟策来治,扫清疮痔,使一德辉炫而日月既触中天,则尔之于朕不啻明良⑨,而朕之于尔视再生尤重。朕即退位养老,揭历数于尔⑩。攸嘱尔其尽心。朕言不再。

但见妙善化作一个老和尚,头戴皮毗卢帽⑪,身穿百纳袈裟⑫,脚穿四耳

---

① 听:听凭,任凭。
② 俗语,"事久见人心"多作"日久见人心"。
③ 愈:病好。
④ 丕:大。忝:有愧。厥位:这位置,指王位。戾:违背。罄:尽。
⑤ 俾:使。遘(gòu):遭遇,染上。瘥:病愈。
⑥ 幻:幻惑,幻境。佛教认为,有情的身体并无实体,故称"幻"。
⑦ 沉疴(kē):沉重的疾病。顿称(chēng):很快好起来。称,举起。
⑧ 罗拽(yè):网罗、搜寻。
⑨ 明良:使盲聋复名的良医。
⑩ 揭历数:指改朝换代。历数,帝王相继的次第。
⑪ 毗(pí)卢帽:也称"毗罗帽",一种僧人戴的帽子。
⑫ 百纳:"衲"一般作"纳"。

麻鞋，腰悬盛药葫芦，走到城边，转过迎和门下，将求医榜文读罢，随而揭在手中。

有守门军士看见，一把拿住，问曰："你是甚么和尚，这等胆大，来揭榜文？"

和尚曰："贫僧祖代名医，九州万国，哪一个得病不是我去医好？如今你皇帝要性命，我老僧要天下，将手段传帝位。你众人代我通报，我如进去①。"

众军士曰："你这分明是个癫和尚，好好快去，免我打你！"

和尚曰："你哪里晓得我本事？"

军士曰："目今多少金紫医官，尚且医治不效②；你自家烂疮尚不能疗，焉能救得别人！"

和尚曰："你众人休得恐号老僧③。我自幼出家，但有肿身重疾、及死骷髅④，不劳一服灵丹，病即除根。尔去上奏国爷，这病症老僧极能医治。今古病源，各有冤债，老僧烂疮，有药无方；君王病症，有方无药。"

"军士曰："这和尚说话甚有来因，我们大家去禀丞相爷，宣他进去用药。"

　　君王一旦病缠身，杂选良方不遂心。
　　真个药医不死病，果然佛化有缘人。

---

① 如：去，到，往。
② 金紫医官：指有品级、着朝服的御医。
③ 恐号：吼叫威吓。
④ 及死：快死。及，到。骷髅：本指人死朽腐剩下的骨架，这里指奄奄一息的人。

## 第十九回　妙善入宫视病救活二姐

丞相得军士所禀，即到宫门奏曰："蒙旨张挂榜文，招取医士。今一僧人揭榜，愿医我王，特奏圣驾。"

皇后传懿旨："可着他进宫。"丞相即宣和尚来到宫门。

山呼万岁已毕，内旨问："僧受业何师？姓甚名谁？出家几载？"

和尚奏曰："贫僧受业圆通祖师，师父名唤悉达。贫僧名讳光明，药师、药藏皆我徒弟①。"

内旨曰："僧人既有妙剂，烦即制来。病愈之日，当有重赏。"

和尚曰："榜文说付以天下，今止言重赏，贫僧不敢下药。"

庄王闻奏，大怒，扶病强勉起来，见僧问曰："天下便把与你，你用甚药？可医得病愈？"

和尚曰："此病非凡药可料，除是仙人手目，差人割取过来，和灵丹捣搽，方可救得。"

庄王人等哂曰②："纵有黄金万两，谁肯舍身割偶？和尚将此必无之事欺诳朕躬，此系妖言，药何说？难容恕！"

---

① 药师：药师佛，亦称"大医王佛"、"医王善逝"。悲愿广大，但中国民众奉其为专司医药之神。药藏：似无此名。可能是妙善随宜之说，或指地藏菩萨。

② 哂（shěn）：讥笑。

和尚笑曰："臣启圣上：暂息雷霆；臣出此言，必有来历。此仙人住居香山庵中，一十九载忍辱无嗔①，专一救济贫穷，舍身无吝。陛下要去取他手目，不用金宝，只用沉檀香一盒，差大臣顶礼拜请，即便取得来到。"

庄王曰："此去香山，几多路程？"

和尚曰："约有三千余里。但执贫僧这个路引在手②，不过五日就可回转。"

庄王出旨，即差丞相赵震同刘钦前去，修敕文一道、宝香一盒，竟往求觅无违；又着令金瓜武士③，将此僧谨防在左顺门下，休令脱逃。

却说两个驸马听得僧人医病，要进宫内，曰："前日忤旨，又不敢入去；欲要不进，尤恐僧人医好，夺了天下。"乃与心腹内臣霍礼商议："先使人夜间刺死和尚，后将毒药只说和尚进来之药，哄圣上吃了。实时和尚也死④，皇帝也死，天下自然无人占得。"

赵魁、何凤欢天喜地，等到夜静，置了毒药，乃呼手下亲信苍头索答来⑤，吩咐曰："你到半夜，可悄悄手持利刀，潜入左顺门里，将和尚刺死，不得有误！"

妙善原是将身上袈裟指一个化身在此⑥，他自已转香山去了。彼时在庵，方与善财议事，慧眼一看，只见何、赵二人行此不良之事，乃唤值日游奕使者⑦吩咐曰："尔即去庄王床前，将内臣进来毒药换了，将苍头缚在左顺门下，即来回报。"

却说时至三更，内臣霍礼手捧毒药在手，向宫门叩门。内问何人，霍礼曰："奴婢在左顺门接得和尚制来之药，说仙人手目一时未到，权送此

---

① 无嗔：亦作"无瞋"。佛教指对任何痛苦及其成因都不愤恨。嗔，愤怒。
② 路引：犹今之路条、证明信。
③ 金瓜武士：指禁卫军。金瓜，帝王圣驾中的仪仗之一，仗头如瓜形。
④ 实时：犹言当时、即时。
⑤ 苍头：古代私家所属的奴隶。
⑥ 袈裟：梵语音译，意为"坏色"、"不正色"。即僧服、法衣。戒律规定：僧服不得用鲜艳的颜色，只能用青、泥、木蓝三种杂色，故名。
⑦ 游奕使者：负责巡察的神的属隶。游奕，即游弋，巡逻。

药①，陛下一服，可省疼痛。"

皇后方才接过，被游奕神将乳香止痛汤换了，皇帝保全无事。毒药倾在地上，冲倒宫人无数。

索答来看定和尚，拔出利刀，劈头剁去。和尚闪在一边，自身被袈裟绊倒在地，用力挣扎，手足犹如被缚，不能脱去。

游奕神干了此两桩事，转庵回复去了。

侍至天明，何、赵二人打听，只见朝内喧喧嚷嚷，说：宫内谁人行毒药，冲倒几个宫女，不能起床；又报：和尚被人行刺未遂，那行凶人倒在地上，动止不得。

庄王病中闻得此事，出旨着锦衣卫拿那行凶人，着实鞫究报来②。

掌锦衣卫是大将军褚杰第二子褚定烈，差校尉到左顺门把那行凶人一时剪绑，押到阶下。索答来忽然醒起来，睁开双目说："我非梦里？我在杀那和尚，怎么捆倒在此？"褚定烈吩咐："与我松绑，叫他招了。"

索答来初然不认，直至重刑，乃直言招曰："小人是赵府苍头，名唤索答来。主公与何爷听得圣旨，要将天下让与和尚，主公惧怕失了天下，故着内臣霍礼阴用毒药毒死皇帝，又差小人刺死和尚。此系上命差遣，小人所供是实。"

褚定烈收了供状，将索答来监下，入宫转奏庄王。

庄王得奏，咬牙切齿，对皇后大骂曰："我作何孽！好好一个孝顺女儿，又苦逼她死了。这等不义禽兽，享我富贵，不思报本③，反来用药毒我，杀我医僧。天不容他，使她二事都不得遂。"下旨："着锦衣卫即将何、赵二贼绑赴法场，登时斩首，以警将来。内臣霍礼、苍头索答来，凌迟处死。钦此。"

褚定烈素受文臣之气，何、赵二人每恃皇亲，常傲慢他。定烈蓄恨在心，承旨即点起二千羽林军，将何、赵二府紧紧围上。

① 权：权且，暂且。
② 鞫（jū）究：审问、追究。
③ 报本：向祖先或施惠者报恩。

两个公主无计可施，只得冒死来浼母后宽恩大赦①。

皇后吃女儿哀浼不过，乃叩首御榻前，带两个女儿哭诉曰："幼女已亡，此二贼谋为不轨，自然杀无赦。但两个女儿系自家骨血，乞我王曲赦罪恶也罢。"

庄王沉吟半晌，吩咐将二贱人幽闭冷宫，余无所赦。

姊妹二人在冷宫哭思："三妹修行，我等阻她。今日我等福不到头，祸反先至。要此性命做甚么？不如死去，早与三妹作伴。"

二人相抱大哭，一时昏倒在地。冷宫土地即托梦与她说："尔二人不要枉死。尔三妹未死，今已得道。尔可乃今修行，后日她来度尔。谨记吾言。"

二人醒转，似梦非梦，说道："宁可信其有。"从此吃斋把素，朝夕诵经，一意宫中修行。

却说二驸马在府，自知理亏，再无生道，乃在府中自缢身死。军校打开府门，将尸验过。定烈命军士抓了二人首级，转到法场，取出霍、索二犯，上了木驴②，凌迟已毕，然后具表申奏庄王。

庄王思想二女都是这样结果，其病转加沉重。后人有诗叹曰：

  当年征战杀人多，收得寅图出入梦。③
  一怒几千肝脑碎，满城无限怨魂难。④
  已知虐女心尤惨，难免连床病转磨。
  南海老僧赠手目，兴林国统属谁何？

---

① 浼（měi）：请托，哀求。
② 木驴：一种刑具，人骑其上受刑。
③ 收得寅图出入梦：别本作"取得寅缘出入和"。
④ 难：别本作"歌"。

## 第二十回　仙人手目调药

丞相赵震与行人刘钦，带领人马表札日夜趱行①，不消二日夜，已到香山寺前。

妙善着善财化作凡童，出门迎接，指引到坛。刘钦将圣旨对坛宣读：

> 诏曰：朕闻大仙久隐灵谷，道风高超，名播乾坤，慈怜囚生②。兴林大国，五十四载，天下和平。忽染一恙，任点诸方，并无寸效。今遇僧人指点，药用不嗔手眼③，以信颠言，仰望仙人大喜大舍，朕身痊疴，不忘厚德。特敕臣赵震等来取，以慰朕心。

仙人接敕已罢，吩咐使臣曰："远路劳顿，皇帝望殷，你可取刀来，将我左边手眼割去，叮嘱医人用心医治。"

刘钦捧刀在手，不敢动作。仙人曰："尔要速去回命，何得作此儿女之愍。④"刘钦只得将刀下手，但见初下刀之时鲜血淋漓，后来就似沉香一般。

---

① 行人：掌管朝觐聘问的官名。
② 囚生：指沦陷凡间的众生。别本"慈怜囚生"作"慈悲四海"。
③ 不嗔(chēn)：此指大仙。
④ 愍(mǐn)：哀怜，忧愁。

乃把金盘盛起，拜谢大仙，回见国王。

妙善既化手眼分他割去，向善财曰："我今先赶入宫，与他调治。我再化得有右边手眼在此，再来取时，尔可仍付与他。"说罢，飞腾而去。

赵震取得手眼到国，竟入宫中，先献上皇后。

皇后一见，心内恻然，说："世间有此大仙，肯舍身救人，不顾自己肢体！"仔细举起来一看，不觉两泪汪汪："此手分明是我第三个女孩儿的手，我记得她左手虎口有一点黑痣，今却俨然。"

庄王曰："天下相似者极多，哪里便是？"

皇后哭曰："若非自家儿女，谁人肯活活割手抉目①，与你治病？"

正在疑惑之中，和尚闻得取到手眼，便入宫奏曰："此大仙修行已经二百余年，救人多矣，皇上不必用疑②。"皇后方始拭泪宽心，付手眼与僧人调药。

和尚掩了凡人之目，丢开手眼，口取一粒仙丹，捣末调水，指示庄王搽上左边。刚搽得左边半身，药已用尽。但见左边如狂风扫叶，雪遇太阳，其肿顿消，疮痕无影；却有右边患痛如故。

庄王复问僧曰："贤卿有此高方丹金，右边无效，还是何如？"

和尚曰："大仙之手得左只治左，得右治右。今只求得她左边，是以左好而右不验。"

庄王曰："今日损人利己，朕所不忍为。"

和尚曰："若无大仙，右边手目从何而来？"

庄王曰："未知大仙还肯舍否？"

和尚曰："大仙以慈悲为本，上身割落，他亦喜为。"

庄王复差刘钦领了敕文，星夜又到香山取讨。刘钦来到庵中，仍将圣旨展开，对大仙宣读：

---

① 抉：挖。
② 用疑：因疑，因此而疑惑。

皇帝诏曰：朕蒙大德①，喜舍左边手眼，病除一半，右边不能全有②。朕今负罪，再祈真仙大圣。朕得病瘥，不昧初心，在处建创庙宇③，家户写立真神④，独尊大法，留传万世，本国他乡进香，岁岁供花。伏望大喜大舍。特敕请求，无违朕志。

使臣读罢敕文，善财化作大仙，乃叫使臣取刀，右边手目一齐割去，用盘盛住。刘钦起头一看，只见大仙两边鲜血淋淋未干，合口而坐，真个惨人，乃私叹曰："这和尚也不是好人，要救一个人，就坏一个人！想他只是要皇帝做得紧。"说罢，拜辞大仙，连夜回国，献上右边手目。

庄王大喜，乃宣和尚进宫配药。和尚仍取一粒仙丹，研水将庄王右边一搽，刹那间，如阴云一洗，晴空朗现，尺雾一清，红日正照，锃躬焕然复新⑤，庄王全身，依然如旧。满朝庆贺，文武齐欢，共议尊和尚为镇国禅师，议择日让以大宝⑥，册立为帝，谢他再生活命之恩，令市人远散传至。此赞曰：

　　哀哀父母甚劬劳，举世纷然变蓼蒿。⑦
　　养志守身亲义重，捐躯竭力孝行高。
　　火烧白雀悲三界，魂逐青衣化下曹。⑧
　　紫竹半林摇晓吹，普陀千古圣恩褒。

---

① 大德：原为称呼释迦牟尼的名号，后来为比丘的敬称。
② 全有：别本作"瘥好"。
③ 在处：到处。
④ 写立：指绘像、塑像。
⑤ 锃躬：有光泽的躯体。别本作"王躬"。
⑥ 大宝：指帝王玉玺。
⑦ 劬（qù）：劳苦，劳累。蓼（liǎo）：蒿草。
⑧ 三界：欲界、色界和无色界。一切众生六道轮回的处所。

## 第二十一回　妙善驾云归香山

庄王病体得痊，喜不自胜，乃颁特旨，宣光明和尚上殿。丞相赵震领旨，请和尚上殿受封。

光明和尚上殿，俯伏陛墀①，听旨：

　　诏曰：朕今得命，此事非常，死中得活，枯木生花。天遣仙医，感恩非浅，实朕宿世之父母。当颁天下大赦，权将正殿为讲堂，暂把龙床为法座，严洁道场②。敕号僧人为"三天门下大宝法王"、"镇国禅师"，代朕掌管江山，朕退入养老宫。今日聚集文武，交国授受。尔其钦哉！

和尚既拜谢敕旨，乃对众官曰："贫僧出家之人，散诞惯了③。如今只愿主上仁民爱物，不嗜杀人；尔众文武承流宣化，尽忠报国，则贫僧高枕日红，共乐升平世界，诚为万幸。若夫皇帝之位，非惟贫僧不愿，亦贫僧无此福胜受也。"言罢，山呼万岁，拜谢皇帝，用袍袖一拂，紫雾祥云从天而

---

① 陛墀（bì chí）：宫殿前的台阶和台前上的空地。
② 法座：讲经说法之座。道场：本指佛菩萨显灵之处，也泛指讲经说法之地。
③ 散诞：散漫放浪。

坠，乃将身驾起，腾空而去，因掷四句偈语下来①：

吾乃西方一世尊，特来救尔病除根。②
从今正道无邪色，勿使灵真染色尘。

文武拾得读罢，乃曰："原来这老僧是个活佛，望空驾云去了。"就将偈语奏上庄王。

庄王曰："吾有何德，能感动世尊下界，又感动大仙舍我手目？我且问你，当时大仙是甚样人？"

赵震奏曰："乃是一个女子，其相貌与三公主甚是相似。"

庄王曰："尔下刀时，他也怕痛苦？"

赵震曰："小臣下刀之时，只见鲜血淋漓，见者心恻，而那大仙并无戚容③，欢天喜地。"

庄王曰："有此异事！若说我女得道，当时怛怛绞死④，被虎咬去；若说不是我女儿，谁人舍得断臂抉目，救人之危？此事一发异哉⑤！尔众臣僚共诸眷属，可速持斋戒，清净身心，竟往香山面谢仙姑，一则以解朕心之疑，二则以报答其生成之德。

仙女慈悲救朕身，志心顶礼用殷勤。
满朝文武并妃嫔，同到香山礼世尊。

---

① 偈(jì)语：梵文音译"偈陀"的省称，意为"颂"，指佛经中的唱词。后成为佛门的一种诗体。
② 世尊：本为佛徒对释迦佛祖的称号，后也泛指佛。
③ 戚容：悲伤的容颜。
④ 怛怛(dá)：悲惨，忧伤。别本作"明明"。
⑤ 一发：越发。

## 第二十二回　狮象托身拖去清音

妙清、妙音自从驸马犯法典刑①，把他监禁冷官，二人在宫绝去五欲，志心皈依佛法，朝夕诵经不辍。

一日，西方世尊如来山门上站刻青狮、白象把门②，奈缘听经诵偈多年，灵通灵变，即有知觉运动，有时化为长老，有时化为须弥③，又有时化为少年豪杰。

时当八月十五，乃王母蟠桃会④，诸神俱在，如来亦与其宴。门外青狮、白象见大佛王母宫中去了，两人乃相与商量曰："我等终日拘禁在此山门，动辄不得自如。如今不免将身上泥土捏个化身在此，就此无人，走下凡间，逍遥片时，有何不可！"

两个化身一变，变作两个青年汉子，逢店饮酒。又听得惑言："若要拿些妇女，可速速到兴林国中便走一走。"觑见冷宫中有二美人在那里⑤，就拿得近宫山魈一问⑥。山魈把二人首末底行，从头说了一遍。青狮即化作妙善

---

① 典刑：处以刑罚，犹言"正法"。
② 站刻：别本作"石刻"。
③ 须弥：须弥指须弥山。此处就上下文推测，或指沙弥。别本作"阿弥"。
④ 王母：西王母，中国古代神话中的女神，俗称"王母娘娘"。王母宫中的蟠桃"三千年一结实"，是长寿象征。王母寿诞时，群仙都莅临祝寿。
⑤ 觑（qù）：窥探。
⑥ 山魈（xiāo）：传说中的山中鬼怪。

形象，白象即化作徒弟，双双半夜敲开冷宫宫门。

妙清、妙音慌忙向前，一看见是妙善，二人十分着惊，说道："妹妹，你既死了，又何以在此惊我？"

妙善曰："小妹身从那日父王赐死，感得天神假装猛虎，将我背入天宫，如今我已为天上掌书玉女。昨日，云端见尔冷宫受苦，故今师徒二人奏过玉皇，专来接你上天，同享快乐。"

妙清二人听罢，姊妹三人抱头大哭。

妙善曰："事不宜迟，姐姐可速同我起身，恐守宫人知觉不便。"

妙清曰："妹妹有道，能腾云驾雾，我二人怎么同尔走得？"

妙善曰："不妨，请二位姐姐闭了双目，不要开，待我带你上去。"

二人依言，但见狮、象作起法来，一时之间拖得妙清、妙音，来到清凉山绝顶之上①。二人睁眼不见了妙善师徒，眼前只有穿青、穿白二少年子弟来到，笑谓妙清等曰："吾乃非别，是天上玉皇大帝外甥，适间云头忽观见两个煞魔②，长手短躯，谅拖尔来食，被我打走。我二人有前世之恩，你可共我结成夫妇，后日我带尔上天。"

妙清二人听罢，唬得魂不附体，对妹子说曰："事已至此，有死而已，他何恤哉③。"乃对二少年曰："我乃庄王之女，驸马之妻，只因有忤圣旨，囚入冷宫。既在冷宫净心学道，死生已置之度外。你是何处妖精，敢来我跟前胡说！"

青衣曰："吾系玉叶金枝，先已对你说了，安得妄疑我为邪？成就一对夫妻，亦是夙世缘分④。尔说学道，道在哪里？你的妹子苦要修行，如今已作虎餐之滓⑤。人生一世，快乐为第一。我不玷辱于尔，尔何执迷不通？"言罢，二人陪着笑脸，来抱妙清。

① 清凉山：即五台山。因该山盛暑亦清凉舒爽，故称。天竺亦有清凉山。
② 适间：刚才。煞魔：凶魔。
③ 恤（xù）：怜悯，恋惜。
④ 夙（sù）世：前世。
⑤ 滓（zǐ）：残渣。

妙清姊妹恐身有失，便欲寻死。二少年欲心虽炽，但一时逼死了他，岂不白白用这一片苦心？乃将迷魂水一口喷将起来，把他姊妹都迷得眼目昏了，复带去藏在万花谷中五松岩内，着落岩前一个千年跛脚鳖精与他守住①。他两个终夜出去，各处淫人，日间回转岩内，百般调戏妙清姊妹。又教鳖精化作山村女儿，摄得近方人间饮食，诈言："我是前村王家使女，昨日在此岩前拾柴，观见尔二位娘子在此受苦，故送食授你之命。"妙清听罢，心中无疑，权时受了充饥。由是鳖精日复一日，三厨不绝。

却说把守冷宫内校，入宫不见了二位公主，慌了手脚，连忙进宫来禀。庄王正要起驾往香山，闻说此事，登时气倒在地，说："这两个贱人，终不然逃走不成？她幼长深闺，又无法术，若是死了，却有尸首；若是出外修行，她又不晓得寺观。"将两个守宫军士重责四十，就限他各处地方访来。军士畏法，只得负痛前去。

那妖精淫宿妙清、妙音不遂，开眼一望，只见宫中发出军士，四方来缉，两个商量曰："一不作，二不休。皇后宫中娇红、翠红，容貌亦尽去得②，原是妙善宫中使女。我等何不再化作妙善，拖得他来，亦尽够我受用。"

青狮即变作妙善，白象即变作从行女徒，瞰得二采女方出宫门，二妖向前叫曰："尔这丫头，就不认得我？"

娇红抬头一看，认得是公主，乃曰："公主死了，缘何又得在此？"

妖怪曰："我今修行有道，刑杀莫加③。昔年之死，乃是一了你众人之眼。我今已在香山成了大佛，来度你前去。"

娇红曰："既是如此，我去禀过皇后即来。"

妖怪曰："你去便有阻滞，可快跟我，迟了我便去了。"

娇红二人说："公主怎么带我？"

---

① 着落：安排，委派。
② 去得：过得去。
③ 刑杀莫加：刑罚、杀戮起不了作用。

妖怪曰："尔合着眼，我既带你前去。"

娇、翠将眼合了，却被二妖复拖到五松岩东一大壁子下。二女开眼，只见那妖变得青脸獠牙，巨口血舌，三丈五尺长大。二女惊得呆了，不能做声，被两个妖怪终夜恣淫，有天无日。二女求生不得生，要死不得死。

前日承敕缉访军士，遍访地方，寂无动静，宫中又报失了两采女。皇后曰："怎么有此怪异？前日二公主已不知下落，今又失却宫女，此事非凡人可识。香山既有大仙，皇帝又要去拜谢他，不如速趁此机会，明早准备法驾上山去。"

到天明，庄王出旨，命大臣保驾，点起羽林军三千，前簇后拥，竟往香山还愿。忽必力与褚定烈当先引驾开路，大将军褚杰督兵后护，迤逦起程。正是：

天子巡狩驾六龙，旌旗耀日剑光冲。①

香山若能逢真佛，注耀当年幼女情。

---

① 六龙：即六龙舆。天子的车驾因用六马，故称。

## 第二十三回　庄王被魔受难

　　庄王圣驾行了二日，早到澄心县。命文武众军俱各驿中安歇，皇帝、皇后、妃嫔止宿县中正堂。

　　二妖怪知得庄王往香山，恐怕他泄漏天机，乃到半夜时分，化作狂风猛雨、飞沙走石，把庄王夫妇二人迷倒，仍摄入万花谷中千层岩底黑暗洞中，不见天日。

　　庄王夫妇居于岩底，如醉如梦，酩然不省人事①。

　　待到天明，众臣俱入县来问安，并不见了皇帝、皇后。各处动问，俱说不知；只有两个未睡宫女说："昨夜风起之时，恍惚见两个无长不长的人进来，后即不知去向。"

　　众官俱各无奈，说："有这等大变？国中不可一日无君，今日君父有难，我等坐视不救，枉为臣子。今日上天下地，也要去寻来。"

　　褚将军曰："赵丞相莫惮劳苦②，可急到香山去问大仙，我领众军遍地去访，定烈可送诸宫嫔权且归国，又作道理。"

　　妖怪知得赵震上山，又差跛鳖精在香山渡口，化作渡船等候。赵震到

---

① 酩然：醉酒昏蒙的样子。
② 惮(dàn)：怕，畏惧。

渡上船，不知是怪，被他妖气一时迷倒在船，亦背入洞中。

时有何凤之子何朝阳，当时见父受刑，年纪十八，逃在答罕国避难。经今三年，打听得庄王被魔不见①，文武俱皆失散，国内空虚无主，乃于答罕国赤鲁花处借兵三万，杀奔兴林国来。国内运筹决胜无一人在，何朝阳安然居了大位，大赦天下，建国为"栗连"，改元"大武元年"。着人冷宫去取母亲，宫人来禀："娘娘不见多时。"何朝阳与大臣议曰："外公、外婆杀我父王，谁知此位仍归于我！只可怜我父母不得享福。"亦差人四下探问，根究母亲。

却说妙善救好父亲，归庵数日，适逢大帝有诏，说："焰魔天宫走出一十八个鬼王，在凡间作乱，扰害生民不得安生。即差李天王统兵剿灭②，妙善带天王第二子木吒太子一同督战，不得有违！"

妙善领了玉旨，乃盼咐善财、龙女曰："我今要去收服鬼王，庄王这几日必定来谢愿，你可替我行礼，我去便回。"

二人领了娘娘法旨，只见妙善驾一朵祥云，望西去讫。对龙女曰："师父已去，我等在此清闲无事，同去岩后千仞峰，观洒片时有何光境③。"

二人同上到高崖之处，左盼顾，右瞻望。善财对龙女曰："此处是我娘娘父母之国，怎么怨气冲天，有甚缘故？待我仔细再看。兴林国中无主，天位已被何朝阳占了。"

龙女曰："我等何不化身，到他国中一问，便知端的。"两人乃回转庵中，盼咐守庵土地曰："我去兴林国走一遭，你可谨持香火。"土地领命。

善财化作凡僧，龙女化作小沙门，一同化作游方僧模样，沿途抄化④，来到兴林国内。看见一个太监出来，说声："公公化缘。"

太监说："我这国王专一要拿游方和尚，你可快走，尚保性命。"

---

① 被魔：即遭魔。
② 李天王：即托塔李天王，佛教护法神。
③ 观洒：观赏。光境：光景。
④ 抄化：持钵化缘。

和尚曰:"请问公公,有甚缘故?"

太监曰:"不说尔还不知。当初我这是兴林国,我是庄王保驾太监。只因第三个公主要出家修行,惹得国内七颠八倒。后来,庄王把两个驸马也杀了,把两个大公主囚在冷宫。后来得一大病,得一僧人取香山大仙手目医好其病,正要去香山酬愿,只见冷宫二位公主不见踪影,宫中又不见两个采女,遍访无踪。那日,庄王整备法驾,一则还愿,二则请问大仙消息。行路歇至三更,风雨大作,又不见了皇帝、皇后,丞相上山又不见转来,大将军去国至今未回。如今这新国王是何驸马公子,瞰我国内无主,打破城池,夺去江山;我权且顺从他在此。他如今要寻母后,说道一定是游方僧拖去。因此吩咐四门,但有僧人,即要拿去枭首①。"

和尚听此言语,深深打个叉手:"多谢公公指教。"

善财回头对龙女说:"师父又不在庵,怎么有此怪异?待我叫得守宫土地来问,便知端底②。"

守宫土地听叫,忙到眼前,问曰:"仙童有何吩咐?"

善财曰:"公主娘娘、皇帝、皇后今在何处,你可直直报来。"

土地禀曰:"说起这个妖怪,惊破人胆,公主这一干人,俱被如来世尊山门外那两个神通广大、变化无方的青狮、白象拖在万花谷中,不能观见天日。除非三十六员天将,方可取得。"

善财知此消息,吩咐土地退去,急忙与龙女回转庵中,商议收魔。

妖气氛氲挠太和,兴林国内尽消磨。③

轻将玉宇他人管,不见妻孥近榻过。④

幽谷凄凉云暗影,五松惨淡鸟依稀。⑤

天曹若不行剿灭,枉把身躯立普陀。

---

① 枭首:杀头。
② 端底:犹言"端的",缘由、底细。
③ 氛氲(fēn yūn):气势盛炽的状貌。太和:和谐,太平。
④ 妻孥(nú):妻子和孩子。
⑤ 依稀:别本作"依罗"。

## 第二十四回　善财领兵收妖

善财转到庵中，只说师父已回。谁知师父还未转来，与龙女商量曰："我二人蒙师父指教之恩，未曾补报万分之一。今值他父母有难，我等何不统领天将，把妖精擒捉，送还父母、公主，倒不是我一场大功劳？"

龙女说："师兄说得有理。"乃拨殷王苟毕为前部先锋①，五显三圣为左右护战②，太岁部下一百二十位诸天神煞与己督兵在后③，大发天兵四十万，杀奔万花谷中五松岩前，把谷中重重围绕。

二妖正在岩东与娇红作乐，跛鳖精闻得天兵到来，唬得屁滚尿流，慌忙报入岩来。二妖曰："不必忧愁，侍我出去，一个一个绑来便是。"

却说青狮原是火之精，有个兄弟名唤独火鬼，现在东鹭山，独伯一方④；白象原是水之精，有个妹子名唤水母娘娘，现在泗州西洋海显圣。二妖看见天兵来得雄猛，乃差岩边飞天蜈蚣精前去请火鬼助阵，又差双尾蚺蛇精前去请水母娘娘助阵⑤。

二人听令，各化作一个小小蚊虫，星奔电掣来到两处，传下法旨。两

① 殷王苟毕：雷部诸神的几个。雷部诸神中有王天君、苟天君、毕天君等。
② 五显三圣：五显三圣是旧时南方一些地区的财神。此处当泛指相关神明。
③ 太岁：传统信仰中的凶（煞）神。由太岁星（木星）演化而来。
④ 独伯：独霸。伯通"霸"。
⑤ 蚺（rán）蛇：蟒蛇。

处俱各起兵，独火鬼点起火兵五千，火轮火鸦俱发；水母娘娘点起水兵五千，虾精鳖将俱发，杀喊连天，把天兵围在中间。

二妖洞中闻得救兵来到，摇身一变，变作两个哓蛮大王①，身长四丈，三头六臂，各执一般兵器②。一个身骑金毛獬豸③，一个身骑八爪豺狼，捱拢撒沙④，变作百万雄兵，杀将出来。

王灵官头戴簇金盔⑤，身穿定铁甲，腰束九龙绦，脚穿洒水靴，手执劈魔竹节鞭，坐下吐火吸水神驹，出阵骂曰："你这阔口长鼻畜生，不守如来山，不遵佛法，敢来下方如此作怪。好好送去皇帝，身皈佛教，饶你残生。半声不肯，一鞭打你身成齑粉⑥！"

二妖听罢，大骂曰："我与你各不相统摄，今无故听善财那小畜生指挥，敢来围绕我的行台。尔若善善退去，尚保首领；半时不退，内外夹攻，要尔上天无路，入地无门。"

惹得王灵官性起，招动天兵，杀将入来。只见青狮放出万丈烈火，独火鬼火轮火鸦满天通红；白象涌起五湖大水，水母娘娘水族虾鳖遍地茫白。天兵杀得首尾不能相顾，见火益热，见水益深，没奈他何，被他困倒在谷中。

善财谓龙女曰："这两个畜生好生利害，怎么收得他水火，方可擒得他服。"

龙女曰："吾闻石城火焰山上有个红孩儿⑦，乃是三昧不灭真火炼成身体⑧，师兄可即去请他来相助，我去南海领得父子兵来与他相战。此不是以火敌火，以水敌水，何愁征他不服！"

善财曰："师弟说得有理。"乃传令："大兵权时屯扎在此，不要走透风

---

① 哓蛮大王：身形巨大的吓人魔王。
② 一般：一样，一种。
③ 獬豸（xiè zhì）：古代传说中能辨曲直的异兽。
④ 捱（zhǎn）拢：揉捻。
⑤ 王灵官：道教护法神，列天廷二十六天将之首，勇猛过人，能保卫百姓，是道观的门神。其形象为满髯高翘，披甲执鞭，口开獠牙，很像佛寺所塑的伽蓝像。
⑥ 齑（jī）粉：粉末。
⑦ 红孩儿：古代神话人物，牛魔王与铁扇公主之子，故事见《西游记》等。
⑧ 三昧火：指佛菩萨所具之法火。三昧，梵语音译，意译为"定"、"等持"、"正受"。指排除一切杂念、专注一境的精神状态。

息,待我取得兵来,然后厮杀。"天兵各营俱已听令,善财两个各驾一朵云去了。

善财来到火焰山,着山王土地前去通报。红孩儿接入洞中相叙,礼毕问曰:"仙兄到敝山,有何指教?"

善财曰:"小弟因师父去赴蟠桃会,不在敝庵,斗胆领天兵到万花谷收服青狮、白象。不想那妖怪原是水火之精,又借得独火鬼、水母娘娘两个前来助恶,因此杀输于他。大王哀念佛法慈悲,肯赐半壁之力①,小弟死生不忘。"

红孩儿曰:"我去止能敌得他火住,还有那水,怎么计较?"

善财曰:"我已着师弟龙女前去他父王宫中,领他水族父子兵前来策应,如今想已将到,望大王速赐指挥。"

红孩儿曰:"仙兄先行,小弟即领部兵前来。"

善财再三叮嘱,相别去了。行到半路,撞见龙女带领父子兵来到。

善财曰:"师弟来得好,我去通报五显,尔可札兵在此,待红孩儿兵到,在外面协同杀将来,信炮为号,我在里面杀将出。"

说罢,竟奔万花谷去。五显三圣俱接到,问:"救兵何如?"善财曰:"两个俱已动兵,待等信炮一响,我和尔只管摆布厮杀。"

说声未了,只听得号炮连天,殷元帅入大营禀说:"西边火势冲天,南边水声沸涌,想是救兵已在外厮杀。"

善财曰:"殷将军帅三圣引一万兵,从西接应,烧出南天;王将军帅五显引一万兵,从南接应,直冲西路;我与三官督大兵②,两路拒敌。"

分拨已定,只见二妖正在设酒筵与独火、水母劳军,跛脚鳖精惊得一步一跷,入营禀曰:"祸事到矣!如今善财、龙女借得火焰山、南海两路生力兵来到,火王快作主张。"

---

① 半壁:一般写作"半臂"。
② 三官:道教神祇,分别为天官、地官、水官,天官赐神,地官赦罪,水官解厄。

独火鬼曰："红孩儿当我子孙，何足畏哉！"

水母娘娘亦曰："南海兵是我管下，他来何能为！"

青妖曰："我帮助火王。"

白妖曰："我帮助水母。"

红孩儿对龙王曰："以火攻火，以水攻水，不见手段。我有牛魔王铁扇在此，煽起三昧真火，怕他白象、水母，要烧得他皮毛焦烂；你可涌起南海大水，把他青狮、独火鬼，浸得烟消人灭。"

两将议罢，红孩儿立攻水寨，王灵官一支兵杀来接住。白象吐水，水母作浪，红孩儿在外煽动大火，灵官里面火轮、火箭一齐发作，烧得白水成汤。水母煮得不过<sup>①</sup>，带领残兵，逃归泗州去了；白象被火，遍身毛都炽尽，躲入清凉山绝顶避难。

龙王兵攻火寨，殷元帅一支兵杀来接住。青狮喷火，独火鬼主烟，龙王在外涌起巨浪滔天，殷元帅里面水囊、水柜一齐发作，浸得烈火成冰。独火鬼见得无奈何，带着败兵，奔往东鹫山去了；青狮被水灌得喘气不得，急奔五松岩里藏身。

主兵、客兵会合一处。善财、龙女出来拜谢曰："深感神威，二妖杀败，但不能拿住妖怪，必不能国王返国。大王与龙王收掠得龙兵归国，容小神后来酬报。今日且罢，我二人再转回庵中见师父，又作道理。"

    从来邪正不相容，岩底妖氛水火攻。

    鬼母无能身早遁，象狮有力计先穷。

    腾腾烈烟埋山日，滚滚洪涛战海风。

    鼓罢僵尸三十里，善龙报本亦奇逢。

---

① 煮得不过：被煮得挨不过。

## 第二十五回　妙善救得君臣返国

却说妙善赴宴归来，与如来作别，云端一望，只见万花谷中妖气逼人。拭目一看，但见父母及二姐、宫女、丞相都迷倒在那里，乃对如来曰："师父何不谨慎，纵放守门二畜生害及国王，与慈悲大道得无有戾乎①？"

如来曰："贤弟，尔看我山门狮象不端正在那里！"

妙善曰："那里却是化身的。待弟子呼谷中土地来问。"

妙善慈声一唤，只见谷中土地来到听旨。妙善问曰："如今那二妖藏在何处？"

土地曰："自从前日杀败，一个逃在清凉山，一个躲在岩下。"

如来听罢，对妙善曰："尔且回庵，我转去即拿那畜生。"

两下分别，如来转到天竺。诸佛、菩萨参拜已毕，如来曰："尔这伙人俱是泥塑木雕！山门那两个畜生也不会管得他住，让他万花谷中酿成这等大祸，把一个兴林国被他平白灭了。叫八金刚过来听令②。"

金刚曰："世尊有何法旨？"

如来曰："你去到清凉山、五松岩，锁那两个畜生到此问罪。"金刚领旨

---

① 戾（lì）：违背。
② 八金刚：金刚为佛教护法神。佛教有四大天王，也称四大金刚。这里说"八金刚"，是类比借用。后文亦作"八大天王"。

前去。

只见妙善转庵,得知善财、龙女征战事,乃同二徒弟来谷中救父母。路上撞见金刚,便问曰:"八位天王到何处去?"

金刚曰:"我等承佛旨,去捉妖怪问罪。"

妙善曰:"望天王先与我打破万花洞,然后去锁妖怪。"

金刚曰:"你师徒跟我去来。"

妙善在后,金刚在前,将上下东西谷岩尽行打开,把蜈蚣、蛇精、鳖精尽行斩讫。妙善同入,化作前次老僧,救出父母。复到五松岩救出二姐,岩底救出丞相,东岩救出二宫女。各把避魔汤一盏,与他解了妖毒,在外将惠风一拂。褚杰亦引得大兵到来,老僧向前打个恭,复腾空去了。

君臣父子开眼一看,相抱大哭,说:"我等被妖怪迷倒在此,又得神僧来救,不然皆为此谷之怨魂矣。"大家拭泪,缓缓寻本国而归。

看看来至迎和门,只见定烈、忽必力垂首来迎接庄王,皆奏曰:"小臣前欲寻主归国,不料反贼何朝阳借得察罕国兵,乘我国无主,杀将入来。臣与交战,不能抵挡,时此被他占去城池①,建国改号。目今四门把守甚谨,臣专在此候陛下返国,徐议进取。"

庄王曰:"这小畜生辄敢无礼!大将军可与我驱兵向南门,杀将进去,拿这畜生,碎尸万段。"

值殿黄门惴报知何贼②,何贼即遣兵四门严拒。褚杰正攻南门,军士报来:"西门被刘钦斩开,忽必力大兵俱已拥进。"何贼无计可施,乃带亲随数人,舍命冲开北门,逃往察罕国去了。

庄王复辟,文武大臣俱来庆贺。庄王曰:"向日之病,既死尚得首立③;今日遭此妖劫,若非那神僧搭救,空为岩底骷髅。褚定烈可代朕引三百兵,到南郊筑起三层高台,竖立神僧名位,朕好朝夕去拜他复国活命之恩。"定

---

① 时此:当指一时、因此。
② 值殿黄门:在宫中值勤的宦官。黄门,宦官。惴:惊恐不安。
③ 首立:指保有全尸。

烈承命去讫。

明日皇后复奏曰:"香山大仙手目之恩,半路终止。今可命驾,再去酬愿。臣妾不敢自裁,望乞陛下特旨。"

庄王曰:"还愿之心,朕心切切。丞相可速办表礼香花,朕同皇后、公主星夜就道①,上香即回。大将军务要牢守城池,恐何贼再来入寇。"赵、褚二臣各领旨去讫。

  两次香山谒大仙,谁知亲女望中悬。
  直教抬起寻常眼,始信神僧即大仙。

---

① 就道:上路。

## 第二十六回　妙善一家骨肉完聚

一时妙善救了庄王君臣，来到本坛本庵，众神参见已毕，乃着善财赍玉笋、黄芽，前到火焰山答谢红该儿助阵之功；又着龙女赍青蓊、紫菜，前到龙宫答谢龙王助阵之力。

却说庄王同皇后、二女、文武大臣晓夜不息，已到香山驻跸。赵震上山，排开礼仪。妙善听知父王、母后亲来行香，忙排开香案，着善财伺候，他自己仍化作无手无眼，污血淋漓，坐在佛座内。

庄王上庵，果见一座草房。庄王领皇后鞠躬四拜，众官一齐随班行礼。庄王曰："朕今先注宝香，敬供清斋，聊表寸忱①，愿赐慈悲，伏希洞鉴。"祝罢，皇帝、皇后、公主、文武又是四拜。

只见大仙被纱幔罩住，并不见动静。庄王对皇后曰："朕是山河天地之主，万姓之王，感大仙之德，远来拜谢，缘何并无动静言语？敢是朕是男人，不该启问仙姑。"

梓童向前，有个神像，轻轻揭起，慎细一看，显然是妙善身骸，妙音救醒起来。对皇帝说："这个仙姑，果是我妙善。前日我疑那手是她的，今

---

① 寸忱：些微的诚心。

果然矣①。"

二公主再扶起一看，只见血迹腥臭，伶仃可怜，对父王说："真个是我三妹！"

庄王曰："那日绞死，明明被虎背去，怎得在此？"举头一看，委实是妙善。四人相抱，哭死复苏②。

庄王问曰："早知我儿受这苦楚，爹爹要这条性命何干？我儿且把始末原因，试说爹听。"

妙善曰："那日蒙爹爹赐我之死，天帝怜我心诚，吩咐土地化虎背救在密松林内，孩儿魂灵游遍一十八重地狱，后复还魂。西域如来指我香山修行，九载成道，众神尊我为香山佛主。前日，玉帝恼爹爹性嗜杀人，特降恶疾。孩儿看见，故化为和尚专来治病，又截手眼与爹和药。前承爹爹来谒，谁知如来面前狮象成妖，走下凡间，化身拖去二位姐姐，又拖去宫女，惧爹知道，复到澄心县摄爹爹与母亲，捉去丞相。孩儿昨在王母娘娘处赴宴回来，见爹娘有难，又同八大天王打开岩洞，救得君臣返国。只是今日孩儿无了手眼，不能够得见得爹娘。"

庄王夫妇听罢，心如刀刺。

妙清、妙音问曰："三妹妹这等形状，还可医得否？"

妙善曰："我是慈悲之人，只要爹爹叩天下拜，我的手目必能复生。"

庄王听得此言，即焚拜曰："天地、日月、山川，是寡人不合当初将女凌贱③，今日反来舍身救父。果是孩儿孝意修行，愿得还生全手全眼。"

拜罢，妙善撤了化身，将亲身出座来见父母、姊妹，手目如故。大家且哭且喜。

妙善曰："爹爹今日到此，还许孩儿修行？还许孩儿招婿？"

庄王曰："我儿再不可说那事，当初是我不是。若非是你这般修行得道

---

① 果然：果真如此。
② 苏：醒。
③ 不合：不该。

来救我，一命险些归于黄泉。如今寡人情愿弃了山河，随你修行。尔众文武愿在此者在此，愿归国者归国。朝中自有丞相赵震竭忠事上，赤心报国，朕之此位即付与尔掌管，符玺俱已在此①，尔务敬天勤民。"

赵震得命，君臣恸哭，拜别而去。

却说如来锁得狮象到殿，心中大怒，骂不绝口，吩咐哪吒解入召版地狱②，压他粉碎，永不赦除。

妙善慧目一看，正见系原西方狮象，转身自反，不计二姐被这二畜惊唬之前嫌，驾云到西域，叫声"师父，稽首③。"

如来问："贤弟何来？"妙善曰："我等出家之人，当以慈悲为本。二畜触犯天条，望师父宽恩曲赦，弟子带回香山，慢慢驯治，点化他成个正果。弟子不敢善辩，专听师父垂察。"

如来曰："既是如此，叫哪吒带畜生转来。"二畜跪在阶下，如来曰："今日本该重治，承我这善菩萨救你，你可跟随他去，志心皈依，再不得变生异心。"二畜唯唯而退。

妙善拜谢如来，带得二畜回转香山，对二位姐姐曰："你遭此二畜，受了无端苦难，尔今认得他否？"

妙清曰："往日是青白二少年，今见真相，我恨不得吞吃了他。"

妙善曰："如今姐姐既出了家，那一点心头之火，全要灭了。此时他已归我，便是佛家眷属，再莫把前事记怀。"一边吩咐善财整备斋素，供养父王；一边修治房屋，安顿家小。

只见值日山神来报："玉皇颁下天诏，娘娘可排香案迎接。"说罢，太白金星已到庵前，宣读诏曰：

咨尔兴林国妙庄王，初未识天庭地府、六道轮回，造孽受罪在先。

---

① 符玺：符命与印玺。这里指皇帝的所有凭信。
② 哪吒：传说中的天神之一，为托塔李天王之子。召版地狱：地狱之一，其刑罚是用两块石板夹人。
③ 稽（qǐ）首：跪地叩头。

今妙善弃此贵而脱凡尘，九载苦修成功，暗中救困，舍身医父，济人利物，靡不曲尽；举目能瞩天下善恶，侧耳能听人间是非，朕甚嘉焉！其封为大慈大悲救苦救难南无灵感观音菩萨，赐与莲花宝座一副，永作南海普陀岩道场之主。其姐妙清、妙音初耽世味①，后能改行迁善，修行慕道，遇难不污。妙清封为大善文殊菩萨②，赐与青狮，出入骑坐；妙音封为大善普贤菩萨③，赐与白象，出入骑坐；永作清凉山道场之主④。其父庄王封为善胜菩萨，都仙官；其母封为万善菩萨，都夫人。⑤其善财、龙女，封为金童玉女。呜呼！千叫万应，普度众生；合家封赠，万年香火。

众人谢恩已毕，太白金星辞别而去。自是观音娘娘在香山普陀岩大施灵显，家家供养，人人钦奉。紫竹鸣鸾，净瓶注醴，杨柳烟晴，草茅生色。自五帝以迄于华胥，共祀无违。

专心学道脱凡尘，百磨千难认得真。<br>
白雀火烧风雨至，感伤刑惨帝恩深。<br>
医亲手目将来割，从古至今独善心。<br>
南海普陀登正觉，一家五口作仙宾。

---

① 耽：沉溺。世味：指人世间的富贵种种。
② 文殊菩萨：文殊师利菩萨，意译为"妙吉祥"、"妙德"。四大菩萨之一，释迦佛的左胁侍，司智慧，其塑像多作骑狮状。
③ 普贤菩萨：四大菩萨之一，释迦佛的右胁侍，司"定"，塑像多作骑象状。《华严经》中记载了普贤的十种广大愿行，佛门称为"普贤愿海"。
④ 这几句说的是文殊、普贤二菩萨出身的一种传说，他们的坐骑也与一般记载吻合；不过，清凉山（五台山的别称）只是文殊的道场，普贤道场是四川的峨嵋山。
⑤ 都仙官、都夫人：总仙官、总夫人。都，总，大。

# 观音得道

〔清〕曼陀罗室主人

观音得道

## 第一回　溯源流书生说法　警痴顽菩萨化身

　　话说我们中国的宗教，向来分为儒、道、释三大支派。三教之中，除了儒教、道教是中国本部所创始，释教却是由西域传入的，因为它拿觉世度人为宗旨，信仰的人也就不少，势力也与儒教、道教鼎足而三，一直流传到现在，依然保持着它的地位。

　　在佛家的区分，把全世界划成四大部洲，称为东胜神州、南瞻部洲、西牛贺洲、北俱芦洲，我们中国是属于南瞻部洲的。南瞻部洲有四座名山，号称佛国，这四座山就是九华、五台、峨嵋、普陀；管领这四座山的，就是地藏王菩萨、文殊菩萨、普贤菩萨、观音菩萨等四位大士。故九华礼地藏王，称为大行；五台礼文殊，称为大智；峨嵋礼普贤，称为大勇；普陀礼观音，称为大慈，领域也是很分明的。

　　在这四位大士里边，最受一般人所敬礼的，无疑的要首推观世音菩萨。因为我们若然在人群中提起他的佛号，端的是老幼咸知，妇孺都晓，差不多人人的一脑海里，都深深地嵌着一尊观世音菩萨的法相。这种普遍的敬礼，是观音法力所感化的吗？这却未必，其中倒有九分以上是迷信的观念所造成的。他们的理想，并且与观音大士相反。观音的宗旨，是要使世人大彻大悟，共登觉岸，照《法华经》上说，"苦恼众生，一心称名，菩萨即

时观其音声,皆得解脱,以是名观世音"。我们看了这几句话,就可以知道世尊的宗旨。可是现在我们看见那一班信仰观音的人,谁不在迷信里讨生活哩!他们以为只要相信了观音,随便自己的作为如何,观音就会来保佑的;一切不遂的欲望,观音也会赐予圆满的。他们最怕的是死,就以为只消平日多烧香多念佛号,便可以祛病延年;最怕的死了打入地狱,永不超生,就以为只消平日多持斋多诵经卷,便可以死后到天堂佛国中去享乐;甚而至于一切的罪恶,都可以念几声"观世音菩萨",就可以完毕的。因此念佛人的心理,就不免弄坏了,以致会有"若要心凶人,念佛淘里寻"的两句俗语来了。相信观音的人,存了这种自私自利的心理,就开出许多畸形的供奉来:寻常求福求寿的,供着白衣观音;求子的,供着送子观音;渔户人家求打鱼利市,便供着鱼篮观音……形形色色地附会着,越是如此,越是与佛理相去得远。故世人崇奉观世音的,虽然多似牛毛,却没有个能登正觉,这的确是很可叹息的。

　　闲言少叙。我摇笔作这部观世音传,并不是提倡迷信,一则是将观世音菩萨的前后事迹,介绍给世人,使他们有相当的认识;二来揭出佛经的奥旨,使一班误走迷途的佛弟子,能修大彻大悟,同登觉岸。但是虽然是有此宏愿,还不知一枝拙笔,可能助我达到目的否。

　　我现在既决意替观世音菩萨作传,在这开宗明义的第一回,有两个疑问,却不容不先解决。

　　第一点,观音菩萨究竟是男身还是女身?我们现在所看见的观世音法相或是画像,很不一致,有的打扮似男身,有的装束似女身,就引起了这一个疑问。依着世俗的见解,都当他是女身,所以有许多人还会称他观音娘娘哩!但是据胡应麟《笔丛》,王凤洲《观音本纪》,又都指观音菩萨是男身,说得有凭有据。另一方面,根据了《北史》的记载,徐子才病中所见,以及北齐武成皇帝梦中所见的观世音菩萨,又都是美妇变的,因此这个疑问竟不易解决。不过,根据了观世音菩萨的前后事迹,这问题不难迎刃而解。因为观世音悯念众生，随缘普护，曾经三十三度化身，到各处去点化众生，到处都现化着不同的庄严宝相：或者化为菩萨学徒，宰官玉人，天龙神鬼，因时地而变换，以便利他点化的工作，因此世人所看见的观世音宝相，也就或男或女、或老或少，个个不同了。这不是我的无稽之谈，《冰署笔谈》里面也明明载着这些事迹①。到此，观音男身女身的疑问可以搁过。

第二点，就是观音菩萨只有一位，如何会有许多不同的头衔出来呢？像什么白衣观世音、高王观世音、送子观世音、鱼篮观世音等名目，法相也就因之互异。这许多名衔不同的观世音，还就是南海普陀落迦山紫竹林中的那一位观世音菩萨吗？还是另外有这不同的几位观世音菩萨？关于这一点，我敢说就是因为当初应化时所现的法相不同，譬如他老人家在这一个地方化身的是一位美女，穿着白素的衣服，去设法点化众生，到临了人家知道这位白衣美女是菩萨化身，造像供奉，自然依着他们所看见的法相，于是后世就有了白衣观音；因东海鳌鱼有害，海边的居民不能安居乐业，观世音菩萨就化身为渔人，前去降鳌，以救众生，于是就有了鳌头观音的法相。其余种种的宝相，也都是化身时留下的，后人不察，就发生种种附会了。这并不是作书的胡说乱道，诸君不信，待我在正传的前面，先举一段观世音化身的历史，来做个引子，证明以上的说话。

我现在别处的观音宝相都不说，单说少林寺里的那一尊观音法相，又是与众不同，塑得环眼巨鼻，阔口广额，头上边乱发如蓬，两只耳朵长大无比，穿着一对粗而且大的金环，直垂两肩，衣折痕也散乱不整，赤着一双大脚，手中还斜支着一条黄金宝棍。这尊法相，倒像五百罗汉里边的鸠摩罗多尊者，俗眼凡胎的人，谁也不会当他是观音大士。但少林寺却又明明的将他供在观音阁中，僧徒们也都认为观世音菩萨，这不是很奇怪吗？可是少林寺的观世音法相，所以塑得这般模样，中间也有一段故事，待我慢慢讲来。

---

① 《冰署笔谈》：笔记，明黄汝良撰，12卷。

少林寺本是中国一大丛林，有很悠久的历史，自从初祖达摩禅师开山以来①，非但禅乘远播，就是武功也极著名。但是在初建的时候，却并没有观音阁，直到元朝时代，红军作乱②，兵祸蔓延到中州。那个红军首领李全，已深知少林寺的武功，要想招致寺中的僧徒，收为己用。不料少林寺僧众等是严守戒律、深明大义的人，不肯相从，因此李全便老羞成怒，率众围攻少室山，声称非扫灭少林寺不肯罢休。那时，少林寺僧虽说是擅长武功，到底众寡悬殊，势不能敌，竭力防守，后来渐渐不支。正在危急的时候，忽然杀出一个莽和尚来，手提铁棍，直抢到红军队里。众人看时，却正是新来的挂单和尚③，只见他宝棍起处，如同疾风猛雨一般，寒光万道，杀得那班红军马仰人翻，声声叫苦，就是那为首的铁枪李全也大败亏输，率众远遁。

那时众人都觉眼前金光一闪，就失了那莽和尚的所在，四下探望，才见他正站在嵩山御寨之上，现出丈六法身，自称是观音大士化身紧那罗王来解厄的。于是少林寺就依他显化的宝相，塑成此像，盖造观音阁供养。这件事在《少林寺志》上也载得明明白白，可见并非虚造了。也可知观世音有种种不同宝相，正是显化时遗迹了。欲知观世音的一生事迹如何，且待下回分解。

---

① 初祖达摩禅师：即禅宗初祖菩提达摩。
② 红军：指元末农民起义军红巾军。
③ 挂单：指行脚僧投寺暂住。也叫"挂褡"。

## 第二回　浊酒三杯凉亭小宴　明珠一颗好梦投怀

　　话说时在周朝的末年，中原列国互相征伐，刀兵相乘，连结不解，正闹得人无安枕，野无净土。那时西方兴林国，却正值承平之世，端的风调雨顺，国泰民安。

　　讲起这兴林国，在西域诸国之中，可称是巍然独立的大国，领袖各邦，但因地势关系，与中原素来不通往来，双方隔绝。这也只因两国中间，隔着一座须弥山，这一座山高可接天，广懋有数千里，横亘在西北高原上，好似天生的界限一般。在当时交通不便，中原人虽知道有这座名山，只因此山幽深险阻，气候又异常寒冷，山上的积雪，就是盛暑的天气，也一般的不会融化，终于没人敢去冒险西行。那兴林国又恰恰建立在须弥山的西北，在闭塞的当时，自然不会与中国相通了。

　　这兴林国在西方诸部落中，历史最为久远，开化也比较早些，又占着三万六千里的国土，几十万人民，自然雄长一世，惟我独尊，各小部落不容不臣服了。那时在位的国王名叫婆伽，年号妙庄，倒是个贤明之主，统治着数十万人民，使得男耕女织，各安生业，在位十多年，把一个兴林国治理得国富民丰，蒸蒸日上。

　　妙庄王是一国之主，安富尊荣，自不必说；正宫王后名叫宝德，又是

个贤良妇人，与妙庄王十分敬爱，家庭方面也充满了和融气象。但是天下无十全十美的事，人生虽富贵无双，到底不能没有缺陷。妙庄王贵为国主，富有天下，只是有一桩事情，不是国王威力所能攫取，也不是金银所能买到的，即是膝下只有二位公主，并没一个太子。妙庄王已是六十多岁的人，嗣位无人，自然望子情殷，为着此事，常使他闷闷不乐，有时不免要长吁短叹。俗语说得好，子息是有钱买不到的，有力使不出的；他纵然烦恼，也终归于无用，他在希望和焦急愁闷的环境中，一天天的过去。

春来秋去，匆匆的又是数年，那时正是妙庄十七年的夏季，御花园中的一池白莲，正迎风争放，香雾轻浮。宝德王后因这几天来，觉得妙庄王愁闷不乐，便在莲池的凉亭之中设下筵席，请妙庄王饮酒散闷。当下夫妻二人在亭中分上下首坐定，宫娥彩女分班斟酒送菜，妙庄王心中虽然为着子嗣问题不自在，但深体宝德后的一片好意，不免强颜欢笑。另一方面，看着池中的万朵白莲参差的开放着，衬着碧绿的荷叶，静雅可爱，微风过处，轻轻的颤动着，好像含羞欲语的神情，那一阵阵淡淡的清香，也从风中传播过来，沁人心脾。妙庄王在这种环境里边，也觉别有天地，很是有趣，心上的一片愁闷，早被清风吹散，莲香荡净。就此与宝德后互相传杯，开怀畅饮，有说有笑起来。宝德后见他快乐，也自欢喜，亲自执壶斟酒，又命群姬当筵歌舞，正是笑声纵，乐声扬，风光异样。如此一闹，早就是明月西斜，妙庄王酒已过量，不觉玉山颓矣，乘着一团酒兴，命人撤了席，扶着宫娥，携了宝德后，径回寝宫安息去了。

一觉醒来，已是红日满窗，宝德后已梳洗完毕，便伏伺妙庄王起身，让他洗盥之后，一面端整饭食，一面向妙庄王道："妾昨夜得一奇梦，未知主何吉凶？梦到一处地方，正是海边模样，一片白茫茫的无边无岸，波浪滔滔，很是怕人。正看间，忽然哗的一声响亮，海中就涌出一朵金色莲花。初出水时，大小与寻常莲花无异，离水面也很近，不料这金色莲花，却愈长愈高，愈放愈大，金光也越发耀目生辉，连眼也睁不开来。于是便将眼合了一会儿，待到重新睁开来时，哪里有甚么金色莲花？兀立在海中的，却好端端是一座神山，山上却缥缥渺渺的，似有许多重叠的楼阁，以及那宝树珍禽，天龙白鹤。这许多景象，究竟距离得远，倏现倏隐的看不真切，中间只有一座山头，峰上涌出一座七级浮屠，浮屠顶上端端正正安放着一颗明珠，放出千万道奇光异彩，十分庄严。我正看得出神，那一颗明珠忽然冉冉的升空，转瞬之间，变着一轮旭日，渐渐逼近海岸，不多时已高高的悬在我的头顶上，又是轰的一声响亮，那轮旭日，竟抛抛滚滚的落到我的怀中来。我吓得忙了手足，欲待逃去罢，两足又好似生了根的一般，我不觉拼命的一挣，竟自挣醒过来，好端端睡在床上，哪里有甚么海？有甚么山和一切的景象？到此始知是南柯一梦。这种梦不知是何预兆？主何吉凶？"妙庄王闻言，心中暗暗欢喜，向宝德后安慰道："御妻梦中所见，分明是佛国极乐世界的真形，凡人难遇，自然是大吉之兆。再说那明珠，分明是佛家舍利，化为旭日，就是阳象，投入怀中，不消说是孕育之兆。御妻得此梦征，今番怀孕，一定生男无疑，正是大可庆幸哩！"宝德后听了这番话，自然欢喜不尽。此事传遍宫中，于是合宫上下，都存着万分的希望。

再说宝德后自从这天起，怀孕的象征，逐一的显露出来，经过了两三月时间，腹部也显著的彭亨起来①。可是自从怀孕之后，身体倒很强健，只是有一桩，凡是鱼肉一类的荤腥，一点也不能入口，就是平日间最爱吃的东西，只要是荤的，一见了便要起恶心；勉强吃得一点儿，包管会连苦胆汁都呕将出来。这也是孕妇常有的事情，人家也不以为怪，又哪里知道内中却另有一番奥妙哩！

如此一天天的过去，不觉又是冬尽春来，宝德后的产褥之期，也愈迫愈近。妙庄王满拟今番一定生男，非常的高兴，忙着先预备起庆贺的事情来，合宫上下，也自有一番忙碌，不在话下。直到妙庄十八年二月十九那一天，妙庄王婆伽正在园中观赏美妙的春天景物，出神的幻想，忽有宫女

---

① 彭亨：涨大。

垒息奔到面前，奏说："王后在辰时三刻，又添了一位公主，请赐题名。"妙庄王一听生的又是一个女孩子，就把心头的高兴早消灭了一半，但这是无可如何的事，只怪自己前世没有修透，才致如此。当下便向宫女问起王后生产后可安好如常，那宫女道："启奏我王，娘娘当生产的当儿，有许多异色良禽，集在庭树争鸣，如奏仙乐，屋中也有奇香发现，氤氲阵阵，隔不多时，便产生了三公主。如今大小平安，娘娘精神健旺，公主啼声也自洪亮。"妙庄王听了此话，暗想仙禽集树，异香绕室，又想起宝德后怀孕时的一梦，遮莫此儿有些来历①，生具夙根，也未可知。他便题取"妙善"二字，做三公主的名字，因为上肩两位公主一名妙音，一名妙元，都拿自己年号的首字来排行的。当下便亲用金笺朱笔书就，付与宫女去了。正是：

　　惟善堪称妙，儿生有慧根。

欲知后事如何，且待下回分解。

---

① 遮莫：恐怕是，要么是。

观音得道

# 第三回　怪老人妙舌说慈航　小公主停哭听佛偈

话说妙庄王在先听说又生了一个小女儿，心中老大有些不高兴，及至听得生时有许多异兆，想起宝德后怀孕时的梦境，暗想这孩子遮莫有些来历，心中才宽慰了不少，就挨着"妙"字的排行，替他取名叫"妙善"。朝野的臣民，闻知国王又新添了一位公主，人家都欢欣鼓舞，开起庆祝的大典来。妙庄王就在宫中大宴群臣三日。在这三天里面，兴林国中端的举国如狂，到处悬灯结彩，演剧开筵，喜气冲天，欢声雷动，好一派升平气象。本来百姓在承平丰稔之余，又逢到如此喜庆之事，自然值得快乐了。

闲言休表。再说妙庄王在宫廷欢宴的第三天，命宫女将妙善公主抱到殿上，与群臣相见。不料这小孩子在宫中倒也无事，一到殿上，见了群臣酒醴肉炙的情形，马上放声大哭起来，再也休想住口，连乳她都没用，闹得乳娘慌了手脚，群臣停了杯箸，妙庄王满腹不快。

正在此时，忽有黄门上殿奏说①："门外有一位龙钟老叟，说他有物献与公主，求见我王。"妙庄王便命宣到殿上，只见那老者仙风道骨，品貌不凡，妙庄王便向他问道："老人家，你姓什名谁？何方人氏？今天到此有什么事情？快快从实说来。"老人道："我王且休问老拙姓名来历，先把我今天

---

① 黄门：宦官。

来此的原因，讲给我王知晓。老拙闻说我王新添了一位妙善三公主，大宴群臣，故而特地赶来，一则替我王道贺，二来要将这公主的来历告知我王。须知这位公主是慈航降生，来救世间万劫。我王不要小看了这位公主，她会将现在人王的国家，将来化作佛王的国家哩！"妙庄王听了这一番玄妙的话，不觉哈哈大笑道："看不出你偌大年纪，倒会胡说打谎！那慈航大士，不在西方极乐世界享受清福，倒肯重堕尘劫，托生这里来，做个凡夫俗子，这岂不是情理以外的事？还说什么人王国、佛王国哩！根本就是你这老头儿编的谎言，你想骗得信孤家么？"老人道："我王有所不知。佛门之内，虽大都是抱出世观的，但也未始没有抱入世观的。慈航大士因为看了世人尘劫深重，苦厄难消，故发了寻声救苦的宏愿，今番投胎人世，岂是偶然。老拙何人，敢在我王面前打谎？此事委实是真。"妙庄王又道："就算老儿的话有些来历，纵使慈航大士发愿入世救劫，也该化作男身，不合投生一个女儿，这也出于常情之外啊？我终有点不信。"老者闻说，连称："善哉善哉！此中因缘，岂能一一向我王说明？不信只管由你不信，但到将来，终有分晓的一天，如今老拙也正不必分辨。"

　　正在说话之时，那位抱在怀中的妙善公主，哭得益发厉害了。妙庄王听了小儿的哭声，不觉心头一动，接着向老者道："如此说来，你这位老人家，既然知道此儿宿世之因，想来是个有道之人。现在这小儿如此狂啼大哭，究竟是为了些什么？你可知道不知道？"老者打个哈哈道："知道知道！一切前因后果，无有不知道。公主的哭啊，这就叫做大悲！公主因为见我王为了她诞生，大开筵席，不知共残杀了多少牛羊鸡豕，虾蟹禽鱼，伤了许多生命，供人家口腹之惠，增自己无穷之孽，因此大大不忍，故而啼哭不住。况且大悲的主旨，不仅限于人类，凡是有生机之物，一概包括在内，就是一草一木，也同样的慈愍，又何况牛羊禽鱼的生命呢？"妙庄王道："既然如此，你老人家可有什么方法，使这孩子住哭吗？"老者道："有有有，待老拙念一偈，她听了，自然不会哭。"他于是便走到妙善公主身

旁,用手摩着她顶门,喃喃的念道:

莫要哭,莫要哭。莫要哭昏了神,闭塞了聪明。
莫要忘了你大慈的宏愿,入世的婆心。
须识有三千浩劫,须由你去度;
三千善事,待你去行。莫要哭,听梵音。

说也奇怪,那老者如此一念,那妙善公主果然像懂得的一般,竖着耳朵听,睁着眼睛向老者看了一看,已理会得他的意思,立刻就止了哭,两只小眼睛,却盯住了老者。这么一来,把妙庄王与合殿群臣惊异得面面相觑,啧啧称奇。正在此际,忽听得老者说道:"如今公主哭是止了,老拙也不能在此久留,就此告辞了。"说罢,向妙庄王打了一个躬,两袖一挥,清风起处,径自扬长下殿而去。看他腰轻脚稳,健步如飞,不像是老人的行动。

妙庄王到此,知道他是一个有道高人,失之交臂,岂不可惜?便吩咐值殿侍卫:"快去追赶,将老人请回,说孤家还有事要请求指教,务必请他回转。但是要善言相请,不可鲁莽得罪于他。"侍卫领命而去,直到朝门,已不见老人踪影。于是大家乘着快马,分东南西北四路出发追寻,可是寻遍了六街三市,终究没有老者的影子。向众百姓问问罢,他们又都处身在狂欢极乐的环境中,忙着饮宴取乐,谁也没有留心什么老者不老者,因此也问不出一个究竟来。

那一班侍卫弄得没有法子想,只得再向四处寻访了一番,依然不见,只好回宫复命。妙庄王向群臣道:"分明看那老者走的,只一瞬之间,就命他们去追,如何就会不见?难道那老者竟会插翅飞去不成?"群臣个个惊异,大臣婆优门奏道:"臣想今天百姓庆祝,六街三市,热闹异常,老者又健步如飞,当他闯出朝门,混在人丛之中,自然一时不易寻觅,若着侍卫

逐户挨家的寻访去，定有老者的着落。"话声未绝，早有左相阿那罗接着奏道："使不得，使不得！今天百姓正自欢欢喜喜的庆祝盛典，若挨家逐户的搜寻老者，岂不打断了他们的高兴，扰乱了大典？照老臣看来，那老者绝非等闲之辈，只听他刚才一番议论，和来去的行动，就可以知其大概。他既不肯少留，寻访也终于没有，不如任他去罢。我看此位老者，多半是佛祖现身点化哩！"你道他如何指说老者是佛祖呢？原来这位年高有德的阿那罗丞相，却是深信佛法的，故无论何事，都会拿佛法来解释的。

再说妙庄王一听了阿那罗的那一番说话，又将顷间之事，仔细思忖了一番，不觉也有些将信将疑，说道："倘果如贤卿所言，难得佛祖降临，十分有幸。只可惜肉眼凡夫，当面竟识不破；不然，多多请求佛祖指点，岂不是好！偏又当面错过这种良机，不曾求到一点半点的指示，真是可惜。这算来都是孤家德薄所致，如今也没得说了。"当下阿那罗丞相又不免用言语，将妙庄王安慰了一番，君臣又畅饮了一番，方才欢然而散。

不过，那佛祖显化的一番情事，从此就传遍了民间，大家都当一件奇事宣扬，几乎街谈巷议，没一个不拿此来做谈助。本来这兴林国的百姓，根本早被佛教所化，大部分都已倾信佛祖的，另外一小部分虽非倾诚相信，但脑海里也一般的有佛祖的印象存留着。故一闻此事，都认起真来，还加上许多推测和许多附会，闹得满城风雨，通国皆知，好像释迦牟尼佛祖竟坐了兴林国的宝位一般。正是：

　　　　众生诚扰扰，我佛总闲闲。

欲知后事如何，且待下回分解。

观音得道

## 第四回  物色乘龙欲传大位  闲观斗蚁引动慈心

话说自从阿那罗丞相几句说话，把那寻觅不着的老者认为佛祖显化以后，传说出去，兴林国的百姓没有一个敢于不信，而且又不免加油添酱的加上许多穿凿附会之谈，闹得通国人的心理，都移向佛门。这也是西方佛教发达的开始。本来呢，自从释迦牟尼创设佛教，立志要普度众生以来，大家都视西土为佛国，兴林国与佛国甚为接近，早就有些同化，再经如此一闹，自然益发要认真了。

话休絮烦。再说那一位妙善公主，由宝德后悉心抚育，渐渐长大，脱离了襁褓，转眼之间已是三四岁了，出落得美丽聪明，能说能笑，比了两个姊姊更是高出一筹。不过，她的脾气大大的与人不同。若是寻常的小孩子家，总是欢喜红红绿绿的衣服，喜吃美好的东西。她虽然小小年纪，对于那繁华锦绣，山珍海味，一概不爱，只欢喜布草粗粝；最奇怪的便是生来就吃素，不要吃荤腥。这并不是她不愿吃，实在是不能吃，油腻荤腥一入口，立刻就"哇"的呕吐出来，再也不能下咽。妙庄王与宝德后见她如此情形，虽觉有些奇怪，但这是无可如何的事情，又不忍使娇女呕吐伤身，只好备净素的食物给她吃，方才合她的意。六岁上学读书，好似有夙慧的一般，端的是一教就朗朗上口，并且过目不忘，远出两位姊姊之上。因此，

妙庄王与宝德后都十分爱他，真视同掌上明珠一般，老怀也很安慰，以为有女如此，也无异男儿。妙庄王常向宝德后说：待妙善公主将来长大成人，一定替她招一个文可安邦、武可定国十全十美的人物，来做她的驸马。非但郎才女貌相配，就是到那时再不生太子的时候，那座兴林国王的宝位，也好传与驸马，还不至斩断婆伽氏的血统。宝德后对于这个主张，也非常的赞成。夫妻两个安了这个心眼儿，连望子的心也渐渐的冷淡下去，只顾暗中物色相当的人才。

这件事不知如何传到妙音、妙元两位公主耳朵里去，都不免自叹命薄起来。有一天，妙音、妙元两位公主一同在花园中观赏桃花，无意间走到仙人洞旁边，只见妙善公主蹲在地上，旁边立着一个宫女，二人都默不作声，不知在那里做些什么。妙音、妙元两位公主见了这种情形，不免动了好奇之心，缓步走过去看，却原来是蚁斗。那时妙善也看见二人，便喊道："两位姊姊，快来帮我将这些斗死的蚂蚁，掘潭埋葬。"妙音、妙元两个相视的笑了一笑，道："妹妹，你自去闹了，我们怕污了手，却不耐帮你做这些爬地皮的玩意儿。"说着，便携手走将开去。妙元低低的向妙音说道："姊姊，你看三妹妹专门欢喜干这些爬土掘泥的村野勾当，父王母后倒当她宝贝一般，说什么要找一个文武全才的人，招为驸马。万一母后就此不再生育，驸马还有继承大统的希望，她还得做皇后娘娘哩！世上几曾听见过爬泥的公主，你想可笑不可笑？"妙音道："三妹妹的举动，我也看她有点下流①。只是父王母后偏爱着他，这就是没法的事。只恨你我生得命薄，轮不到那些好处，这正是命中注定的啊！"

她二人怨天尤命，我且不表。再说三公主妙善，她究竟在那里干些什么，这倒不容不叙个明白。

原来，那天妙善公主在宫中闷坐无聊，便带了一名宫女，到花园中闲游。无意之间，就走到仙人洞旁，蓦然间瞥见地上一队黄蚁，一队黑蚁，

---

① 下流：指向下走，与低一层的人看齐。

在那里斗作一团，正在难分难解之际，双方死伤累累。妙善见了，好生不忍，暗想："这小小的蚂蚁，就是安安稳稳的过日子，一生的性命也已短促透了，何况还有异类的残害？自保尚且不暇，为什么还要自相争斗，自促寿命哩！你看那许多死伤的遗骸，是多么凄惨啊！倒不如让我来替它们分解了罢。"于是就蹲下身去，欲待用手去拂，却又呆住了，不敢下手。你道为何？原来黄黑两队蚂蚁已入了混战状态，斗成一团，身体又小，哪里分得清楚，若是捉对儿的替它们去分拆，分到何时方始可以终了？况且蚂蚁这种东西，不斗便罢，若是斗将起来，真是除死方休，并且敌人如被它咬住，就是自己到力尽而死的时候，依然不肯放松。故每次蚁斗以后，总有许多捉对儿同死的蚁骸发现在战场上。若有人真的一对对去分拆时，两蚁一定同时受伤。就算不受伤的话，你一松手放下地去，它依旧会找敌人死斗。如此一对没分开，一对又斗起来，周流不息，永远也拆不完结。

妙善公主想到了这一层，不由她不缩住了手。她毕竟是个聪明绝顶的孩子，细细的一想，就被她想出一个方法来。她想："蚂蚁的争斗，无非是为了食物，只消双方人家有了充分的食物，自然大家各去搬运食物回洞，争斗就可以解开了。"她于是就命宫女去取了许多香甜的饼屑，一方面又察看了两队蚂蚁的巢穴，把饼屑撒在洞口的四周。果然两队蚂蚁后队出来的生力军，见了食物，不再前赴战场，都来搬运粮食，前敌的战争也渐渐的松懈下来。她于是取过一把小扫帚儿，将斗住的蚂蚁轻轻的拨扫，阵线散乱了，只向四面的乱跑。此时后面传令的蚂蚁也来了，大家得了信，也都赶回后方去运粮，一场恶斗才算结束。

可是战地死伤的蚂蚁，已有好几百个，妙善看了那种折手断足的情形，好生伤感，暗想："蚂蚁虽然是个小小虫儿，到底也是一条生命，只这么一斗，就涂炭了这许多生灵，不知它们前世造了什么孽，要如此惨酷的横死。如今搁在这里却不妥当，万一被异类来啄食，岂不是惨上加惨吗？不免待我来掘潭埋葬了罢。"于是她就在近处掘了一个小小潭儿，正在收拾蚁尸去葬，恰好遇到妙音、妙元二位姊姊走来，便喊她们来帮忙。不料她们竟不顾而去，她也不再呼唤，只将蚁尸完全捡得，送到潭中，用土掩埋了，圆满了这场功德，方才带着女侍回宫，心上才觉舒适。

再说那妙音、妙元二位公主，因为父母偏爱着妙善，又听了物色驸马、预备承继大统的话，女儿家胸襟是最狭的，就不免由慕羡进而为妒忌了，故对于妙善的行动，有点看她不过。今天见她干这爬泥葬蚁的勾当，将她讥笑了一阵，又先行赶回宫去，将此事告诉宝德后。在二人，以为如此一来，可以减少母后钟爱之心，移念到自己身上。但是宝德后听了二人的话，只付之一笑，还说她这种举动，真能体上天好生之德哩！妙音、妙元不防宝德后会说出这般的话来，心上怎不气苦，几乎连眼泪都迸出来了。那时妙善公主正圆满了他的功德，带了侍女回宫，见过母后，看了两位姊姊那种气苦的神情，只当是受了娘娘的训斥，不敢动问。宝德后见了她，问起向在何处闲玩，妙善便将顷间的事，细细的述说了一番。宝德后笑道："你也忒煞淘气了①，好有心思去干这些勾当，不嫌污了双手。若遇着毒蚂蚁，被它咬了，生起蚂蚁疮来，才够你受用哩！以后快别再闹这些玩意儿才好。"妙善公主听了她母后的教训，一面唯唯的答应，一面却又说出一段道理来。正是：

　　　　看他多凤慧，小语畅禅机。

欲知后事如何，且看下回分解。

---

① 忒煞：太那个，极言程度之甚。

## 第五回　救孤蝉公主受伤　医创癞国王悬赏

话说宝德后听了葬蚁之事，将妙善公主教训了一番，她一边连连称是，一边待娘娘住口之后，便又接着说道："母后有所不知，蚂蚁虽然是微小的虫类，但到底也是一个性命，孩儿看了它们两队争斗，死伤累累，好生凄惨，心上十分不忍，故设法将它们排解开来，以免继续的残杀。那些蚂蚁也好似有灵性的一般，却并没有一个咬了孩儿呀！"她正说到这里，恰好妙庄王也回进宫来。问起人家在这里讲些什么，宝德后又不免将此事告诉了一遍，妙庄王听了也笑着说道："这孩子聪明伶俐，别的都好，只是生就这种古怪脾气，全没有小孩儿家的气息，举动有些像老佛婆一般，使人不大快意。还得你多费一点心，好好的教导，使她改了这种习惯，才讨人欢喜哩！"宝德后唯唯应诺。妙庄王这一席话，在妙善公主听了，倒不在意。可是妙音、妙元两位公主听了，十分快意，把刚才一片气苦之情，完全压下，渐渐的满面春风，露出笑容来了。她们明知妙善公主这种脾气，生就在骨子里，终究是更改不得的，父王既然有这几句话，由她闹下去，一定有失欢的一日。

本来呢，古人说得好，"江山易改，本性难移"；又说"三岁定终身"。这就说人的生性，从小到老是永远不会改变的啊！妙善公主既然生就了佛

性婆心,任你外界的力量如何,休想改变得她一分一毫。宝德后虽时常用温言去劝导她,她依旧是我行我素,半点不动心。有一天正是炎夏,傍晚时候,她因为室内闷热,到外边散步。走在柳荫之下,清风徐来,甚觉凉快,便在柳荫之下的石凳上坐着纳凉,好风送爽,清静异常。有一只孤蝉,倚在枝头,不住叫着,好似在那里自鸣得意。妙善公主在这一片天机寂静之中,忽然一个人自思自想道:"世上的人,劳劳碌碌争名夺利,到头来终不免遭到许多魔难,受尽一切苦厄,至死不悟,多么可怜啊!如何想个方法出来,使举世的人都大彻大悟,免了尘劫才好?"因此她的思路,越想越远,凝神静坐,好似入定的一般。

正在出神的当儿,那一片很和悦的蝉声,忽然急噪起来,似乎遇到了甚么侵袭。这一来妙善公主心上一惊,把遐思收住,循着叫声寻去,只见一根绿柳枝上,一只鸣蝉抱在枝头,嘶声极叫,旁边另有一只螳螂,两把利斧已将那只蝉抓得牢牢的,昂起了细长的头颈,正待去咬来吃哩!妙善公主见了如此情形,暗想:"那只蝉分明是在那里向我求救,我若坐视时,它的一条命就断送在螳螂爪牙之下了。"好在那枝垂柳并不算高,站在石磴上尽管攀得够,她于是便不迟疑走将过去,立到石磴上,一伸手就去捉那螳螂。那螳螂见有人来,急撤了蝉,举起它一对利斧来斫公主的手。那只蝉得了如此一个好机会,"吱"的一声,刷翅飞去。公主看得一呆,那只右手正待抓住螳螂,现在见蝉已飞去,不劳再去捉它,欲将小手缩回。不料在此一转念之间,那螳螂的利斧,却毫不留情的斫住了她的手背,使劲的一拖,早深入皮肉,拖出两条一寸多长的血路,鲜红的血直冒出来。

公主当时受了此创,痛彻心肺,不料手上一吃痛,眼前就是一暗,两只腿随之酸软起来,一个站脚不稳,倒栽葱一般跌下石去。这一跌非同小可,右额角正磕着一块石子,成了一个小小窟窿,左足踝又摔在树根之上,扭脱了筋,头上血流如注。

妙善公主如何经得此等创痛,故立刻晕厥过去,不省人事。醒过来时,已在寝宫的卧榻上，直到觉得满身疼痛，妙庄王和宝德后都守在旁边，人家都着手忙脚乱的情形，见她苏醒，都道："好了好了！如今清醒过来了。"公主才想起刚才的事情，觉得痛得厉害，头上的疮口已经裹好了，足踝的脱筋尚没有拍上，这两处的疼痛格外难熬，不禁哼呼呻吟起来。

读者诸君，你道她昏倒在绿柳树下，如何会到寝宫？原来宝德后独自坐在宫中，好久不见妙善的踪迹，心上十分记惦，便叫宫女到园中去找。找到树下，见她满头是血，昏迷不醒的跌在地上，于是忙了手脚，急急奔回宫中，告诉了宝德后，大家才七手八脚用软垫将他抬回宫中，敷上止血药，裹了疮口。好容易待得她苏醒过来，当下妙庄王便向她问道："儿啊！如何跌得这般模样？如今又觉得身子怎样？快快的告诉给为父的知道。"妙善公主虽然心惮妙庄王的严威，明知说了出来，一定要受到埋怨，但她生性就诚实，不肯打半句谎语，硬着头皮将刚才驱螳救蝉以及跌扑的情形，是一是二的讲了出来。妙庄王听了不觉摇头砸嘴的说道："儿啊！我不是常常向你说，叫你不要干这些无益之事，你偏不肯听。今天为救一个鸣蝉，就跌得这般模样，岂不是自讨苦吃么？俗语说得好：'吃一番苦，学一回乖。'今天你既然吃了这么一个大苦，往后去总该牢记，不要再任性的胡闹了。"公主闻言，只得连应了两个是字，接着又呻咽起来。

此时宝德后见了她那种痛苦的神情，十分伤心，也向她问道："儿啊！你如今到底觉得如何？"公主忍着痛答道："满身都有些疼痛，只是右额与左足踝痛得更是厉害，左足踝还有点像脱落的一般哩。"娘娘便用手去在她左足踝上一摸，骨臼果然不衔接了，急得直跳起来，连说："怎好？怎好？"妙庄王便传旨去宣了一位大夫入宫，替她接骨上筋，又开了药方给她吃。忙乱了好一会儿，疼痛少止，悠悠的睡去，大家方才定心。

妙善公主这么一睡，就是个把月不能起身，竟似生了一场大病。若在旁人，以为蝉和螳螂的缘故，累自己吃如此的大苦，一定要生怨恨之心。可是这位公主却大大不然，她一些儿也不懊恨，反以为如此一来，身体上

虽吃了点苦，心中却得到万分的安慰，缠绵在床笫中，并不感受到多少痛苦。一月之后，渐渐的起坐，步履如常，足踝上的伤已经完全好了，其余如手背被螳螂抓伤等轻微的伤痕，也都退尽。只有右额角的创处，还不肯合口。大家又不免求取好药给她敷擦，又经过好多日，才算收功，但额角边却添了一个龙眼大小的黑瘢，好似美玉上有了瑕疵，很不雅观。宝德后见了此瘢，心中甚是不悦，向妙庄王说道："好好一个如花似玉的美貌女孩子，现在额上有了一个瘢，岂不损了美观？我想国中不乏善医才人，陛下又贵为一国之君，若是降旨招求，找个灵验方儿，来治女儿的创瘢，想来不是难事。陛下何不下诏试试呢？"妙庄王听了，点头称是。次日临朝，真的降旨广求治瘢的良方，说如有人退得三公主额上瘢痕，赏白银千两，封为御医之职。

此旨一下，国中的大夫希图重赏，争着进献方药，端的络绎不绝。可是依他们的方法试去，一连试了几十种方药，竟没有丝毫应验。妙庄王心上不悦，以如此一座大国，竟都是些庸医，没有一个有本领的人物。看来女儿额上的瘢痕，是终于没法子除去的，美玉微瑕，怎不叫人惋惜？他自顾的着恼，事有凑巧，此时却来了一位奇人。正是：

　　　　莫愁瑕不去，尚待有缘人。

欲知后事如何，且待下回分解。

观音得道

## 第六回　众庸医都无丹鼎药　怪修士指说雪山莲

　　话说妙庄王因为得不到良好方药,退去妙善公主额上瘢痕,心中老大不悦,他就立意要把国内医生,一齐驱逐出境,不准在兴林国内存身,以免百姓受他们的欺骗。他曾将此意与阿那罗丞相商量过,在他恨不得立刻实行,还亏阿那罗多方相劝,才算定下七天的限期,如其七天之内,再没人医得好公主额上瘢痕,就实行驱逐医生。

　　这一个消息传出朝去,把一班靠医吃饭的人,都吓得面如土色,叫苦连天,只希望苍天保佑,降个奇人,治了公主的疾患,免得医人受流离之苦。可是这种希望如何会有成验呢?一天过去了又是一天,兀自没个好消息儿,再过一天依然是石沉大海,那一班医生的苦心焦思,真个是如与日俱增。转眼之间已到了第七天,只剩这短短限期,希望自然是格外少了。可是天不绝人之路,正在大家希望垂绝,妙庄王召见阿那罗丞相商议下驱逐医生的旨意之时,忽黄门官上殿奏称:"朝门之外现有一位青年书生,要见我王,说是他有方法治三公主的疾患,待我王旨下。"妙庄王为了此事,心上异常不快,现在听说有人能治,自然欢喜,便命宣书生上殿相见。

　　黄门官去不多时,带来一位青年上殿。妙庄王举眼将他一看,只见生得风流儒雅,相貌端庄,态度大方,好一个青年学子!当下书生行过大礼,

妙庄王赐锦墩给他坐下，开言问道："卿家姓什名谁？家居何处？从实详细说来。"青年躬身答道："草民楼那富律，在南方多宝山中居住，向来采药研医，专替人家救治疾苦。今番闻说公主额上瘢痕医治无效，我王大发雷霆，意欲尽驱国内诸医。草民想，此辈虽属庸劣无能，其实公主这种疾患确非庸俗所能治，尽行驱逐，未免有点冤枉，故特地赶来向我王陈述。路远来迟，还望我王恕罪。"妙庄王听了此话，发声冷笑道："好大胆的书生！我道你来此献什么灵丹妙药，却原来替那一班庸医做说客，就该治个妄上之罪。"楼那富律也微笑道："灵丹妙药倒是有的，我王既欲治草民之罪，草民却就不说。"妙庄王道："如此，你且说来，果然治得公主，无罪有功。倘然不灵，就是欺骗孤家，两罪俱罚，决不宽恕。如有灵丹妙药，快快拏来！"楼那富律打个哈哈道："我王到底是贵人，不知高低，这是何等之事，谈何容易？你道公主的疾患，是寻常药物所能治得么？"妙庄王听他如此三真七假的说着，心上有些发怒，厉声说道："不是凡药可治，难道要仙丹不成？如此，不遇真仙，依然治不得公主。看你这个小小书生，难道会有仙丹吗？"楼那富律点头说道："毕竟我王聪明。若说此物虽然也出在人间，多少却带些仙佛灵根，草民有虽没有，知却是知道的。"妙庄王道："光是知道，有什么用？寻求不到，仍旧是枉费劳心，有何益处？"楼那富律道："凡事只要有虔诚的真心，肉身还可以成佛，莫说这人间所有的东西，如何会寻不到？"

当下阿那罗丞相躬向妙庄王道："老臣眼看此人却有点儿来历，他的言语也似乎可信。倒不如着他讲个明白，再作计较，或者能有效的。"妙庄王点了点头，又向楼那富律说道："兀那书生，你且不要三真七假的说废话，果真有什么灵药，此药产于何处？如何寻求？快快详细说与我知道，好着人去寻求。倘使果真将三公主的瘢痕除去时，我一定重加封赏，酬你的功劳，决不有负你的。你如今不必再恁般吞吞吐吐了。"楼那富律这才正颜厉色的说道："草民何敢戏耍我王？刚才只因我王信心未坚，故不愿说。如今既蒙我王不再狐疑，自当说个明白。草民所说的东西，不是他物，却是一本莲花罢了。"妙庄王哈哈大笑道："此物何奇？现在御花园荷池中，宝贵青莲不下万本，要一本有何难处，值得如此大惊小怪？"楼那富律双手乱摇道："非也非也！那种青莲莫说万本，就是百万本也一般的不中用。草民所说的莲花，不长在池中，却生在山上，根不沾泥，盖不染尘，冒雪而开，闻声而隐，如得此花一瓣，公主的疾患不难立刻痊愈。"

妙庄王听了此话，哪里里肯信，连连摇头道："这分明是你编造出来的谎话欺人，世上哪有如此的莲花？"楼那富律接口道："有却是有，只是少有。从古到今，一共只有三朵，一朵被王母移上天宫，种入瑶池；一朵被佛祖带往西方，做了莲台；还有一朵流落人间，专待有缘的人哩！"妙庄王道："如此说来，此莲花终非凡人能够得到，说了半天，还是白费唇舌。毕竟这流落人间的一朵，在于何处？如何才可以弄得到？你且说说看。"楼那富律道："说远不远，说近不近。此间东南有座须弥山，居中有座笔陡高峰，唤作雪莲峰，那流落下的一朵莲花，就生长在此峰的冰窖雪窟之中。山下有时可以望见，白云环护，香雾远闻，委实是件宝物。若要求取此物，无缘之人虽吃尽千辛万苦，也得不到手；若是有缘的人，只要一念诚心，不避艰苦，迟早总会如愿。"

妙庄王沉思了一回，摇头道："不对不对！你既然知道莲花的下落，有许多好处，难道你就不能发一愿之诚，前往求取，反来此间饶舌何为？这分明全是一片胡言乱道，还是替一众医生做说客，来到孤家面前捣鬼。如今我也不必与你分说，权且将你监下，待我派人往须弥山雪莲峰下探个明白，得了回报，若果真有此物发现，那时用上宾之礼相待；倘然没有此物的话，那么休怪我执法如山，不肯饶你的性命。"楼那富律连声称好，又道："既然如此，那驱逐医生出境的事，也得暂缓，待见了分晓再说。"妙庄王也答应了下来，当下便吩咐将楼那富律软禁起来，好好款待，一面便和阿那罗商量采莲的人选。阿那罗道："这倒是个难题，一来此去须弥山遥远，

广漠高原,深林绝壑,奇险百端,非是个勇武绝伦、胆识俱佳的人,如何去得?再有一层,此人还得是心腹,否则难免路上畏难躲避,造言虚报,故请我王三思。"妙庄王低头沉思,一时也想不出一个相当人物,便道:"此事待明日早朝,召集众文武共同商议,再行定夺。"说罢,便退入宫中,阿那罗也下殿回归府第不提。

次日早朝,百官齐集殿上,行过了礼,分班站定,妙庄王便将以上事情向大家说了一遍,问谁可去得。当时即有值殿将军迦叶愿往。此人在武臣中好算得智勇双全,的确当得此任。妙庄王甚为喜悦,赐了三杯御酒壮行。迦叶退朝之后,回到府第,挑选了五十名勇武精壮的兵士,预备下清水粮食,一应篷帐,个个乘了骆驼,收拾妥当,即刻启程,一路东行,去寻须弥山头的宝物。这一队人马,在广漠中一路行去,端的是一路十分艰难,万般困难。正是:

　　　　有心医瘿额,去访白莲花。

欲知后事如何,须待下回分解。

观音得道

## 第七回　须弥山迦叶寻莲　兴林国宝后受病

　　话说迦叶准备了一切，带了五十名从人，个个乘着骆驼，马上出发，取道向须弥山而来。一路上不是广漠沙碛，便是幽壑深林，十分不易行走。日间赶路，夜间就在旷野搭了篷帐休息。常常数十里之内不见人烟羊犬，就是水草也不易得到，幸而骆驼能耐得饥渴，否则就更感困难哩！

　　如此晓行夜宿，一连半月有余，方才看得清须弥山各峰的雪顶。你道为何峰峰都是雪顶？原来须弥的山峰，高可接天，上面的气候实在寒冷不过，就在盛暑之时，也比了平地的冬天要冷上两倍，故冬令下了雪，积将起来，永远没有融化的机会，因此山顶就成了一白无垠，远远的望上去，好像有许多白头老人，参差着并立一般，别是一种奇观。

　　这一队人既然近了须弥山，一个个都非常欢喜，进行也更是迅速。如此不止一日，已到了须弥山的北麓。可是在近围十里之内，却找不到一个部落，却又不知这三五十个高峰之中，哪座是雪莲峰，真弄得信都没有处问。天色又是不早，势难再走，于是迦叶带着这一队从人，拣了个僻静所在，搭下篷帐，权且歇宿一宵，预备到了第二天再行设法寻访。大家饱餐一顿，各就篷帐休息。迦叶有事在心，兀自不能入睡，翻来覆去，好生不自在。于是便披了一件长毛的大氅，佩了一口长剑，独自走出帐外，观赏

这须弥山下的夜景。他一个人走到树林边，只觉得月暗风高，刺入肌骨。举目远望，只见黑魆魆的长林，在昏沉的月光中摇摆，反是山顶上面积雪被月光一映，发出耀耀的银光，极为灿烂。迦叶挨着一峰一峰的看去，甚觉有兴。看到居中一峰上，忽然觉得光彩有异，心上就是一动，暗忖："这一座山峰莫非就是雪莲峰？那异光莫非就是我们欲采的莲花罢？"他怀了此念，便聚精会神的观看，果见有一朵钵盂大的白莲，亭亭的立在积雪里面，奇光果就从莲花上射出！这一喜真是非同小可，一口气奔回篷帐中，唤醒了一般从人，领着一同出帐观看。那些人却是俗眼凡夫，何曾看见过这层奇珍，故一见之下，都欢喜得手舞足蹈，不知不觉的脱口欢呼起来。只大家这么一阵欢呼之下，就惊动了那莲花，竟渐渐的隐到雪中去了。迦叶才知此物果然是闻声而隐的。当下大家只好回帐安睡，预备第二天再看他一个清楚。不料他不再出来，一连三五夜不见影响。迦叶知道等也无益，好得今番是奉命来探有无的，如今既有了着落，又大家都看见的，也可以复得命了，于是整队由原路回去。

如此一来一往，前后共历三个多月。不料回到兴林国都，却得到了一个意外的消息，迦叶着实惊骇。原来妙庄王后宝德国母竟在一个月之前逝世，此时举国都哀痛异常。迦叶屈指一计算，国母辞世的日子，正是自己在须弥山前发现宝莲的时候，暗中不觉有些奇怪，以为如此凑巧，这里边定有什么因缘，绝非偶然之事。当下他安顿好了从人，便径自入朝复命，把沿途险阻以及发现雪中白莲的详细情形，从头说了一遍。妙庄王在王后新丧之时，心中沉闷不乐，如今听说雪莲有了着落，更增了许多惊悔，勉强向迦叶慰劳了一番，竟悒悒回宫。

论情论理，雪莲有了着落，正是一件可喜的事，他正该喜悦，为何反而惊悔呢？他惊些什么？原来他惊的世间果然有这一品的莲花，悔的是不该一时糊涂，非但不信楼那富律的金玉良言，反而将他幽囚受苦，终于被他脱身逃跑了，要不然非但雪莲可以求到，就是其余的事，也不难靠他指点而解决。如今一切都没有希望,叫他如何不惊悔呢?

慢来,那位楼那富律不是仅予软禁,还优予款待,以待迦叶的回报么?怎么说是幽囚受苦,与脱身逃遁呢?这里边却另有一个原因,且待我慢慢讲来。

原来自从迦叶动身之后,楼那富律起初本来软禁在一个花园里,行动很是自由,一切供应也很周到,只不放他走出园门罢了。隔了没有几天,宫中那位宝德后,忽然生起病来,起初不过感到精神欠缺,终日沉睡昏昏,但是喊醒了时,却也清清楚楚,并没有什么病状,只是不喜和人谈话,立刻就睡去。妙庄王向她问时,也说没有什么痛苦。妙庄王不免有些奇怪,为了谨慎起见,即召御医替她诊察之下,连连摇头,说是六脉全无,不知何病,无从下药。

妙庄王听了,怎不着急,一连召了好几个医生,却都是一般说法,大家束手无策。妙庄王急召众大臣商议此事,阿那罗奏道:"前天那个楼那富律,他不是说过在多宝山中采药研医的话么?我看此人倒有点来历,也许有奇才异能,现软禁在庭园之内,何不将他唤来一问,或者他倒会得治此奇病。"妙庄王也很以为然,即命人去将楼那富律唤到,问起此病,他说要诊了脉再讲。于是便命内侍同去诊了宝德后,经过了约有半个时辰,方才回到外面。

妙庄王一见急问:"如何?你可会医此病?"楼那富律摇着头道:"不行了,不行了。六脉全无,这就是魂升魄降之兆。草民在初按的时候,也当是六脉全绝,但照例就不会生存着,很觉奇怪。后来仔细一按,却原来六脉还有游丝般的一线隐伏着,若断若续,所以还不至于马上就升天,可是神魂已经离了躯体,至多不过七天的寿命。这大概是前孽未满,还要受几天床席之灾,才得咽气哩!"妙庄王听了,心上好似油煎的一般,含着两眶眼泪说道:"你且莫讲这些无益之话,我只问你,此病毕竟从何而起?现在可有什么医治的方法?快快的说来,好救王后的性命。"楼那富律摇头叹

息说:"不行,不行。若要医此病,除非佛祖家中药,老君炉内丹,或者可以重生魂魄,得庆更生。若要靠凡间的医药,却是无能为力的了。我王不必存着万一的希望,还是快些替她预备后事罢!至于此病的起因,却非三天二天之事,说来很长,待草民从头说来。人生在世,到了智识开时,就有喜怒哀惧爱恶欲七情感于内,色声香味触法六贼诱于外,把一片浑然凝聚的精气神,扰乱得分崩离析,不能相驭。故人生短短如一场春梦,上寿也不过百年。到得精气神完全散失时,就免不得长眠不起。况且国母生长富贵,在表面上看来,自然件件都比常人好,可是这七情六贼的侵袭,也比了常人来得凶,精气神的崩离,也格外来得快。平日间,妄自杀生,以充口腹,造下了许多恶业,才有这许多日子床席之灾,只待业满便自然咽气了。若问这个病名,就叫七情六欲之症,是无药可救的。"妙庄王听了楼那富律这一番言辞,不觉大怒道:"你不会治此奇症,倒也罢了,如何却编造出此等话来,自掩庸陋,侮辱国母,还当了得!左右与我将利口的贼绑去斩了,看他还敢胡说!"当下两旁武士,一声答应,便过来七手八脚的将楼那富律五花大绑,捆个结实,簇拥着向殿外走。刽子手已亮出晶光耀目、寒气逼人的钢刀,只待行刑。楼那富律的性命,正在千钧一发之时,殿上忽闪出一个人,在妙庄王面前替他乞免。正是:

良言招祸至,险上断头台。

欲知后事如何,且待下回分解。

观音得道

## 第八回　留偈语暗藏后事　感死生了悟禅机

话说众武士绑了楼那富律，正待下殿去斩首，忽见班中闪出阿那罗，匍匐案前奏道："臣愿我王暂息雷霆之怒，听臣一言。楼那富律此人胡言乱道，罪故应诛；但现在国母得此奇病，尚未得个治法，反在此间杀人，似乎有点不吉，何苦自己讨蹇钝①。依臣愚见，倒不如权且赦了他，别商救治的方法。"妙庄王道："既然老卿家替他讨情，都看你的分上饶了他。但是死罪可恕，活罪难饶，便命推回来，给我打二百大棒，然后发到死囚牢里受罪。"阿那罗几句话总算救了他一条性命，自然不好再说什么，归班侍立。众武士将楼那富律松了绑，揿倒在地，结实的打了二百大棒，押下殿去，送到死囚牢里，钉上镣铐，穿上铁链，让他去受罪。

不料到第六天的夜间，狱官查监到楼那富律所坐的地方，不觉大吃一惊：哪里还有他的踪迹。只见那镣铐铁链都折毁了，抛在地上，坐板上放着一张纸条儿，写着四句歌偈道：

妙法从来净六根，善缘终可化元真。

观空观色都无觉，音若能闻总去寻。

---

① 蹇(jiǎn)钝：困苦窘迫。

狱官便传齐一般牢役军头前来询问,都说收号之时,明明将他枷锁在总链上,因为他是个重犯,还另有链子穿了头发,将他吊定。如今门不开、户不启,如何会得逃走呢?于是大家点起灯球火把,阖监搜寻,连阶石缝中也寻到,哪里有个影踪?狱官因为职责所在,不敢怠慢,急忙去禀告提刑大臣。提刑大臣拿了那纸条儿,连夜入朝启奏。

当时妙庄王因宝德后病已垂危,正集群臣在殿上商议后事,闻得此报,不觉大怒,正欲将提刑大臣斥革,狱官斩首,以正疏忽之罪;一面派官府军兵四出搜寻,务必捉回楼那富律正罪。他心中这么想,话却还没有出口,忽见一个宫女踉跄上殿,伏地奏称:"王后已于顷间升天了!"妙庄王一听此话,心中十分悲伤,两泪直流,就再没有心情去问楼那富律的事,霍地立起身来,直奔寝宫而去。

原来宝德后自从那一天诸医束手之后,虽由大家定了一张滋补的药方配给她吃,但是终究像浇在石头上一般,丝毫不发生效力,却越发显得力疲神瞀的神情①,一天不是一天,直到九月十九这天晚上,竟伸伸腿瞪瞪眼与世长辞了。当时妙庄王心悲意乱,一切事务,统由各大臣治理,忙乱一场,不在话下;那楼那富律失踪一件事,自然也不追究。

过了几天,妙庄王忽想起楼那富律留下的那首歌偈,取来读之再四,终觉得可解不可解之间,有些玄妙莫测。那四句却是并行横写的,无意之间,忽悟到是藏头隐语,第一、第二两句头上,明明嵌着三公主的芳名"妙善"二字;但三四两句的头上却是"观音"二字,又不得一个适当的解释。他想:"观是用眼的,声音只可用耳去听,眼睛是看不见的,这二字如何连用一起呢?"妙庄王对于这四句偈语,虽得不到确当的解释,但心中知道楼那富律此人,绝非寻常之辈,故能脱了锁械,如神龙般的破空而去。可是他既然脱逃了,总不见得会重新来,想他也是没用,只索放过了此念。

---

① 神瞀(mào):心绪纷乱。

我在此且将这边之事暂时搁过,再来谈谈宫中那位妙善三公主。她自从跌伤病愈之后,宝德后对于她的行动,异常注意,闲常不放她往外游玩,就是到园中去,也得命三五个宫女相伴,不准再做救蝉葬蚁的勾当,如发现此等事情不加阻止,闯出祸来,要将做伴的宫女处以极刑。妙善是心地最软不过的,经这么一来,她生怕因自己的行动害他人受苦,增加罪戾,故改变了不少。她因此也不愿常到外面去走动,终日的宫中习静观书,闲时便和两个姊姊下弈抚琴,消遣寂寞,一向安然无事。

万不料快快乐乐过着安逸日子,宝德后会生起奇病来的。其时妙善公主虽只有七岁,但凤根甚深,天性独厚,一见母病,心上就焦虑万分,终日求神问卜,吁地呼天,愿折自己的寿算,以延母亲的寿命。但是宝德后大限已尽,任你如何求祷,终于一些应验也没有。三位公主日夜侍奉汤药,陪伴着时刻不离,直到她弥留之际,宝德后握了妙善公主的手,有气没力的说道:"儿啊!为娘的等不得你长成,半途抛撇了你,是多么伤心啊!为娘的死后,你须善事父王,不要再使那平日执拗的脾气,使父王多增伤感。"说到这里,便哽咽着不能成声。妙善公主听了此话,正如万箭穿心,忍不住两股热泪,直淌下来,忽然眼前一暗,晕倒在地;宝德后也就在这一刹那间,长辞人世了。

当时大家将妙善公主唤醒过来,不免悲伤痛苦。在许多人里面,除了妙庄王以外,要算妙善公主哀毁最甚,但在她哀毁之中,却又悟了一片禅机。她想:"母亲生我育我,辛辛苦苦一直把我扶养这般大,恩深德重。今丝毫没有报得,她已弃我而去,这深重的罪孽,如何可以消得呢?"她灵机一动,忽想起了慈悲的佛祖,她想:"佛法能超越三界十力,救这一切苦厄,使同登乐土,最具神通。如今欲报答慈母深恩,和忏自己的罪孽,只有向这一条路上去求。"她存了此心,便发愿修行,舍身佛门,在当时却也并不将己意告人,惟终日诵经礼佛,把长日光阴都消磨在经卷里面。可巧她有个寡姨,也是个虔诚奉佛的人,现在宫中做她的保姆,二人聚在一起,端

的是水乳相融，有了伴侣，越感到清修之趣。但是妙音、妙元二人看了她们的行径，老大的不以为然，背地里自然不免笑她们痴顽，生在王宫之中，大富大贵却有福不要享，反作此空心之想，岂不令人齿冷。有时也在妙庄王前絮聒着。在初妙庄王心烦虑乱，也没闲心绪去问这些细事，以为这一种也是消遣方法，倒可免再去救蝉葬蚁，闹出意外危险，只索由她；但并没想到这位妙善公主，却早已舍身佛门，发愿修持到底的了。

世上任便什么事，大半由心理所幻成，现出种种不同的境界来，这就是所谓"境由心造"是了。别的且不必讲，但就我们做梦来谈谈，一定在做梦以前，心中有了一种理想，然后熟睡之后，这种理想就在梦中实现，梦境万勿出于理想以外的。当时妙善公主信心既坚，故心中常盘旋着西方佛祖，以及将来功行圆满之后，如何救苦渡劫，使世人同登极乐。她常存着这种观念，不免造出一种境界来了。那一天，她躺在床上，似睡非睡，蒙眬之间，忽觉满屋三间里大放光明，光明之中涌现出佛祖庄严宝相，丈六金身，顶上舍利放光，脚下莲花遮地。妙善公主见了，便倒身下拜，请求佛祖指点迷津。佛祖道："尘劫未消，苦难未受，如何便得成道？只能够坚心耐苦，修持下去，心境自能逐渐明澈。到得净如明镜时，一切都能了悟。"妙善又问成道的日期，佛祖道："早哩早哩！只待你取得须弥山下白莲花，有人送你白玉净水瓶，那才是你成道之时。记着记着，我佛去也。"说罢这几句话，就觉金光收敛，眼前万象都灭，依旧朦朦眬眬的睡在床上，何曾有些什么佛祖？这明明是黄粱一梦。可是在妙善却以为刚才的佛祖显化，特来点化自己的，信心更是坚决。正是：

　　　　妙境由心造，黄粱转眼醒。

欲知后事如何，且看下回分解。

观音得道

## 第九回　梦见佛容喜出望外　违逆父命罚作灌园

　　话说妙善公主因为心中萦绕着"佛祖"二字，积久便幻成梦境，竟见释迦光临。但她毕竟相信得过分，却并不当是梦境了，认定是我佛来指点她迷途的，当下便起身向空拜谢指点之恩，然后回到床上。这一来休想再睡得着，不住的将佛祖说的话，往复寻思，想到须弥山白莲一事，更是喜出望外。分明以前听父亲说过，楼那富律曾指此物可以医额上瘢痕，且曾派迦叶前往探访过，果然是有此珍品，佛祖今番又如此说法。看来这朵白莲花，倒和自己命运有很深切的缘法，要想超凡入圣，势非寻觅到这朵宝物不能成功。她一路想去，不知不觉已是雄鸡三唱，东方发白，她哪里睡得稳，一骨碌爬起身来。恰好那位保姆也起身入内，大家洗盥过了，妙善公主便将夜来之事，绘声绘色的向保姆说了一番。她听得目定口呆，喜形于色，合掌当胸，不住的宣诵佛号。她本来信佛甚虔，现在听了妙善有成道的希望，就存了"一人得道、鸡犬升天"的观念，倘使妙善将来得成正果，自己少不了也有相当的好处，如此一设想，怎不叫她喜出望外呢？

　　自此之后，妙善公主心中又平白的嵌上一朵白莲花，魂梦之中时常不期然而然的涌现出来，但她也曾想："自己深处宫中，不能出外一步，须弥山又去此千里之途，纵然有了那白莲花，又如何可以求得到手？欲仗他人

之力罢,却算不得自己的功德,看来此事倒是困难。"忽又心想道:"不对不对。修道之人是不知有难字的。越是艰难当前,越是要将难关打破,才会有光明之路,才能超登彼岸。纵然千劫万难当前,也不可贪安趋避,如此一步步做去,缘法来时,莫说相距千里之遥,终必有机会可到,就是再烦难些,也一般可以达到愿望的。"她这么一想,便将一切杂念完全摒绝,一心一意的研究佛家的经典,专等缘法的降临。

光阴荏苒,转眼已是数易寒暑,妙善公主已是十六岁了。她的功行自然与日俱进,从静修达到内观之境,再进便可以入定了,到得此时,心地更觉得光明朗澈,一尘不染。不料到此却起了一重魔障,你道为何?

原来宝德后服满之后,妙庄王因为长次两位公主年纪已长,便先后替她们择配,各招一位驸马,一文一武,都是国中有名的英俊少年。但对于妙善公主的姻事,格外来得注意,因为在前与宝德后有过传国的说话,如今膝下依旧无子,意欲实行前言。可巧妙善年已长成,此事也急于办理。一方示意各大臣,叫他们留心物色,一方面便向女儿说明。不料妙善公主一听他议婚的话头,却大大的吃了一惊,一口回绝父王,只说是"情愿终身修道,拯拔苦厄,决计不愿嫁人;并且早已在佛祖前发下愿力,舍身佛门,若然违背了信誓,永堕泥犁①,万劫不复。"她这一番说话,正把个妙庄王气得一佛出世,二佛涅槃,白瞪着眼,半响说不出话来。隔了好一会儿,才向她善言开导道:"你不要执迷不悟。你不想世上的人,那一个没室家之好,琴瑟之欢?岂有放着现成的荣华富贵不要享受,反去修那虚无渺茫的道,妄冀成佛之理。你现在不过是一时受了佛经的蒙惑,闭塞了本性,才至如此,终究是不免要后悔的,还是听了我的好。"妙善又说道:"孩儿立志已决,要修行到底,一则报父母生育之恩,替父王和已故的母后积些功德,将来好同证正觉;二来孩儿自己忏除恶业,愿替众生受一切苦恼。已发过严誓,决不生懊悔之心。愿父王成全了孩儿的志向,莫要再提婚嫁之事。"

① 泥犁:即泥犁地狱,十八层地狱的第一层。泥犁,梵文音译,即地狱。

妙庄王到此，不觉震怒道："这都是保姆的诱惑。就着保姆解劝公主，限三天之内复命，如其三天之内，仍旧不能将公主劝得回心转意，听从王命，到那时定叫你二人一同受罪，决不宽恕！"保姆唯唯应诺，妙庄王便拂袖而去。保姆虽知这是个大大难题，但王命又不可违背，只得苦苦劝解公主。哪知她竟是铁心肠，任你如何也劝不动分毫。说得急了，她便咬钉嚼铁说道："千刀万剐，一切都凭处置，只有嫁人却万万不依。"保姆也弄得没了主意，只准备着这身躯受罪罢了。

三天的光阴转眼就过去了，妙庄王便传保姆来问话。保姆照直说了一番，妙庄王恨恨的说道："谅来这贱骨丫头，不给她些苦水吃，终究不会觉悟。"便命将妙善公主贬入御花园，充当莳花灌水的杂役，倘有过失，另行处罚；非到悔悟前非，顺从王命，不复公主名号，与杂作宫女同样待遇。

这道旨意下来，大家都吃惊异常，但妙善却处之坦然，同了保姆迁到园中居住。清晨起来，便不敢躲懒，凡是汲水浇花、扫地洗桌等事，无一件不是躬自去操作。园中地方又广大，收拾周到，却非容易，幸得保姆帮同料理，才算省力些。可是她究竟是娇养惯的，一向深居宫中，百事都有他人奉侍，不用自己操劳，何曾做过这些劳力的工作，不数日间已弄得手胼足胝，筋疲力竭。在妙庄王的所以忍心出此，也总以为她一定受不了这种磨折，吃苦之后，自然会回心转意的。不料妙善公主却是另有一番心肠，她以为修真的人，一定要身历许多魔难，劫满之后才会有成正果，现在所受的痛苦不过是魔难的开始，算不得多大的困厄，这些如其受不了，那就永久不会有成道的希望。她打了这么一个主意，非但不回心转意，信道的心益发坚决，身体上虽受到不少痛苦，心中却闲适，后来做得惯了，竟连劳苦也不觉得了。妙庄王也时常暗中伺察她的行动，见她如此，心中兀自气恼，但也无可如何。

那一天，恰值妙庄王的小生日，妙善公主清晨入宫祝寿。妙庄王见他乱头粗服，举动之间竟像个尼僧，心中好生不自在。及至看了憔悴的神情，

到底是自己的亲生女儿，又有些不忍。当下也不说什么，只微微的叹了一口气，隔了好一会儿，才向她问道："儿呀！你受得恁般苦，总该有些醒悟了？"妙善公主答道："孩儿没有苦，所经历的一切，皆人生分内之事，算不得苦楚。至于孩儿的心境，一向朗澈，本来没有蒙闭过，无从说到醒悟，还求父王明鉴。"妙庄王听她如此说法，便冷笑一声道："好！谅来你苦还没有吃够呢！回头两位姊姊和驸马都要拜寿，我须在园中排筵相待，好好的到来侍候，稍有差池，叫你受用。还不去与我洒扫来！"

妙善公主领命，回到园中，将各处洒扫收拾。本来这座园林，自从由她管理以来，所有各树花木，都栽培得欣欣向荣，生机畅茂；各处的亭台殿阁，都整理得次序井然，十分清洁。今天再加一番洒扫，端的是几净窗明，一尘不染。她和保姆收拾道地，专等妙庄王等到此开筵。到了停午时候，只听悠悠扬扬的一班宫女前导，后面接着一阵笑语之声，知道他们来了。正是：

　　清修由我愿，富贵让人骄。

欲知后事如何，且待下回分解。

## 第十回　祝寿筵前畅言旨妙　再贬厨下杂作苦工

话说妙善公主将园中整理清洁，时届停午，耳边厢一阵悠悠细乐之声，随风送到，接着又是一片融和笑语之声，知道他们来了。本来就想迎上去接驾，后来心中一动，想起刚才妙庄王说过，有两位驸马同来，男女有别，贸然出去相见，倒觉不妥，且看两位驸马是否同来，再作计较。于是就在僻静之处站定，暗中观瞧。只见一队宫女奏着细乐前导，妙庄王居中，大公主妙音、二公主妙元各携着驸马的手，依次随在后面，再后面便是一班从人。看他们一个个都是满面春风，喜形于色，妙善公主不觉微微吁了一口气，暗想："人生上寿不过百年，这种荣华欢乐，能够享得多时？到头来都是一场空梦，又何苦呢？"当下她见两位驸马果然同来，便一转身回到佛堂中去，再也不肯出去相见。我且按下不表。

再说妙庄王带了一班人，一路向逍遥阁而来，却不见妙善的影子。起初以为她总在阁上相候，不料到了阁上依然不见，只有保姆一人接驾。妙庄王在阁上坐定，两位公主、驸马也赐了座，才开言向保姆问道："妙善往哪里去了，缘何不来见我？"保姆与妙善公主相处既久，知道她的脾气，便答道："三公主本则早在园门候驾，后来因见两位驸马同来，因避男女之嫌，这才躲开去的。"妙庄王道："胡说，这分明是伊目无尊长，故意规避。两

位驸马是自己姊夫，相见也该的，难道就能够永远避面么？快与我去将她传呼到此，若再如此装模作样，我就着人来抓！"保姆听了，如何敢道个"不"字，连连答应，连跌带撞的奔下逍遥阁去，直到佛堂，将前话向妙善公主学说了一番。起初妙善还坚执著不肯去，经保姆再三苦劝，情知也躲不过，只得硬硬头皮，跟着同走。到了逍遥阁上，参见过父王和两个姊姊，妙庄王又叫她过去和两个姊夫见礼。这一来，真把妙善公主窘得无处藏身，勉勉强强的各行了一礼，就退在一旁。她又将阁上四下一瞧，只见共排着四席，居中一席自然是妙庄王，下回上首一席是大驸马与大公主并肩坐着，下首一席是二驸马与二公主并肩坐着，最下一席却一般设着两个位置，却是空着没人坐，她心中免不得狐疑万种。

　　正在独自猜详，忽见那妙音公主扯了妙元公主，一同走到自己面前，开言说道："好妹妹，我们自从分手之后，时常记惦着你，又闻你忤了父王的意旨，被贬谪在这园中受苦。今天相见，果然清瘦到如此地步。这虽说是父王的加罪，算来到底也是你自取的啊！你想人生在世，为着些什么？荣华富贵，人家求还求不到，你有了却不要享，岂不是愚蒙透了么？况且男婚女嫁，这是礼上应得的，如何可以违背？你看我和你二姊姊，现在不是享尽闺房之福么？别的不说，就是同来同去，同息同游，也就够人艳羡。这不仅做了一个人应当如此，你不看那梁间的燕子，岂非也是双飞双宿的么？"说到这里，妙元公主也接口道："是啊！大姊姊的话，说得一些也不错。我们且将眼前的快乐丢过不讲，传宗接代也是必然要的。倘使世间女人都和三妹妹一般见识，人类不就要因而灭绝，那时还成什么世界？父王的希望也就在于这一点上，故今天也替三妹妹设下了一个双坐的席儿，你就去坐了末席，虚左以待乘龙客罢！好妹妹，你看在我们两个姊姊面上，也不能再使性执拗了。"说完，妙音、妙元各牵着她一条臂膊，想送她入坐。

　　不料妙善一听了两位姊姊如此一番说话，不觉心头乱跳，涨红了脸，一句话也说不出来。现在又见她们动手来拉扯，急得她双手一阵乱摇，连吁带喘的说道："二位姊姊且休动手，听小妹一言。两位姊姊的话固然是不错，但是对寻常人说的，也就是世俗的见解，却绝不是对于修真学道之人说的。世俗之人看不破的荣华富贵，因为看不破，就人人都想享受这荣华富贵，于是倾轧争夺，甚至狡谋暗算，不屑拚死的去争求。争夺得到的，又是百无一二。就算争到了，又能有几时的享受？转眼都成为泡影，又何苦损德败行的争夺？那些争不到的呢？就寡廉鲜耻，无所不为，一切劫夺盗杀的事，都从这里边产生出来，造下弥天的罪恶。可见荣华富贵这四个字，实是迷人灵台的毒雾，闭人聪明的魔障，也就是沉人的苦海，一堕其中，永不能自拔。惟有佛门广大，佛法清静，打破一切魔障，使人澄心绝虑，一念归真，可以修成正觉，六根清净，无人无我，无相无空，永远得大自在，然后发慈悲愿，为众生说法，救度世间一切苦厄，使同归极乐。惟我佛祖，能够与天地并寿，这就是不慕荣华富贵的善果。小妹因看破了这些机关，故而才立志皈依我佛，决不再堕尘世的魔障业缘，却并非敢故违父王的意旨。两位姊姊一片真心好意，小妹只有铭诸心版，多替两位姊姊祈福罢了。至于那一席，委实不敢僭坐，一则不成体统，二来小妹生来即茹素，向未开戒，席上都是荤腥滋腻之品，断断不敢下箸。请二位姊姊坐了用酒，待我来侍候父王就是了。"妙音、妙元二人听了她一篇玄妙的解释，似乎含着讽刺，心上都有些不悦，即便个个回坐。

那位妙庄王本来已带着几分怒气，却未发作，如今听了如此说法，不由将案一拍，骂声："我把你这不识抬举的贱骨头！你情愿做下作货，倒也罢了；不合造出这一派胡言乱语来惑人，还敢当面冷嘲热讽的，连自己生身的父亲和两位同胞的姊姊，也一同骂在里边。好一个真学佛的公主，你几曾看见无父无君的人，到得极乐国成得活佛来！"妙善公主道："父王息怒。孩儿斗胆也不敢犯上，刚才的话委实从至诚中所发出来的，不料触怒了父王，该死之极，还望恕罪。待孩儿侍候父王饮酒，替父王上寿。"妙庄

王怒冲冲的瞪了一眼道："谁要你这不识抬举的贱骨头假殷勤，不把我气死就够了，提得到上寿吗？"便命左右取了百结鹑衣①，褫了随身便服，使她换上，连鞋袜也不准穿，从今日起，发往灶下去充执炊婢女的工作，每日要汲满十七石缸清水，劈两担硬树木柴，一切淘米烧火的事情，都要一身担当，不准他人帮忙。另派一名宫女随时监察，如有差池，或有偷懒情事，即用皮鞭责打。中间如有闲暇，还得编织细草芒鞋，不得有丝毫偷闲。当时妙庄王打发过了妙善之后，方才与两位公主、两位驸马，开樽饮酒。

你道这位妙庄王如何这般忍心，用此惨酷手段去对付亲生女儿？这是他一则在气恼头上，不免责罚的过分些儿；二来也有他的用意，他以为妙善充灌园的职司，痛苦尚轻，故还能安之若素，并且空闲时间也多，一有空闲就不免诵经念佛。所以才如此发放，一方面使她受到极度的痛苦，易生悔悟之心；一方面使她一天到晚，不得须臾空闲，白日里做劳苦的工作，到晚神疲力倦，睡眠休息，再没有诵经礼佛的机会，使与佛逐渐脱离，自然不再会执迷不悟了。可是妙庄王这一番的心计，依然是归于失败。正是：

　　立志如金石，宁为挫折渝。

欲知后事如何，且待下回分解。

---

① 百结鹑（chūn）衣：指破烂不堪、补丁上百的衣服。

## 第十一回　一念精诚感彼宫女　半宵操作怜此劳人

话说妙庄王与妙善公主,毕竟是情关骨肉,所以忍心将她发往灶下受苦,原想使她受此磨折,回心转意,顺从自己的主张。不料这位公主,立志坚决,情愿身体上受尽苦恼,却始终不改变修道的信念。她自从发往灶下之后,清晨起身之后,便去井中汲水,虽然力量不够,还是勉强做去,直到十七石缸水汲满,日已停午,便去淘米烧火;午饭之后,再拿了刀去劈柴;到规定的柴劈完,早是日暮时分,又要去淘米烧夜饭,一日之间,却没有一点的闲暇。照这么繁重的工作,就是年轻的壮汉,也必然感到痛苦,何况她是个娇弱的公主呢?不消说要腰瘫背折,力尽筋疲了。这么一来,她果然不似灌园时可以按时做他的清课。但她坚决的信心,又怎会因此磨灭?于是她熬忍着身体上的痛苦,在晚饭之后,燃起一炷清香,一方面取过麻皮编织草履,一方面却一念诚心的念佛,到夜深了才就草榻上安眠。

第一天如此,在灶下执役的下人们,还以为她是一鼓作气,勉强忍受,不足为奇。以后却见她日都是如此,不荒不怠,大家不觉都敬佩起来,很可怜她的处境;就是妙庄王派来监察她的宫女永莲,也向她表十二分的同情。大家既然一致同情于她,自然不再冷看,你去帮她汲水,我去替她劈柴，争着帮她去做事。

不料那位妙善公主，却又生就的古怪脾气，一一将他们谢绝，她只说："我因为得罪了父王，端的论罪时，就死犹轻。幸父王开格外之恩，贬我到此间罚做苦力，已属万分从轻。若还不肯自己去做，要借重他人，莫说对不起父王，也对不起天地，更对不起自己良心。此事断断乎使不得。我应做的事，还得我自己做的好，你们众位的厚爱，我只有感激于心罢了。"永莲等劝道："公主的话也自有理，但公主一心礼佛，平日朝夕都做清课，如今一天到晚，只忙了汲水劈柴等事，再没有余暇及此。修也要有修的时间，我们因此愿替公主分担这些杂务，等公主好腾出工夫来礼佛修道，早成正果，那时我等也要叨公主的化度。公主可以不必坚执了。"妙善公主闻言，喜形于色道："善哉善哉！看不出你们倒也具有夙根，但是只知其一，不知其二。礼佛修道只在一颗心上，心上若是虔诚向佛，就是不诵经、不礼忏，也终会得到感应。要是心不向佛，虽然做尽许多诵经礼忏的形式，也绝不会见功德的。我如今虽然没有空闲做形式上的课诵，但一颗心却无时无刻不在佛祖左右，故那些杂务，尽管由我自做，不劳你们费心。至于你们真心向佛的话，大家可依我刚才的话做去，自然迟早会有感应的。"

永莲等见她如此坚执不从，当下也不好再去相强，只得由她。暗中却商议了一个方法出来，等妙善公主睡觉之后，大家瞒着她，将缸中汲得满满，木柴也替她劈碎捆好，只剩淘米烧火等轻淡的事让她自己去做。妙善公主第二天起身，正就井中汲了一桶水想去倾入缸中，不料那十七石缸中清水已满，心中很觉奇怪。再到柴场上一看，应劈的柴，也完全劈端整了。她便向灶下执役的男女问道："缸中的水是谁汲的？场上的柴是谁劈的？快快说来，切不可增我罪过。"那班人却一个个都说："我们恰才起身，谁也没有做过这些事情；就算要做的话，也没有这般的飞毛快手，在片刻之间，就能了当这许多的事。此事端的有些奇怪，难道御厨中出了甚么神灵不成？"众人七张八嘴的说着，那位宫女永莲，却乘机进言道："公主啊！婢子倒有个见解：这些事并不是谁替公主做的，也不是甚么精灵，只是公主诚心礼佛，佛祖鉴于公主一片丹忱，故特施法力，暗中帮助公主也未可知。我等只要静观以后，倘然每天都是如此，那么一准就是佛力护佑无疑。"妙善公主一听此话，也点头称是，不免口宣佛号，表示申谢的意思。她现在水不消汲，柴不消劈，日常做惯的事，倒有两桩吃重的放开了，时间的闲暇也就多了。但她却并不将这闲暇的时间去诵经礼佛，还依准了妙庄王吩咐，有了闲暇，便编织草履，力行不辍。那许多执役的人，因此益发尊重她的能够守信义，端的当如来佛一般的看他，自此以后，每日背地里替她将汲水劈柴的苦工做去。在妙善公主，每日见是如此，也只当真的是佛祖法力，故除了诚心礼佛，报答护佑之外，其余的事，一概不去问他。你道她是聪明伶俐的人物，对于这一点小小机关，如何竟猜不透呢？这都是心只在佛，并不旁骛，一听了永莲之言，不再疑心到别处，故没有察破他们的设计。

　　妙善公主有了这么的闲暇，对于灶下的一切，自然更是十分注意。凡是富贵人家的灶下，暴殄的天物，自然不免，何况是王家的御厨呢？她见了杀鸡宰鸭的那种惨状，恻然心悯，必替念上百十来遍的往生宝咒。又见他们对于米粟不知宝贵，一方面用善言劝化大众，使以后注意惜谷；一方面又将他们所抛弃的败粟冷饭，收拾起来，霉腐的淘漉干净，放在日光下晒干，然后用布袋盛好，稻草上的剩谷也一般的加以收藏。这也算了她日常的功课。

　　光阴易过，转眼之间，她执炊灶下，忽忽已是一年。妙庄王也时常召监察她的宫女永莲问话，无奈那永莲已受了公主的同化，两人已心心相印，自然一味庇护着她，哪里肯说她半句坏话。妙庄王听了，心上虽不以为然，但见她能耐得怎般劳苦，没有怨忿之心，倒也不免有些佩服她的毅力，惟有付之一叹。他已明知前次的希望，是永不会成为事实的了，但终究还有些看不破，趁着元宵佳节宫中闹花灯，长次两位公主入宫庆贺的时候，叫

她们再去善言劝导她一番，看是如何。这也不过是尽人事罢了。

二位公主奉命之下，便到妙善公主的卧室中去。姊妹相见之下，自有一番契阔①，然后渐渐的谈到正文。妙善公主不等两个姊姊开言，便先说道："两位姊姊的好意，小妹一概都知道的。只是小妹立志已决，自不能中途改变。如其两位姊姊端的见爱，看在同胞分上，只求在父王面前添句好话，求父亲如了小妹修行的夙愿，拨个寺观给小妹做梵修之地，那就感激不尽。这场功德胜造七级浮屠，还望两位姊姊成全。"妙音、妙元两人见她如此说法，明知劝不醒他，多说也是没用，便略略敷衍了几句，告别出来，见过了妙庄王，将前事告诉一番。临了，妙音公主反劝妙庄王道："依孩儿看来，三妹妹是不会回心转意的了。她到底也是父王亲生之女，如其使她在灶下杂作受苦，倒不如成全了她的志愿，竟让她去祝发空门②。或许她生有宿根，将来竟会得成正果。万一果能得道，与父王也多少有点好处的。"二公主妙元也是一般的从旁相劝，不由妙庄王不回心转意，当下摇了摇头，接着说出一番话来。正是：

精诚能感格，金石亦为开。

欲知后事如何，且待下回分解。

---

① 契阔：此指离别、聚首的交流。契，近；阔，远。
② 祝发：剃发。祝，削，断绝。

## 第十二回　鉴精诚老父回心　愿修行女奴宣誓

话说妙庄王听了妙音、妙元两位公主一番劝解之后,不觉长叹一声,说道:"儿啊!你们还只道为父真的忍心叫你三妹妹受苦,却不知为父的另有一片苦心。原想使她受些磨折,抛弃修行的心念,好好的招一个驸马,共享荣华之乐。不料她的意志却如此坚决,端的百折不回,这也是无可奈何的事情。若讲到你家这三妹妹,看来是注定要修行的。她自小就是茹素,而且言语行动,都带着几分佛家气息,人家说是凤根,或许有的。最奇怪便是三朝庆贺时的怪老人①,几句偈语就止了她的哭;还有那个楼那富律临逃时留下的藏头偈语,隐嵌着'妙善观音'四个字。凡是这些,似乎都有关系。如今想来,都应在她身上,或者她有修成正果的希望,也未可知。如今是没法使她改变意志的了,只得由她。城外耶摩山下有座金光明寺,在前本有僧侣住持,后来因为山中出了猛虎,常常出来为害,寺中的僧侣一个不小心,便被猛虎攫食,吓得一般光头亡魂丧胆,不敢再在寺内居住,四散逃奔到别处存身,这金光明寺就此荒废。以后凡是行脚僧人等过此,也不顾而去,一来寺中没有招待食宿,歇不得脚;二来又怕猛虎伤害,不敢存身。以后便成了习尚,故荒废到今,已有十来年之久,依然没有僧徒

---

① 三朝:人生礼俗纪念日,新生儿第三天。是日有"洗三"等俗仪。

法侣。可是虎患早就没有了。如今妙善既要求个舍身之所，这金光明寺正是个绝好的所在。待我命人前往修葺一番，待功竣之后，择了吉日，送她入寺便了。"妙音、妙元二人听了这一篇话，才明白了妙庄王向日所以命妙善灌园和发往厨下做工的用心，当下大家庆贺令节，不在话下。到次日，妙庄王果然下旨，命在国库拨了款项，派定大臣监督，招工兴修金光明寺。

那时三公主执炊灶下，本来不知此事，可是宫女永莲最先听到消息，不由得喜出望外，一路手舞足蹈的跑到妙善公主的寝室，大呼小叫地闯进去，连称："三公主，喜事来了！"这么一嚷，倒把个妙善公主吓得一跳，因为她那时正坐在佛前闭目定心，做她内观的功行，忽然被永莲一嚷，乱了心神，又听得"喜事"二字，怪觉刺耳，亟睁开眼，看定永莲道："有何喜事，值得如此大惊小怪！要不是我，神魂都被你扰出窍去。毕竟何事，快快从头讲来。"永莲也自觉莽撞，便含笑认错道："我因为欢喜过了分，才致如此，不料惊吓了公主，真是万分的罪过。可是这一件事，却是出人意外的。如今我且不说，三公主，你是绝顶聪明的人，生就的九窍玲珑心眼儿，这件事我请你猜上一猜，看是中也不中。"妙善公主也带笑说道："你这伶俐鬼儿，怪会弄乖巧，叫我又没有未卜先知的本领，如何猜得你心中之事呢？好在我也不一定要知道这闲事，可以省却些精神哩！"永莲见她又要合目入定，便道："我说，我说。原来主上自前次大公主、二公主苦苦相劝之后，她知道你三公主立志坚决，不再阻挠你的意念，听凭三公主舍身空门。又从了两位公主的请求，命将城外耶摩山麓的金光明寺做梵修之地。三公主啊！你想这不是天大的一桩喜事么？"妙善公主听了，也自暗暗欢喜，还恐她的说话不尽可靠，便道："永莲呀！你休要编造了这一套谎言来哄我，我却有些不信。"永莲发急道："好公主呀！我奉侍了你许多时候，何尝有一次哄骗过你来！今番之事，端的千真万确，现已雇匠兴工，修葺金光明寺，还派了大驸马爷做督造大臣哩。好公主，你如其不相信时，我肯对天立誓。"

妙善公主一听她如此说法，知道永莲刚才的话完全是真，不由她不喜溢眉宇，合十当胸道："毕竟父王是仁慈之辈，今番竟成全了我的素志。还大兴土木，重兴金光明寺，这一场功德委实不小，定然答报于将来哩！"永莲又插嘴道："此事呢，端的可喜。只是三公主后日往金光明寺修行时，须多招些猎户住在左近才好。"妙善公主道："这却为何？猎户与修行有什么关系？"永莲道："公主有所不知，那金光明寺以前本来有僧徒居住的，后来耶摩山中出了猛虎，时常吃食僧人，才将他们吓散伙了，至今成为废寺。公主如往那里，万一猛虎重又出现，那便如何是好？"妙善公主闻言，并不惊惧，含笑说道："那个不打紧。猛虎是山中之王，能够通灵，故佛祖曾封为巡山夜叉，它所吃的都是些造孽多端的人物，那些人已失了为人道理，在猛虎眼光里看来，只当是禽兽，全非人形，故扑来果腹。若是虎眼中看出来是人形的，它决不肯吃，又何况是皈依佛祖、一心修行的人呢？"永莲听了，不觉拍着手呵呵的笑起来道："公主呀！这一来你可说错了，从前金光明寺中所住的都是和尚，也是佛门弟子，一般的吃素持斋，一般的诵经礼佛，结果就有许多被猛虎所食。难道这般和尚就不成人形？或者还是那巡山夜叉一时沙灰蒙了眼，才致误食呢？这就是一件不可解的事情。"

妙善公主听了此话，不觉哈哈大笑道："永莲啊！你算得聪明伶俐，这一片禅机你可是却参不透了。你道只要吃了长斋，每天宣诵佛号，就可算得修行，成得正果么？我且说一个譬喻你听。现在有一个人斋是吃的，佛是念的，可是另一方面，却在做奸淫盗窃、杀人放火的勾当，造成种种的恶业，你道这种人能够算是佛门弟子？能修成正果？在巡山夜叉眼光里看，会得是人形么？再说和尚在表面上看，虽然同为佛门弟子，虽然真心修行的自属不少，但是也不是没有禅混子和心术不纯洁的人在内。寻常人犯过，罪孽五分；念佛的人犯了，就要加倍，变成十分，这就是'知法犯法，罪加一等'的意思。那一班被猛虎吃食的和尚，一定有他们的孽根，再不然就是

生前的凤孽，否则是决不会遭此魔劫的。况且外魔之来，都系自肇，倘然心志专一，外魔是决不会来侵袭的。故耶摩山中虽有猛虎，尽管无妨。猛虎自猛虎，我们修行自修行，两下绝不相干，你放心好了！"

永莲听了这一大篇话，似乎心境开朗，点头称道："如此，婢子愿随三公主一同去出家修行，免除一切尘世的灾障和轮回之劫。"妙善公主又道："你的立志端的可嘉，但是修行一事，谈何容易？在此时一鼓作气，自然心念无二；万一到将来遇难思退，见异思迁，徒费了一番苦功，依旧是不得成道，那又何苦呢！凡事须要慎始全终。你要修行，可有始终不变的毅力？"永莲道："有有有！婢子随侍公主有年，难道公主还不知婢子的脾气？若是不信时，待发个誓愿你听。"说着，真的朝外跪下，说道："皇天在上，后土在下，一切过往神明，共鉴我心：婢子永莲，如今发愿修行，如有三心二意，半途反悔，雷击火焚，甘心承受。"说罢，磕了三个响头，方才站起来。妙善公主看她如此虔诚，又添了一个清修的伴侣，心中十分喜悦。正是：

　　　　清修非异事，端在有信人。

欲知后事如何，且待下回分解。

## 第十三回　兴土木重修金光寺　定良辰舍身耶摩山

话说妙善公主见永莲当天发下了重誓，立志修行，此后又添了一个清修的伴侣，心中自是万分欢喜。她从这一天起，情知出家的日子定然不久，于是预备一切手续，专等剃度，不在话下。

再说妙庄王，自从下旨招工兴修金光明寺，又派了大驸马督工，大兴土木。这消息不久就传遍了通国，一班高手匠人都纷纷来归。还有一班百姓，听说是三公主舍身修道，重修金光明寺，都十分敬佩，表示同情。本来呢，一位国王的公主，安富尊荣的日子不要过，却情愿含辛茹苦，冷冷清清的度此红鱼清磬的生涯①，那是多么难能可贵啊！众百姓既生了敬佩之心，于是争献奇珍异宝，点缀这庄严的宝刹。你献宝石雕佛祖伽蓝，我献南檀做雕梁画栋，故今番修建的料，都是人民所乐献的。这也因为国中连年风调雨顺，百姓富有，输财才如此踊跃。材料既然富丰，工程的进行自然顺利迅速。况且这座金光明寺虽然长久无人居住，不免倾圮毁坏，但规模到底尚在，比了平空建筑，难易也就悬殊。故自二月初旬开工，一路风日清和，没有阻碍，到了五月初旬，殿宇禅房已经全工造竣。把一座颓垣

---

① 红鱼清磬：鱼指木鱼，与磬均为佛寺僧人诵经说法的用具。木鱼漆成红色，故称"红鱼"；"清"则形容石磬之声。

败瓦的金光明寺，修建得庄严灿烂，金碧辉煌，黄瓦红墙，十分轩敞。可是屋宇虽已完工，还有许多雕塑的佛像，还未工竟，又隔了多时，才把里面布置得井井有条。

督工的大驸马复命消差，妙庄王亲自前往验看，果然十分合意。回宫之后，便命观星、司礼等官，分别选择吉日良辰和拟定公主舍身出家礼节。大家又不免一番忙碌，择定六月十九日为公主舍身入寺之日：十七日行拜别先王陵寝大典，十八日行辞朝大典，十九日清晨辞朝入寺，一切仪仗都依佛家规程，正午由妙庄王亲到寺中，在佛前举行披剃大礼。一切拟定之后，妙庄王才召见妙善三公主，将各事告诉与她，叫她作准备。妙善公主谢了父王成全之德，自去收拾一切，不在话下。

直到十七这天，妙善公主仍旧穿了公主之服饰，坐着宫辇，仪仗执事，前呼后拥。出得宫门，一路到王陵而来，祭拜过了历代祖先，祝告一番，不外出家的原因和自责的话，献酒奠帛，然后打道回后宫。城中百姓先已知晓，故路上瞻仰公主玉容的着实不少，宫辇过处，欢声雷动。妙善公主在辇中只是含着笑容，合十当胸，算是与众人答礼。

至次晨，妙庄王照例身登宝座，见过文武百官，忽黄门官入奏三公主在午门辞朝，妙庄王便命宣上殿来。不多一会儿，公主上殿，行过三呼大礼，匍匐金阶，启道："臣儿不孝，只因一念礼佛，未能常侍父王左右，罪该寸磔。惟愿仗佛祖法力，替父王增福益寿。明日为舍身之时，故今日特来辞驾，愿父王万寿无量！"妙庄王一听此话，心中着实难受，就好比刀钻箭射一般，险些儿淌出两行老泪来哩！你想，这么一位聪明伶俐的公主，好容易抚育成人，现在却要与自己断绝关系，舍身出家，怎叫他不难受呢！当下勉强的忍住了泪，向妙善公主安慰勖励了几句，便命用自己的玉辇，送公主回宫。妙善公主虽然立志坚决，可是十多年父母之情，也不能抛撒干净，倒也觉得有些依依不舍。回到宫中之后，坐不多一会儿，长公主妙音、二公主妙元也都来了，大家手足情深，又不免殷勤叙聒一番，直到薄暮方始别去。

妙善公主在事前早已布置妥当，故此时倒反没有事干，此去的伴侣除了保姆和永莲二人之外，那灶下也有十来人愿跟去替三公主执役。他们也不管主上准许不准许，各自拾掇着，预备明天随三公主一同出宫，故这班人却忙碌起来。这一来是妙善公主为人和善，大都心悦诚服；二来那一班人多少有点凤根，故愿抛撇了繁华，去过那冷淡的生活。

一宿无话，直到来朝五更起身，洗盥已毕，公主因为此时尚未受剃，故仍穿宫装。晨曦微茫中，早有宫女报称："执事已齐，请公主示下。"妙善公主又向宫门行了大礼，正待到妙庄王寝宫辞驾，忽妙音、妙元两位公主走来，同声说道："我等奉父王之命，特来相送三妹妹。父王且说不必入宫辞驾了。"妙善公主又向寝宫遥遥拜了九拜，然后方与两位姊姊拜别。到底是同胞姊妹，终不免依依难舍，叙了一番衷曲，方才黯然登辇。长次二公主也乘辇在后相送，一路直出宫门，就钟鸣鼓响，梵乐悠扬，旛幢前导，羽葆后随①。一对对提炉燃着诸品名香，香烟袅绕，直透九霄；一对对花篮插着百样奇花，香风结聚。保姆与永莲一个手执白玉如意，一个手执麈尾拂尘，分侍宝辇左右。值殿将军迦叶，带着三百御林军，随辇护送。长次两位公主的宝辇，也自有宫娥彩女簇拥。

这一天，六街三市的人拥挤得不堪设想，因为大家事前知道今天是三公主舍身入寺的日子，一清早就有许多人在要道侍候，都要一睹容光，并且有许多人带了鲜花珍草，预备献给公主。后来愈聚愈多，把由王宫到金光明寺的一条大路，挤得只见人头，真个是万人空巷，举国若狂了。公主宝辇过处，人家都欢呼舞蹈，争着将鲜花异草向辇中抛去，虽经御林军驱逐，也休想赶得散他们。宝辇行得没有多少路，辇中的鲜花已堆得满满，远望上去，好似鲜花扎成的一般，香气氤氲，好一派景象！

一路上出得城关，缓缓向耶摩山麓进发。公主坐在辇中，远望那座耶

---

① 羽葆：即羽扇。葆有遮护之意。

麈山,虽算不得十分高峻,却也生得雄奇、秀丽兼而有之,距城约有十里之遥,地绝尘嚣,天生是绝好修真之地。行行重行行,已到山前,转过一个山坳,再抬眼望时,眼前就是一亮。只见面前是一座金碧辉煌的山门,里边一条白石砌成的通道,直达天王殿前,红墙四面环护,屋面都是用金色琉璃瓦盖就,此时朝阳射在上面,只见万道金蛇缭绕空际,耀目生辉,真是庄严灿烂,无与伦比。

妙善公主到了山门,便下辇步行,到天王殿礼过四大天王、弥勒、韦驮。再进来便是一片极大的广场,场上苍松古柏,如螭蟠龙斗,翠盖张天。上面便是一座白石砌成的法台,台后便是大雄宝殿。那时台旁对立着两行比丘尼,约有三十余人,见公主驾到,都排开闲人,鱼贯下台迎接。这原来是各处尼僧,听得公主舍身本寺,故特来挂褡常住的①。

当下台上台下本挤着不少闲人,如今见公主到来,都向四下让开。两队尼僧就迎公主上了大雄宝殿,此时殿上钟鸣鼓响,案上宝烛通明,炉内香烟缭绕,红鱼个个,清磬丁丁,大家瞑目合十,高诵《楞严》②。公主礼过世尊,一卷经毕,方才由众尼僧引领来到禅堂休息。众尼僧逐一参谒,报过法名,一方面端正香茗,给公主解渴。此时一班闲人,又都挤到禅堂外面,喧喧嚷嚷,闹成一片。幸而闻得妙庄王驾到,大家恐干罪戾,方才向外散去。可是这么一来,把庭院中的花木已踏坏了不少,栏杆等也不免有些损坏;但众人对于公主的热情,却也可以想见了。正是:

　　今朝归佛座,他日渡芸芸。

欲知后事如何,且待下回分解。

---

① 挂褡:即挂单,指行脚僧投寺院暂住。
② 《楞严》:即《楞严经》。

## 第十四回　试金刀斩断六根　入空门静观三界

话说一般群众，因为要瞻仰妙善公主的玉容，故她足迹所经，大家都如浪一般的涌过去。毕竟因为人数太多了，把院庭中的花木已踏坏了不少，雕栏之类不免受到损害。这并不是群众不顾功德，却因为如此而愈见他们对于公主的热情。后来听说是国王驾到，人家恐干犯严威，方才纷纷散去。其实此时妙庄王方才出宫哩。

妙善公主听说父王驾到，即忙站起身来，带领了一班尼僧，鱼贯的出了禅堂，一直的来到山门，预备接驾。大约候了一个时辰，才见清道的飞骑赶到，接着护卫执事蜂涌而来，提炉香袅，御盖风摇，王驾已到，众大臣追随于后。三公主带了一众尼僧，当道跪拜迎驾，那班观礼的百姓也都匍匐道旁，肃静无哗。妙庄王的御辇直到天王殿前停下，出了辇，便径往禅堂休息，众大臣都在外边侍候。三位公主又重新见过驾，分侍左右。

坐了一会儿，妙庄王便命："各殿点齐清香名烛，待我先行拈香，然后替三公主剃度。"下边一声答应，隔不多时，报说已预备停妥。妙庄王便起身带了三位公主，先行来到正殿，文武百官后随。正殿拈过香，又到罗汉堂，又到伽蓝阁，都拈过了。其余天王殿等处，派各大臣代拈。然后回到大雄宝殿，一班尼僧已撞钟击鼓，朗声念佛。妙庄王在偏首里坐下，妙音

公主站立在上首，手中捧定玉盘，盘中放着一把锋利金刀；妙元公主站立在下首，手里捧定一个钵盂，盂中盛着半盂清水；保姆、永莲也分立两旁，一个手中捧着黄色袈裟，一个手中拿着僧鞋僧帽。大家都凝神屏息，眼观鼻，鼻观心，寂静无声。

那时三公主已到僧房中，换了平民服饰，杂在尼僧队中，同念着法赞。观象官上殿奏称："良辰已到！"妙庄王便命宣妙善公主上殿，奉行大典。那时自有执事人等，打着一对长幢，携着一对提炉，到尼僧队里引了三公主，来到妙庄王面前，跪拜如仪。妙庄王开言道："儿啊！此时我和你还是父女，隔一会儿就是陌路人了。但愿你出家之后，坚心修行，光大佛门，使后世敬仰；更愿你能够得道正果，肉身成佛；更愿广布佛法，救渡世人。如今你且到佛祖跟前去，虔诚发过愿心，然后待为父的替你剃度。"公主又拜了三拜，站起身来，走到佛座之前，倒身下拜，默默通诚祝告，发过了愿心，然后回到妙庄王跟前跪下。妙庄王在白玉盘中取过金刀，一面将妙善公主的头发向四下分开，使披下露出顶门，一面就在她顶门上剃了三刀。这么一来，不由他一阵心酸，两股热泪破眶而出，手中的刀震震欲堕，再也说不出半句话来。旁边的执事尼僧见了如此情形，生怕金刀堕地，便跪上一步，在妙庄王手中接过刀来，将妙善公主的头发一阵"苏苏"的剃，瞬息之间，已变成一个光头。妙庄王于是又在二公主手里取过手巾，从钵盂中蘸了清水，在光头上揩拭一周，又亲自取过袈裟替她披上，又赐了鞋帽。

妙善当场换好，合十拜谢过了妙庄王，站起身来，重又参拜佛祖。此时她竟与众尼僧一般无二。妙庄王睹此情形，不便久留，便命排驾回宫，二位公主跟随在后。妙善率领群尼，一直送到天王殿外，个个匍匐于地，妙善口称："贫尼妙善，率领阖寺尼僧，恭送我王御驾，愿我王万寿无疆！"妙庄王与两位公主一听如此称呼，心上又一阵说不出的难受，话也哽住了说不出，只将手招了一招，各自登辇而去。妙善见他们去远了，才站起身来，带领群尼回到寺中不表。再说那一班观礼的百姓们，见如今大典已告完毕，再没有甚么可看了，便也扶老携幼、呼男觅女的纷纷散去，寺中才清静下来。

　　从此以后，妙善公主竟变了妙善大师，安心住在金光明寺中，虔诚修行。贴身又有保姆和永莲二人作伴，服侍的人又都是旧时宫女，故她视此金光明寺，无异就是西方乐土。但那一班常住的尼僧，虽然一般的会得诵经念佛，对于佛家的奥旨。却没多大了悟，因此妙善大师便在课诵参禅之外，每逢余暇，就和他们讲经说法，随时加以指点。又定每逢三、六、九日，为演讲之期，阖寺众人须齐集讲堂，听宣佛旨。就是左近的在家人，如其有心向佛，愿意来听，也并不拒绝，还备了斋点，供这班人果腹。如此一来，到了三、六、九的讲期，就有许多远近贫民，纷然而集。在他们的初志，不过是叨光些斋点，并不是诚心来听甚么经。但经不起这位妙善大师妙舌生莲，说得天花乱坠，把许多愚顽之心，渐渐的凿开了窍，大家都有些觉悟，信心也就深切起来。那些起初为了图口腹而来的贫民，到此竟得听经之癖，大有非听不可之势，并且还替她宣扬传说。故三、六、九讲期的听众，也一期多似一期，真如山阴道上络绎不绝。国中信佛的人，也就逐渐增加起来。

　　若照常情而论，出家人本就受十方的供养，如何她却反其道而行之，供养起十方来呢？一来这金光明寺中，置有良田千顷，衣食丰足，不必要人家斋供；二来妙善大师的主旨，就在于感化愚顽，拯拔苦厄，光大佛门。若不是如此，决不能吸引群众。好得多着钱也没用，备办些斋点，究竟所费有限，所造的功德却非常宏大，又何乐而不为呢。这么一来，连城中的贫民也闻风而来，讲期竟如市集一般，耶摩山下也生气勃勃了。光阴易过，转瞬之间，已是冬寒天气，北风肃杀，刺入肌骨。那一班贫民，身上没有棉衣，禁不起冷气的侵袭，多躲在家里，不敢出门一步，因此听讲的人，一期少似一期。妙善大师虑知其故，不觉恻然心悯，便命人入城去，买了许多布匹棉絮，亲自加以剪裁，裁成大小不等的袄裤数百件，分交阖寺尼僧侍役去缝纫。到底人多手快，不消几天，已经做得完成。又命安下大锅，每逢讲期，预先煮下几斗米热粥，待大家饱餐一顿，再上讲堂。凡是没有棉衣的人，就将袄裤分给他们。大家既有了棉衣御寒，并且在风中走冷了，又有热粥可吃，再也不愁甚么，于是听讲的人又重行增加起来了。

话休絮烦。如此大家替她宣扬传说开去，通国的人民都视这座金光明寺，好像慈善机关一般。一班赤贫如洗、毫无依靠之人，竟有不远数百里，老远的赶到耶摩山来，投身金光明寺。这位妙善大师却一视同仁，凡是出家百里的尼僧来投，一概收留在寺中，也不讲甚么"三餐一觉"的话，他们不想走，也不去催赶动身，由他住到几时，好得禅房广大众多，不愁容不得。至于在家人老远来投的，其间男女老幼都有，寺内自然不便收留，妙善大师又每人发给竹木柴草等材料，叫他们自去山麓，择地搭盖茅舍居住；每人各给些少本钱，叫他们去自谋生计，博个糊口之资。如此一来，不消几时，把这凄凉冷落的耶摩山麓，竟变成一个很大的村镇，那里居住的一班人，都受妙善大师的恩惠，一个个都感激于心，将她的说话奉为金科，最早觉悟的，倒是这班下愚的贫民。正是：

　　　　聪明能自悟，愚拙信心坚。

欲知后事如何，且待下回分解。

观音得道

# 第十五回　一念兴定中尘劫现　功行满心上白莲生

话说耶摩山下，经妙善大师济贫救苦之后，已成为一个市镇相仿。一班贫苦的人们，做做小本经纪，倒也足资糊口，安居乐业，都出于妙善大师一人所赐。故大家对她的信仰，自然格外坚诚；她的讲经说法，深入人心，也格外来得容易，不久便变成一个小模型的佛国。

妙善大师见了如此情形，怎么不喜？就是永莲的功行，也是一日千里，有显著的进境。有一天，她告诉妙善大师道："我昨日夜间在禅房打坐，忽然似梦非梦，好像神魂出舍一般，一路上飘飘荡荡，向东方过去，不知有几千百里，才见有许多百姓，聚集海滨，困苦流离，一个个面有菜色。我便向他们寻问，为何如此困苦，他们争着说道：'我们这一群人，四方万国之民，都有在里面。只因中原战伐连年，闹得男不能耕，女不能织，就此无衣无食，还不免刀兵之祸。不得已逃亡到此，虽然受些困苦，杀身之祸不会再遭，比了在故土时，已有天渊之别了。'我看他们拿树皮草根充饥，败絮箬叶蔽体，比了我们耶摩山下的百姓，确有天堂地狱之判。只可怜那边没有一位慈悲的大师，救拔他们的苦厄，又不能将那班困苦百姓，立刻移到耶摩山下，同沐我佛的恩光。但于临别时，曾告诉过他们：'若要寻觅乐土，除非到西方耶摩山下金光明寺中，受佛的庇荫，才会免掉你们的魔

难。'我说过了这几句话，正待寻旧路西归，不料一阵狂风过处，飞沙走石，那一班困苦的百姓忽然一个个都变作虎狼，向我扑来。我正着急，却有人喊道：'永莲、永莲，你走魔了！'我听了此话，心神才又收摄，睁眼看时，却是保姆奶奶在旁声唤。这不知是何景象，还望大师慈悲见告。"

妙善大师闻言，合十当胸道："善哉善哉！永莲呀，倒看不出你功行如此迅速，已居然能入定了。这入定一事，就是坐禅的功行到家，神魂出舍，离开了自己躯壳，遍游十方世界，下可以观看尘世的烦恼，上可以见到佛国的清静，无往不可。你能够入定，自是可喜。但是入定须志心澄念，一念不生，六贼外魔方不致来扰。若兴一念，外魔立刻应念而至；若生了邪恶之念，六贼齐来，会扰得你不能出定。有因为坐禅而成为疯痴病废，就只为此缘故。你在定中见到了种种情形，觉得可悯，便发慈悲心，指示他们出路，这原是善念。只不合指点他们到这里，因此就不免存些儿自私之心。只此一念故，就招了外魔，发现了后来许多可怖景象。好险啊，若不遇奶奶观透了走魔，一时还不得出定呢！永莲啊，你往后去须要小心在意，切不可胡思乱想。须知这是入道的紧要关头，失之毫厘，谬以千里的啊！"

永莲合十谢了指教之恩，却又问道："往常听大师说法，如何不曾闻得这些妙旨，却是为何？又不知由此入道，还要经过如何的程序？敢乞指示。"妙善大师道："永莲呀，你有所不知。早日间听我说法的人，都是些愚昧未启之辈，若就拿这种深奥的道理去讲给他们听，非但如对牛弹琴，白费心机，并且反而会将他们的心窍闭塞，永远没有开凿的希望。故我向这班人的说法，先求正他们的心志，心志正了，方才灵台间自然光明。愚蒙既启之后，再与他们讲求入道的机关，那才易于领悟哩！这是我向日不曾讲过入定的缘故。至于由入定达到证果的程序，说远不远，说近不近，似乎可说，实不可说。入定一回事，不过是有了相当功行，神魂能出舍遍游十方，但是终究还不能脱离躯壳。若是入了定，无法出定，要不多时，躯壳固然如常人萎化腐烂，就是已脱离躯壳的神魂，也要不了多少时候就会分崩离散，终于消灭，这与常人的老死，也没有什么判别。故在这一个期间，入定之后，必然要求能够出定。由这些功夫做去，逐渐进步，就会达到身外身的境界。什么叫着身外身呢？就是在躯壳之外，另成一身，神魂尽可与躯壳脱离。简单说一句，就是入定之后，不必再求出定，神魂依然团结，永不会分散消灭。到此一步，即可脱却皮囊，得成大道了。但是要达到这种境界，非但要坐禅功深，礼佛念切；还要积满三千功德，受尽万般苦难，方始有望。你不闻佛祖当年也一般的受了许多意外魔障，方才得道的吗？我们现在论功行，还未及一半，功德未积，苦难未受，要望成道，路途远哩！可是只要心坚，终究不会白修的。就如你能够入定一事，就是个大大的明征，只要耐心修去就得了。"

这一番话听得永莲乐不可支，不觉手舞足蹈，不在话下。再说永莲已有如此程度，那位妙善大师功行的高深，自然更不消说，如何她不能证果莲台呢？只为的是尘劫未满，功德未足。她自己灵根不昧，对于这事也自明了，却不向人宣说，惟是在暗中累功积德罢了。

光阴荏苒，一转眼又是三年。那一日，大师正在打坐，方将入定，忽似有两人对话道："灵台上莲花开否？"另一人道："开了开了！只少一位菩萨。"大师暗暗道声："不好！什么外魔敢来相袭。"性急收束心神归舍，却见自己一颗心，变成一朵白莲，莲花的上面，趺坐着一位菩萨的法身①，低眉合眼。仔细看时，那菩萨却就是自己化身，不由得一欢喜，这眼前的景象完全绝灭，仍就冷坐在禅床上面。妙善大师明知就里机关，也不向人说破。第二天朝上做完功课，才对大家说道："我前蒙佛祖显化指点，曾说过如要证果，定要须弥山上雪莲花做引。我想我自从舍身以来，闭门苦修，并未出去朝过名山，如何有得到雪莲之日？故现在决就往朝须弥，顺便寻访白莲。你等在此好生修行，将来少不得都有好处。"大家听了，觉得突兀，不免面面相觑。那位保姆和永莲听了，都赞成此说，并且她二人愿做

---

① 趺（fū）坐：亦称结跏趺坐。即盘腿端坐，左压、右压有不同含义。

伴前往。妙善大师闻说甚喜，便将金光明寺中一切内外诸事，托付给执事尼僧多利，并且叮嘱他："以后一切事情，务须仍照往时，不可变更成法。我们此去多则一年，少则半年，不论是否觅得到雪莲，一定要回寺的。"多利一一领教。

妙善大师交代过了一遍，便带了保姆和永莲二人，回到自己禅房内，收拾些衣帽食粮。叫永莲打开一只板箱，只见里面放着一整箱的细麻织成的草鞋，拏来一数，恰是一百单八双之数，便一双双的打叠起来，扎做一捆。又取过一只木桶，里边分贮着米谷，取出三个黄布口袋，分别装了，预备各人背负一袋。这些都是她贬谪在灶下受苦之时，编织拾掇的，今番要走长路，恰正用得着。三人的衣服合打着一个包囊，大家在路上好轮流背负。那一只紫金钵盂，是出家人出门挂褡的信号，并且系妙庄王所赐，自然格外宝贵，由大师自己带在身旁。三人收拾停妥，携了包囊等物，走到外厢，到大殿上拜过佛祖，通诚祝告一番，方才动身登程。阖寺尼僧在后相送，就是耶摩山的一般信士，也都手持清香，来送大师朝山。正是：

　　　　朝山心念切，证道尚须时。

欲知后事如何，且待下回分解。

## 第十六回　了因缘往朝须弥山　施米谷安度神鸦岭

　　话说妙善大师等收拾行囊，从金光明寺动身，要去朝须弥山访寻雪莲，阖寺尼僧在后相送。山下一班住户都是受过她恩惠的，此时闻她要离金光明寺，往别处去，大家哪里舍得，故顷刻之间，都扶老携幼，遮道相留，不肯让她三人过去。后来经妙善大师竭诚开导，说明不久就要回来，并非抛弃此土，众人方才放心。又见她三人意志坚决，谅来阻挡不住，只索各自燃了清香，也随着众尼僧相送。直到五里之外，经妙善大师几次劝阻，方才拜别回去，不在话下。

　　再说妙善大师等三人，离了耶摩山金光明寺，取道向东而行，一路上晓行夜宿，腹中饥饿，便拣有人家处化斋果腹，一连数日，倒也安然无事。直到第七天午后，走到一个所在，前面一座高山阻路，山势异常险峻，四望无路，唯靠南一条羊肠小道，似乎可以行走。三人自然择有路的地方走，却忘了须弥山是在东北，因此误了路程。当下走入深山，上高下低，颠踬得十分困苦①，却又越走越深，不知何时得出。三人抱定不屈不挠的毅力，一路前行，看看天色将黑，便找一个石崖，权且度夜，幸而没有遇见什么。到了次日，天色黎明，才背负行装向前赶路，又整整的走了一日，方才出

---

①　颠踬（zhì）：被东西绊得东倒西歪。

得山口。她们还只道所行的方向是正东，不料这一座山坡是迤南的，依山向走去，却是一直往东南，不知不觉，越走目的地越远。

如此又是五七日，遇到一村人家，因天晚前去借宿，就逢着一位花甲老人，把他们留到家中。供斋已毕，问起他们意欲何往，妙善大师说明一切，老人不觉呆了一呆道："你们欲往须弥山，可是走错路了！你们来时，不应出戒首山的南谷，一直沿山向北而去，转过山嘴，有条大路是往须弥山的捷径。你们却为何不走那边，却出南谷，就走岔了？一直向南来，才到此地，已多走了三百里。若不遇老丈，你们还越走越岔哩！"三人听了此话，都面面相觑。永莲插言道："老丈啊，如此说来，我们得走回头路，仍过南谷，再向北行了？"老者道："这倒不必。你不知世上的路，原是路路通的，不过远些近些罢了。况且南谷那面不是平安之路，深山中豺狼虎豹哪一种没有，常人都须结了大队才敢出入。你们来时得平安到此，已经是万幸了，难道又回去送入虎狼口中吗？"妙善大师合掌当胸，念声阿弥陀佛，然后向老者说道："老丈啊，多承指教，感激不尽。现在只求你老人家大发慈悲心，指引一条上须弥山的正路，使我等得早日朝山，圆满功行，那才功德无涯哩！"

老者道："这个有何不可。明天你等由此出去，一直向东北大道而行，五十里之外有座高山，名叫神鸦岭。越过此岭，一直落北走去，再走三百里路程，转向正东，就是上须弥山的正路了。可是这座神鸦岭极不易过，因为山上有一群神鸦，共有二三百只，比了鹰隼还要大，性极猛鸷。山下乡村人家，逢到祭祀的时候，所有的祭肉并不煮食，却用来占卜吉凶祸福。占卜的方法也很奇特，便于撤祭之后，将所有的祭肉完全抛弃在山麓之下，如撒下时就有乌鸦来争食，乃大吉之兆；如当时没有乌鸦来食，第二天便去探视，祭肉没有了，认为神鸦食去，此是中平之兆；若祭肉丢在那里，三天仍没有神鸦食去，那是大凶之兆。他们一定要将肉脔切了[①]，去喂猪狗，

---

① 脔切：切成小块，切碎。脔，切成小片的肉。

算是拔除不祥之兆之意。因此就养成神鸦食肉的习惯。倘在平时无祭肉可吃，那群神鸦就在山中搜捕野兽来充饥；若是有人在山中走，神鸦饥饿时，也会将人啄死，大家分吃。那里还有一个风气，就是对于神鸦的尊敬，比了敬天地还要厉害。故神鸦虽攫食人畜，都不敢去赶逐，猎人的弓矢，也不敢加于神鸦，山中的野兽到底有限，被吃的被吃，逃跑的逃跑，因此吃人便成了常事。人在被啄的时候，连抗拒都不敢抗拒，凭一群神鸦分尸果腹。如有人被鸦吃了，大家指此人一定有什么亏心之事，才受此罚，非但不加怜惜，还以为如此一来，此人的罪恶也就得湔涤呢。这一条路有此危险，不过我替你们想，如今欲上须弥山，眼前只有这两条路可走：不出南谷，就出神鸦岭，两下却一般的险恶。较量起来，南谷更凶，猛虎既多，道路又长，不易避免。这种神鸦虽猛，但过岭的道路，只有十来里，日中时过去，或者可以不遇见神鸦。并且现在祭祀期已到，有些赶早的人家已在设祭，神鸦已有祭肉可食，就算遇到，或者不至于受到危害，也未可知。因为两下相较，似觉彼凶于此，况且路途又此近于彼，故老夫叫你等从这条路走啊。"

当下永莲听了此话，不觉失色道："有这等险恶地方，叫我等如何过去呢？但不知除此之外，是否还有别一条路可通？"老者道："小路却是甚多，只是还要来得险恶，非有虎豹豺狼，即有妖魔鬼怪，更休想走得。"妙善大师道："妙哉妙哉！老人家的指教，一定是不错的，我们明天就此走去便了。永莲，你休生害怕之心，要知我们出家人，除诚心修行外，其余都没相干的，躯壳之见切不可存。我们此去，危险正多，岂止神鸦岭一处。若就此畏惧不前，如何有达到须弥山的一日呢？一切自有佛法维护，包管平安可以过得岭去，此时不劳你担得半分心儿。"老者也就告辞入内，让他们三人打坐休息。

一宵易过，直抵来朝，大家起身洗盥一番，老者又去备了早斋给她们吃了。三人谢过老者，告别登程，一路向东北取道进发。大家预备午未之

交,赶过神鸦岭,免生意外枝节,故沿路不敢停留。直到巳牌时候,已望见那神鸦岭矗立在面前,郁森森的树林,黑魆魆的草径,就是很远望望,已是怕人,若在此中行走,岂有不心惊胆战的呢?又走了一程,已抵山麓,恰有一条石径,可以拾级而登。大家默诵佛号,鼓勇前行,直到岭巅,倒一些儿没有遇见什么,连神鸦的影子也没有看见一个。于是便转下山坡,隐隐见数里之外,有一个很大的村落,妙善大师便道:"善哉善哉!你们看前面不是一个村落么?我们到得那里就好了。"其实她口中虽如此说,两只脚却已疲乏得不堪,好得此时下山,势比了上山省力得多,顺步而行,行程还不算慢。

片刻之间,已到山腰。这里却是一片平岗,极为宽阔,树石也疏落有致。此时妙善大师实在力乏之极,不能再走,一路上却没遇见什么,心中倒很安定,总以为今天不与神鸦相遇的了,故向永莲等二人说道:"我们今日奔波,已走了五十来里路程。我如今足疲腰瘫,可真的走不动了。此间风景很好,倒不如大家在此休息一会儿再走罢!"保姆也道:"我也来不得了,歇歇最好。"永莲却不以然:"出意外祸殃,反为不美,我看还是一直过去的好。"保姆道:"你又来了,我们走了这许多路也没有什么,难道小歇片刻,就会出岔枝儿么?"永莲弄得没法,只得放下包囊,就石上坐下。不料须臾之间,鸦声四起,把三人吓得发呆。正是:

安闲偷片刻,为此惹虚惊。

欲知后事如何,且待下回分解。

## 第十七回　遇善士指点前程　恋风景旁生枝节

话说永莲好意劝她两人前行，到了村落之处，再找地方休息。可是一人拗不过俩，妙善大师和保姆因为腿酸脚软，委实不能再走，只得放下包囊，个个找块平净的大石，坐下休息。走路也有个秘诀，最忌的便是中途休息。你若走长路，到半路上觉得力疲，尽管放缓些脚前行，虽然觉得勉强，但勇气不退，始终可以走到。若觉得力怯便坐下休息，非但越休息越觉疲乏，并且连前进的勇气也会因之减退，重新站起来走时，竟有寸步难行之势哩！她们三人都不曾走惯长路，故不知此种诀窍，当时一坐下，竟如生了根一般，恨不得就在此间过宿。还算永莲催迫得紧，好容易催妙善大师和保姆站起身来，拂了拂身上尘埃，正待各携着包囊往前走，不料正在此时，当头"哇哇哇"一连几声乌鸦叫，吓得三人没了主意。永莲道："常言说得好：'老鸦叫，祸事到。'何况叫的又是吃人的乌鸦呢？我早叫你们走路，若听了我的话，此刻相去已远，避得过乌鸦之厄，如今却是怎处？"

她们说话之际，四方的乌鸦都闻声而集，满天空都是"哑哇哑哇"的叫声，也不知共有多少。它们好似今天得了可口的食物，大家在那里欢欣鼓舞，互相庆幸似的。这一来，把永莲等更是弄得手足无措。到底妙善大师修行功深，定力坚固，却反而坐将下去，向二人说道："你等且都坐下，收

摄心神,休得惊慌,我自有道理。"二人没法,只得坐下,听候乌鸦来啄食,那恐惧一念早已抛向九霄云外。但那些乌鸦,嘴里虽然"哑哇哑哇"的叫,在三人的头上不住的来往盘旋,却并不下来啄食。原来心神不乱的人,异类眼中看得极伟大,是不敢骤然相侵的,乌鸦盘旋不下,也只为此。但乌鸦虽不下来啄食,却盘旋飞鸣,围守着三人,也终究不肯舍之而去。

如此约有半个时辰,妙善大师坐到分际①,忽然觉得灵台间光明一闪,就似乎有人告诉她道:"你这人好呆。乌鸦飞鸣,志在求食,它又不是一定要吃人。你如给它些东西,它们自去争食,你等不是就可以脱身了吗?你那袋中的饭干,不是很好的食粮吗?"妙善大师此心一动,便立刻将自己身上的黄布袋儿解开,抓了一把饭干,用力向平地上撒去,乌鸦见了,果然都争着去啄食。她于是撒撒了大半袋饭干在地,空中已不见一只乌鸦。她这才唤同二人,个个带了行李,三步当两步的一路踉跄下山,也不顾脚下高低,直奔到山麓,果真不见有乌鸦追来,方才安了心。缓缓向村落前进,直走到红日西沉,方才达到村舍。

那村中的人见三人打扮离奇,不像近地之人,男男女女都围上来观看问询。妙善大师南无着手②,向大家说道:"贫尼妙善,是兴林国耶摩山下金光明寺中的住持,只因发愿往朝须弥,与她等二人一路行来,不料错走了路程,出了南谷。幸蒙善者指点,才绕道越过神鸦岭,方得到此。如今天色已晚,前面又没村庄,不能再走,还望哪一位施主慈悲,借一席之地,容过一宿,讨一盂素斋果腹,别无所求。明朝一早,就得告辞的。大家听说是从神鸦岭那一边来,都面面相觑。其中有好事的人问道:"既是从那边来,一路上可曾遇见神鸦?"妙善大师回说遇见,又将刚才的情形诉道了一遍。众人听了,齐声说道:"奇事奇事!这三人有何魔力,连神鸦都不去伤她们,遮莫竟是神人吗?"其中有个村长模样的人,向众说道:"尔等

---

① 分(fèn)际:合适的界限、时候。
② 南无:梵语音译,意为"致敬"、"归敬"、"归命",是佛教徒一心归佛的用语,表示对佛、法的尊敬和虔信。

且休啰苏！这三位呢，原不是寻常人物，修行之人，上自三十三天，下至三十六道，无不畏敬，何况神鸦又是通灵的，自然不会去难为她们了。现在既然来到我们村上，前面又是数十里没有人烟的去处，我们就好好的款待。老汉家中现成有着空房子，就请三位到我那里去歇宿罢！"妙善大师等三人都合掌称谢，众人也都说道："刘老儿，今番倒叫你当一次上门差了。三位高尼明天不上路的话，我们好歹轮流备斋款待，以尽地主之谊。"

说着大家散去，刘老儿便领了三人，一同到他家内，让她们坐下，然后命家人出来相见。他一家的人的确都是好善向道之人，一见三位高尼，忙着去烧茶送水，准备斋饭。让三人吃了，天色已经不早，便将她们送入一间洁净上房，床褥整齐，十分清爽。妙善大师等，就在此中打坐参禅。次日清晨，刘老儿备了早斋，请三位吃过，苦苦挽留。妙善大师道："现在因朝山心切，不敢多留，有负老人家的盛意，只请指点前途路径，那就感激不浅了。"刘老儿情知留她们不得，便道："从此间一直落北而行，走了三十里，前面有坐小小山头，名唤金轮山。你们不必翻山而过，只稍迤东而行，抄过山嘴，再投北走十七八里，就是塞氏堡，可以投宿。但在金轮山左近，却须悄悄地从速过去，不可有所留恋。到得塞氏堡，包就没事，前途路径，可从那边再行探问。"

大师等三人连连称谢，告别登程。出了村子，一直取道向北而行。起初只见一片漠漠平原，除了黄沙滚滚、白日昏昏之外，旁的一无所见，四边连水草都寻不到，只有她们三个人在沙漠中行走，在幽寂之中稍稍露着一点生机。她们呢？毕竟定力坚固，全不觉得有艰难畏惧之意；若在常人，走到这种人烟水草都没有的地方，谁也不免要心惊胆战呢！

再说三人行了一程，果然远远望见一座山头，斜迤在西北，虽不甚大，倒也林木森然，风景很是壮伟。这分明就是金轮山了。她们在寂寞如死的荒野走动，如今忽见一座生气勃然的山林，不觉精神为之一振，连脚步也觉轻了不少，鼓勇向山下而来。不多时已到金轮山麓，只见那座山麓虽不

高大，却生得怪石嵯峨，奇峰叠嶂，青青的树木，碧碧的小草，中间还夹杂着不知名的野花，好一派宜人的风景。妙善大师看了山景，不觉口中喃喃的说道："善哉善哉！我等一路上行了这许多的路，经过的山岭也不少，何曾见过如此好风景！不料在这广漠之间，却有如此好山。这可见天地造物，出人意外了。"她对于此间风景，生了爱之一念，于是贪着山色，流连不进。但那永莲却从旁催促道："大师呀，我劝你莫要恁地留恋不舍。刘老儿顷间不是曾经说过，叫我们到金轮山下，要悄悄地从速过去？话中有因，看来此间定有什么危险之处。我们还是快快过去罢，休再弄出枝节啊！"妙善大师道："刘老儿不过如此叮嘱，他究竟没有说什么。我看这座山生得如此可爱，也决不至藏什么妖魔鬼怪。况且在青天白日，看一会儿又怕怎的？"永莲道："话虽如此说，但到底仔细为妙，贪闲玩毕竟也迟了朝山路程。况且我往常听大师讲过：六贼之来，都由自肇。照目下的情形讲来，大师对于此山，已生了爱的意念；留恋不舍，又动了贪的意念。一念尚不能妄生，如今兼生二念，如何了得？我们还是走罢！"妙善大师听了这一番话，也自憬悟，收摄心神，连说："好好好！走走走！"可是待要走时，已经来不及了。正是：

刚在收心处，邪魔已到来。

欲知后事如何，且待下回分解。

观音得道

## 第十八回　金轮山大师被劫　塞氏堡同伴求援

　　话说妙善大师听了永莲一番劝导，即收摄心神，连连说道："好好好！走走走！"大家匆匆前行，走不到三十步远近，忽闻一阵勾锏磔格之声，好似众人讲话一般。那声音从一座深林内送将出来，三人一听，情知不妙。举眼看时，只见有一队夜叉野鬼，从树林中直扑过来。她们不看也便罢了，如今一见了这队夜叉，不由得大家心惊胆战；欲待拔脚奔逃，可又奇怪，两条腿好似生了根一般，再也休想提得起分毫。看那些魔鬼，已是越来越近。永莲在这危急之中，也顾不得什么，一把拖了妙善大师的手，拔步便走。跌跌爬爬，走不多远，妙善大师已栽倒在地。于是就有一个夜叉，直扑到大师跟前，一伸手把她擒了过去。

　　永莲没法可想，只得舍了大师，一直奔了三里路，回头不见有夜叉来追，方才定了心，放缓脚步，慢慢走去，一路寻思道："今番可是完了！大师既被夜叉劫去，老奶奶又不知下落，谅来也是难逃灾障。如今只落得我一个人，独行踽踽，如何是好？"正在没有主张的时候，忽后面有人喊道："永莲慢行，等我一下啊！"永莲一听，知是保姆的声音，索性立定了脚，回身看去，果真见保姆一颠一跛走来。永莲急问道："老奶奶，你倒脱险来了，大师怎样了？"保姆摇摇头叹息道："休再提起。那群夜叉自抓得大师

之后,一个个都欢呼跳跃,簇拥着她向深林而去,却丢下我,毫不相顾。我又见你逃了,故特赶来和你做一起,且商议一个救援的方法。"永莲道:"那一群夜叉鬼,生得多么凶恶,料想大师被他们劫去,绝无好相与。但我与老奶奶,都是手无捉鸡之力的人,又有什么方法可以救得他呢?"保姆道:"话虽如此说,见死不救,到底失了出家人慈悲之旨。我想前面离塞氏堡不远,不如且到那边寻几个善姓,一同商议援救大师的方法。"其实这也是无可如何中的办法,聊尽人事罢了。二人计议定了,便取道向塞氏堡而来,不在话下。

我写到这里,不免将夜叉之事表明一番,免读者误会。你道那群黑鬼果真是夜叉么?其实却是山里的特种人类。这一群人尚未开化,他们仍旧过着茹毛饮血的生活,身上也不穿衣服,生着寸把长茸茸的黑毛,脸上的毛虽比较短些,但也足以掩蔽皮肉而有余,只露出滴溜溜的两只眼睛,和一张血盆般的大口,远望上去便像夜叉野鬼一样。

却说永莲和保姆慌慌张张的来到了塞氏堡,当地的老百姓看见二位尼师如此狼狈的跑来,很觉诧异,都停了手中的工作,围上来向二人问询。保姆便合十为礼,先将自己来历详细说了一遍,接着便把金轮山经过,妙善大师被夜叉擒去之事,告诉了众人。大家一听此语,不觉都伸出舌头来,半晌缩不进去,同声说道:"好险好险!你二位不知福分有多大,才被你等脱逃到此;要不然,此刻连性命都结果了哩!"

众人你一言我一语的嘈杂着,早惊动了堡内一位官人,疑是这班工人有什么事在此争吵,故闲闲的踱将出来,喝道:"大家不在工作,啰苏些什么?"工人闻言却说:"孙大官人来了。"就中有个工头模样的人,走上前去禀了一番。那位孙大官人便和颜悦色的说道:"如此就请两位进堡,到舍下坐坐,再作计较。"原来这位孙大官人单名一个德字,是这里的堡主,平日乐善好施,远近很有他的名声,现在看见了这两个可怜的尼僧,自不免招呼她们到家去款待了。

当下保姆、永莲二人跟了孙德进堡，一直到他家里，分宾主坐定。永莲心念着妙善大师，便首先开言道："大官人啊，我们二人虽然脱险逃得此间，只是还有同伴的妙善大师，如今却陷身在夜叉队中，不知如何受苦。总要求大官人大发慈悲，想个方法出来，搭救于她。这场功德，比了修桥补路还要大呢！"孙德闻言，连连摇着头，一面将山中所遇的野人并非夜叉的话告诉了他们，一面又说道："这班毛人与外间隔绝，彼此言语不通，又没情理可讲，山谷中就是他们的世界，谁敢去撩拨他们？又有何方法，可以救得你们那位同伴？况且这班毛人生性十分残忍，凡误走入山的人，总被他们生吞活剥，绝无生还之望。你们同伴的那位师傅，既被毛人擒进山去，想来生命早已不保的了。就是端的有了相救方法，此刻却也嫌迟了，又何况无法可施呢，我看朝山的话，只好你们两位自去，那位被陷的师傅，是没有希望的了。就是两位前往，前途的危险也正多着，却须一路仔细。"

保姆和永莲一听如此说法，不由得心上如刀钻剑刺一般，两股热泪扑簌簌直滚下来。永莲呜咽着说道："大师啊，你一向心志专一，声不能悦你的耳，嗅不能乱你的鼻，味不能扰你的口，色不能恋你的目，一切富贵荣辱不能动你的意，修到如此田地。今番不合贪看山色，招出这一场灾祸，弄到功亏一篑，叫人怎不可惜！"保姆接口道："永莲啊，你且休一味的埋怨着她。她现在虽陷入绝境，生死存亡，究竟还不曾有个实在的消息，那我们对于她的希望，还不曾完全断绝。她毕竟是个志心修行的人，佛祖岂有不加保佑之理？我们一起去朝山，终不能就此抛撒下他，我们却另行前去之理。就是果真她已不幸的被毛人所害，我们就不该独生，死也死到一起去，才见得我们一德一心啊！"永莲道："奶奶说得是。如此我们仍回到金轮山去，入山寻访大师的踪迹，就被毛人生吞活剥了，也只算前生的孽障。那么此地非久恋之乡，我们走罢！"于是二人起立，合十向孙德告辞。孙德却起立拦阻道："陷了一个，再平空送上两个，此事断断乎使不得！"

两下正在争持,喜信却自天外飞来了。正是:

忧疑刚聚结,喜信忽飞来。

欲知后事如何,且待下回分解。

## 第十九回　草履几双黑人争去　圣尼一位白象驮来

话说保姆、永莲二人起身向孙德告辞，要入金轮山去寻访妙善大师，孙德急忙拦阻道："慢来慢来！陷了一个，再去送上两个，天下哪有如此的情理！况且那位被陷的师父，我等实在限于实力，无法可以救得，故只好付之天命。如今两位既来到舍下，还想送入虎口去，在下如其坐视，岂非见死不救吗？这不义的名声，在下却担当不了。今天无论如何，也不放两位去的。"永莲道："这是我们自己情愿，与大官人何干？况且我等三人同出，如今失去一个，不能同生死，这岂不是一个更大的不义么？还望大官人莫加阻挡，成全了我等的志愿，虽死也是感德的。"

当下一面定要走，一面定是不放走，两下争持，不得解决。正在难分难解之际，忽有一个打杂模样的人，急急忙忙奔入院来，口中喊道："大官人，堡外又有一个尼僧骑着白象，远远而来。大家疑心就是那位失陷在金轮山的师父，故特来报知。"永莲插嘴道："不对不对！我们的妙善大师是徒步而行的，却没有坐骑，定是另有一位师父。"孙德含笑说道："凡事眼见为真，此刻背地悬猜，如何算得？既然那边有个人来，我们不妨同出堡去看看，验个是非。就算来者不是你们的大师，既属尼僧，也当有同门之谊，大可见见啊！"

二人很以为然，便一同出了孙家，直到堡外，举眼向金轮山那条路上望去，只见二里外果然一只白象迎面缓缓走来，象背之上端坐着一位尼僧。此时距离虽近，在陌生人固然看不出面目，但在保姆和永莲目光中看去，却是清清楚楚，那端坐在象背上的不是妙善大师，还是谁呢？这一来把二人乐得什么似的，尤其是永莲，更手舞足蹈，牵着保姆的衣袖说道："老奶奶，你瞧，那象背上驮的，不是我们的大师吗？她不但没有遭殃，连带得到一只坐骑，这才是因祸得福呢！往后去有了代步，路上要顺利得多哩！"孙德和众人听了此说，也都啧啧称奇。永莲两只脚哪里还忍耐得住，连窜带跑的迎上前去。

不多片刻，妙善大师已到得堡前，下了象背，与大家合十为礼。孙德便让她们一行三人进堡，可煞作怪，那只白象也跟着同走，好像养熟的一般。众人直到孙德家中，重新叙礼坐定。孙德道："恭贺大师得庆生还！这座金轮山向为毛人盘踞，凡误入其中的，从来没有生还的，今天大师算来还是第一人哩！毕竟佛法无边，才会有此灵感。敢请大师将脱险的情形，说来与我等知道，也好为世俗劝导，宣扬佛法。"妙善大师谢了招待的盛意，然后将被擒入山，以及脱险情形，详详细细说将出来，听得大家忽惊忽喜。

你道妙善大师如何能够安安稳稳的出来呢？原来她在遇见毛人的时候，那衣帽包囊正轮着她挑在肩头，她因为这里边都是随身应用的物件，不肯轻易放弃，故那班毛人将她扛头拽脚擒捉入山，她是两手抓定，竟其带了进去。毛人将她拖到一个所在，只见一个极大的山洞，洞前有一片广场，广场的四周都是丛莽深林，望上去黑魆魆的异常可怕。毛人就将她放在广场的中间，席地而坐，他们口中各发出嘘嘘之声，不多片刻，就有许多同样的毛人，应声而至，男男女女不下二百来人。男女的分别，只在装饰的铜环上，男子穿着鼻子，女子穿着耳朵。大家除一片兽皮遮蔽着下体外，其余完全赤裸着，就是两只脚在乱石路上走，也不穿鞋袜。许多毛人把妙善大师团团围住，由那为首擒捉的人，向众咿咿呀呀的说了半天，好似自夸胜利似的。大家听了他的话，都欢呼跳跃，捉对儿跳起舞来，表示他们的快乐。看他们越跳越起劲，足足跳够一个时辰，方才觉疲倦，打圈儿围坐着休息。他们千百道可怖的眼光，都集在妙善大师身上。此时妙善大师自知今天身入虎穴龙潭，绝少生机，她拚了死，倒也不觉得惧怕，只是凝神一志的坐着，看他们使出什么手段来对付自己。当下见许多毛人，都咿咿呀呀谈论，像商议处置办法似的。

不多一会儿，就中一个毛人忽然看见了妙善大师足上所穿的麻草鞋，一面指给众人瞧看，一面又不知说些什么。妙善大师会意，便将草鞋解下，那毛人便上前劈手夺去，拿在手中看了又看，隔了一会儿，又蹲下身去，拿来穿在脚上，扣紧之后，站起来试行几步，觉得适意，便翘起拇指，在众人面前赞扬几句。其余的毛人个个欣羡，都托开手向妙善大师讨取。大师一想："他们倒爱此物，好得我现成带着百来双在此，拿来送给他们，博得欢心，或许还可以不加杀害，那时就可乘机脱身了。"打定主意，便将藏草鞋的那一个包囊打开，露出一双双崭新的麻草鞋来。许多毛人一见之下，欢呼了一声，一拥上前，七手八脚的一阵乱抢。

这一来可不好了，本来百把双麻草鞋，就不够二百多毛人的支配，何况在乱抢之下，一人抢到两双的也有，一人抢到一双的也有，一人抢到一只的也有；可是一只也没有抢到的，却居多数。在抢到的固然没有问题，那一班没有抢到的，如何气愤得过？在妒羡交并之下，就起了争夺。麻草鞋是微小之物，怎禁得毛人大力的抢夺，你一扯、我一扯，纷纷毁坏，于是便激怒了对方，撇了草鞋，扭着就打，秩序也紊乱了。他们拼死的对打，早不把妙善大师放在心上。可是那位妙善大师见毛人专心厮打，不注意着自己，暗想："机会来了，此时不走，更待何时！"也顾不得赤着双跣①，站起来一闪身，便向丛莽之中奔去，幸而没人看见。

---

① 跣(xiǎn)：光着脚。这里指光着的脚。

她一口气奔了一里多路，两脚被荆棘所伤，血流如注，疼痛难熬，大有行不得之势，却又不知何处是出山之路，心中好生着急。正在彷徨歧路、进退维谷之际，只见前面有一头白象，缓缓而来。妙善大师暗暗说声："罢了，今番可真个休矣！刚脱了毛人之厄，却又逢到白象之灾，还想留得性命么？"她正急得走投无路，那白象却已到跟前，撩着鼻子，煽着耳朵，用头在她身上摩着，很是亲善，却并没有伤害之意。妙善大师见了如此情形，方才放了心，暗想："这白象遮莫是佛祖特派来救我的？"于是便用手去摸着白象的头额，道："白象呀，你可是前来救我出险的吗？如其是的，请你把鼻子撩三撩；要不然，我这身体如其被夜叉果腹，倒不如让你吃食，就请动嘴。"

说起象这种东西，在野兽中心地的确算得慈善，而且通得灵心，往往有小孩子等被别的野兽所窘，它要是看见了，总肯冒死去救，从来不作兴看冷眼的，这也是它生就的天性。当下那头白象听了妙善大师一番说话之后，好似理会得她的意思，果真将一条长鼻子，高高的撩了三撩，大耳朵拍拍的煽了两煽，俯首来就妙善大师。这一来把个妙善大师喜得如获至宝，连称："善哉善哉！你如救得我出险，将来朝了须弥，得成正果，定当度你入佛门，超脱畜牲孽道哩！"她正如此说，不料有几个毛人已跟踪寻来了。正是：

　　　　生机刚获到，魔鬼又重来。

欲知后事如何，且待下回分解。

## 第二十回　妙善师赤足赶行程　加拉族游牧居沙漠

话说妙善大师正和那白象说话，不料那时毛人已发现她脱逃了，跟踪寻来，后面喧声大作。妙善大师听得，道声："不好！白象呀，那边夜叉追来了，如何是好？你端的有心相救时，便请早些领我出险。"那白象闻言，便略不迟疑的伸过三尺长的大鼻，飕的就是一卷，把妙善大师拦腰卷住，轻轻一提，提在半空，拨开四足，一直向前途飞跑而去，其速无比，真如腾云驾雾一般，不消片刻，已出了金轮山口。

又走了三五里，不见毛人追来，方才停下步子，轻轻的将妙善大师放下。大师微微的喘过一口气来，弹了弹衣上尘沙，抚摩着象额道："白象呀，今番多亏了你，才救得贫尼一命。如今贫尼可以自投塞氏堡，访问失散的两个同伴了。你可回山好好休养，多积几桩功德，待我朝山证果之后，定来度你，决不食言就是了。"不料那白象闻言，非但不走，索性伏在地上，动也不动。妙善暗想："这象儿不肯回山，难道想跟我朝须弥去吗？"便又问道："白象呀，你既不愿意回转金轮山，想是要随我往朝须弥。你如有此意思的话，就把头点三点。"果然那白象将头点了三点，接着把鼻子向自己背上指点着，好似叫大师乘坐的一般。妙善大师十分喜悦，道："善哉善哉！看不出你倒是与佛法有缘的。但是做我坐骑，得累你负重跋涉千里

了。"说罢便爬上象背,趺坐其上。白象就站起身来,缓缓的向塞氏堡而去。

大师正想到了那边,再访问保姆和永莲的踪迹。她对于两个同伴,虽然散失,可是并不疑心她们被毛人所害,因为她想:二人如其也被毛人擒去,在山中时一定会得看见,如今山中既然没有看见,一定逃往塞氏堡。故她打定主意,到堡中去探访。不料到得将近,永莲已迎将上来了。

当下孙德等闻了妙善大师一番说话,齐声说道:"这是佛法无边,才有此巧事。那白象一定是佛祖差遣的,自属无疑。只不知大师又何来那许多麻草鞋?"永莲接口道:"若要问起这麻草鞋的来历吗,苦哩苦哩!"于是又将往日宫中之事,详细诉说了一番。孙德肃然起敬道:"不料这位大师,乃是兴林国的公主。生在帝王之家,却不被荣华富贵萦了心,一念诚心的修行,吃尽痛苦,不稍变志。这真是古今难得,后日证果佛门,是一定无疑的了。可是那些麻草鞋既然被毛人夺去,此往须弥山又有千里之遥,一路上没得穿换,那是不行的。三位倒不如在此小住一两日,待我命人多做几双僧鞋相送,免得赤足而行。"妙善大师合掌为礼道:"多谢大官人盛意,小尼只是心领,不敢拜赐,大官人不必多劳。"孙德道:"这却奇了,出家人本来是受十方供养的,几双僧鞋算得甚么,却如何不肯受领?"妙善大师答道:"大官人但知其一,不知其二。出家受十方供养是不错的,但一饮一食莫非前定,佛法有因缘,不可过求。前次在宫中罚织草鞋是种的因,今番因草鞋得以脱身,逃出虎穴龙潭,就是收的果。因果相抵,草鞋对于小尼的缘法已经尽了,切不可再在此时另行种因的了。况且草鞋对于小尼,有救命之功,也万无再穿之理。譬如一位救命的恩人,我们就该感激敬重他,视如父母神佛一般,那才是个正理。若是不感激敬重有恩之人,反去糟蹋凌辱他,天下有此等的道理吗?草鞋虽然比不得人,但其理则一。故小尼自此以后,宁愿赤足行程,决不再穿鞋子。况且有这驯顺的白象路上代步,就是赤足也不至于有甚么痛苦,所以请大官人不必劳心。"孙德听了此话,更是敬服,也不相强。当下便命开设斋饭与三人果腹,制鞋之事也就搁过不提。三人就在孙德家中歇宿一宵,次日用过早斋,问明前程,道谢作别。孙德领了一班善姓相送出堡,妙善大师合十告辞,上了象背,保姆、永莲分侍左右,别了众善姓。

一路向北而来,自晨至午,走了三十多里,一片黄漫漫的沙漠,非但不见人烟,连水草也无处可见。远远望去,茫无涯涘!永莲道:"前路茫茫,望去何止百里,只不见有甚么可以栖身之处。我们从此刻起,走到日暮,至多不过再走五十里路,今夜如何歇宿呢?"妙善大师道:"你且不必预作忧虑,有了前程自顾走,走得一步是一步。就算到日暮时,再没个栖身之处,即在此沙漠中权歇一宿,也无不可。此刻纵然预先忧虑,也是没用,总不见得因了我们的忧虑,前途会幻化出栖身之所来的。"永莲听了,不便再说甚么。

三个人,一头象,寂静无声的向前走,一路无话。直到日落西山时分,还没有山林村落。妙善大师坐在象背上,运用慧眼向前看去,只见数里之外,似有人畜往来,明知是一班游牧之民,便道:"好了好了!你等且看,前边不是有一队游牧吗?我等脚下加紧一点,赶到那边,就可以托庇了。"保姆、永莲二人,起初因距离得太远,看不出甚么;又走了一程,才有些隐约;后来越走越近,那边人畜篷帐,才历历在目。三人很是喜悦,待到得切近,天色已昏昏入暮了。妙善大师跳下象背,抢上几步,向一个酋长模样的人合十为礼,说明来意。可巧那班人却是兴林国所属东境部落的加拉族,他们向来居无定所,以游牧为生,听了妙善大师的话,知是上国修行之人,自是肃然起敬,将三人邀入帐中,席地而坐,那头白象就伏在帐外守护。那班加拉族人对于三人,倒是十分恭敬,略事寒暄之后,就有人献一瓶清水,一大盘牛肉,来给三人充饥。在他们是一片好意,无奈三人连小荤腥都不吃,何况这牛羊大荤呢!妙善大师看见了连称罪过,向那人谢道:"贫尼自有生以来,即不吃荤。这些肉类,快请收过,留着自用。贫

尼只叨扰一杯清水就够了。"那酋长道："你们赶一天的路，想必是饿了。此间除了肉类之外，又没有别的东西可充饥，那便如何是好？"永莲道："这倒无妨。这今天我们在塞氏堡启行的时候，承孙大官人施给一袋馍馍，大约可供几顿果腹哩！"妙善大师道："是几时给你的，怎么我却没有知道？"永莲道："在出堡以前，我恐怕大师知了，又要推却不受，故悄悄的收了，以备不时之需。不料今天就用着它了！"一边说，一边从袋中取出几个馍馍来，大家分吃，又喝了些水润喉。其时帐中昏黑，又没有灯火，只有那蒙沙的沉沉月色，从呼隙中透入，有些微的光明。三人坐禅入定，游牧的一班人，也横七竖八的沉沉睡去，不在话下。直到来朝，大家分道扬镳，各奔前程。

那班加拉人的行踪，我且不去管。这边妙善大师等三人，一路往北而来，晓行夜宿，一连数日，倒也平安无事。那一天，走到一个所在，只见一座高山阻路，离山数里之处有座村落，也有百十来家住户。其时天色已经薄暮，三人便径投村落而来，不料中间却又发生了阻力。正是：

　　此去须弥路，风波尚未完。

欲知后事如何，且待下回分解。

观音得道

## 第二十一回　卢庄求宿又遇因缘　糯米相贻治愈痼疾

　　话说妙善大师等三人,见天色已经不早,前边又有高山阻路,其势来不及越过此山。幸离山数里处有个村庄,三人不免径投村中来借宿,顺便化些斋饭来充饥。

　　到了村中,见有一家高门大户的人家,一望而知是村中的首富。常言道:"出门要看天时,化缘须看场面。"她们三人,自然往这家门首而来。走到门前,只见门口坐着一位老者,年纪约有七十岁,面上却现出忧虑之色,两眼直视在地上,眼珠不稍转动,正在那里思量甚么。三人走到他近边,他兀自不曾看见。永莲生性卞急①,抢上一步,合手向老者道:"老人家沉思些甚么?贫尼这厢有礼了。"老者出于不意,听见有人说话,不觉吓得一跳,抬眼看着三人道:"何方比丘尼,到此何干?陌猝间倒把老汉一吓②!"妙善大师合十谢罪道:"多有惊扰,还望恕罪。贫尼等乃是兴林国人氏,因立志往朝须弥,路经宝庄,因天色已晚,特造尊府,请求借宿一宵。明日清晨就动身,决不多扰,还望老人家行个方便。"老者摇头道:"你等来得不巧。若在往日,莫说留一宿,就是多留几宿也无妨。可是现在不行了,

---

① 卞(biàn)急:急躁。
② 陌猝:冷不防。

你等还是往别家去罢！"妙善大师道："这又奇了，究竟甚么缘故？敢请告知。"

老者叹了一口气，道："说起我家主卢员外呢，端的是个行善的人，往日里最爱救困济贫，斋僧念佛，数十年来，未曾改变。只是一向没有一男半女。在前年春间，才生了一位小官儿，阖家庆幸，村中人也都说是行善之报。不料在本月初旬，这小官儿忽起了腹泻之症，当时就请了大夫诊治，都说是脾虚之症，不易治愈，故难定方，服药也是无效，在药力到的时候，稍为好些，药性一过，便依然如旧。据一个老医说，如要治愈此症，须得三合糯米，煎汁服下，使中土得了生机，然后才可用药医治。只可恨我们这里是不产稻谷的，要求此物，须要越过这座天马峰，渡过碧溪河，到那琉璃城，方可求得。本来相去百余里，前往求取，也非难事。奇不奇、巧不巧，这天马峰中本是平坦之路，向来连豺狼都没有的，在半年之前，忽来了四只斑斓猛虎，据住山头，出攫人畜，闹得山中不得安宁，大家不敢由此来往，与琉璃城的来往也因此隔绝。故明知那边有糯米，却无人敢冒死去取啊！只眼见那小官人的病，一天沉重一天。据那老医说，性命只在此一两天之内。现在我家员外，正急得死去活来，滴水不入，已有三四天了。情形如此，哪里还有闲心招待你等呢，故请你们往别家投宿去罢。"

妙善大师口称："善哉善哉！老人家据你说不巧，我却来得正巧。这也是注定的缘法。你去告诉员外，叫他不要着急，若要别物，出家人却没有，三合糯米囊中却有，如能救小官儿性命，出家人决不吝惜。"老者听了，待信不信的说道："真的吗？出家人说话须要当真，不可打诳，莫要骗过了一宿就走路。"妙善大师道："哪有这等道理。你看我那两个同伴黄布袋中，藏的不是米谷是甚么？你只快去告知员外就是了。"老者道："既如此，三位在此小坐，待老汉去通报。"说着便兴冲冲的向内奔去，口中连呼："员外员外！好了好了！小官儿有了命了！有人送糯米来了。"

那时卢员外正坐厅上发闷，见他如此神情，便喝道："卢二你可是发了疯吗？叽哩咕哝，在那里说些甚么来？"老者连道："不疯，果真有人送糯米来了！"于是便站住了脚，定了一定神，方将妙善大师的话，从头至尾学说了一遍。员外听了，不觉一跃而起，连说："卢二，快去开了正门，说我出迎三位活佛。"卢二哪敢怠慢，一路跟跟跄跄的奔出来，开了正门，向三位说道："我家员外出迎三位活佛。"妙善大师迎称"不敢"。那卢员外果走出正门，向三人一躬到地，口称："下士卢芸，不知三位法驾光临，有失远迎，万望恕罪。现在请三位大厅用茶用斋。"妙善大师等合十还礼道："贫尼何德何能，敢劳员外出接。只因朝山远来，欲打扰宝庄一宿，就惊动了员外，真是十分罪过。"

当下卢芸便让三人进了大门，直到厅堂，重新叙礼，分宾主坐定。略略寒暄了几句，妙善大师就开言道："闻得小官儿病重，须得糯米浆吃，才可保无虑。可巧贫尼袋中粳糯米谷都有，只消拿来拣择一下，莫说三合，就是三升也有。"卢芸闻说，真是喜出望外，千恩万谢。妙善大师自己随身带的一袋饭干，已在过神鸦岭时撒给乌鸦吃了。现在永莲身旁一袋米，保姆身旁一袋谷，却依然存在。她当下便向卢芸讨了一只盘来，命永莲将米倾入，仔细拣择糯米。不消片刻，已拣了一升光景，卢芸连称："够了够了！其余的请活佛收了罢。"永莲乃收米入袋。妙善大师又吩咐道："此米煮时，不用淘擦，以免伤了元气，减少效力；且须用文火，不可使它沸溢，若是沸溢了，脂膏尽失，便不生效。"卢芸一一答应，请三位宽坐，自己亲手将盘中糯米捧到里边，交给老奶奶，说明煮法，叫她去煮。一面命安排素宴，款待三人，准备洁净房头，让她们安置；一面又吩咐家人去请那老医到来，商议药方，我且不表。

再说老奶奶当下捧了三合光景米，放入瓦罐之中，配好了水，放在炭炉上，自己坐在旁边看定，以防沸溢。约有半个时辰，已经成为粥糜，香气扑鼻，于是便在上面稀稀的盛了一盏，去给小官儿吃。那时小官儿已经神气耗散，不进饮食已有多天。此时只好用汤匙慢慢地灌下去，灌完了一

盏,看他好似沉睡的一般。老奶奶倒很喜悦,便去收拾过了瓦罐,熄了炉火。再回到房中,伸手去摸小官儿的四肢,不觉大吃一惊,原来那小官儿的手脚,先前虽不似常人的温暖,却还有一点儿热气,现在吃了一盏粥糜下去,却反变得冷如寒冰,一点儿热气也没有,连头上也是如此,那光景已是回去的了。

老奶奶急得忙了手脚,一口气奔到厅上,告知卢芸。卢芸与妙善大师等正在用斋,一听此话,却惊得呆了。老奶奶只当那糯米中有甚么花样,定要和妙善大师拼命。卢芸好容易劝住了,正在纷扰,恰好老医到来,问明原因,便道:"你等且休纷扰,待我进去诊了一诊,好歹自见分晓。"于是与卢芸和老奶奶一同入内,诊了小官儿的脉,便向卢芸道:"恭喜员外!小官儿有了生机了。"卢芸闻言虽然欢喜,但不知为何却反现如此情状,便向老医问道:"大夫啊!这孩子如此手足冰冷,气如游丝,分明是个死兆,如何反说是生机呢?"老医答道:"员外有所不知,这就是叫做神气内聚。小官儿病了许多日子,神气已两不相属,幸得米汁助了元气,故内部聚敛起来,外首却反有此现象。你且待他这一觉醒来,包管大有气色。"大家听了此话,方才定了心。老医生就定了药方,才告别而去。

妙善大师得知如此情形,心中十分喜悦。卢芸合家出来拜谢请罪,妙善大师道:"你等这么一块好地方,却想不到不产米谷,真是个缺陷。现在贫尼尚有数升谷在囊中,倒不如送你们做了种子罢!"正是:

　　此日留佳种,他年万顷禾。

欲知后事如何,且看下回分解。

## 第二十二回　天马峰歼除虎患　玻璃城路得光明

话说妙善大师见这好好一个地方，却不产米谷，就动了慈悲之心，便向卢芸说道："员外呀！你们这里很好一个地方，却不料不生米谷，只有麦菽，真是一件大大的缺憾。现在贫尼囊中还有几升谷，里边粳、糯都有，倒不如送给你们做了种子，弥了这缺憾。"卢芸等一班人听了此话，都乐得手舞足蹈，谢天谢地。当下妙善大师便叫保姆将贮谷的布袋解下，交给卢芸。又将粳、糯壳的分别和莳种灌溉的方法，一起详详细细的告诉了他们。卢芸拜谢受领了，真是感激不尽。夜深时便各自去安息不提。

次日清晨，洗盥过后，大家在厅上相见，妙善大师便问起小官儿的病情，果真如那老医所说，已经神志清楚，泻泄停止了。三人也兀自替他家欢喜。用过早斋，妙善大师便向卢芸告辞。卢芸哪里肯放，并且说道："三位此去须弥，一定要从天马峰经过。不料半年前来了四头猛虎，专门伤食人畜，因此这条路就无人敢走。三位又都是孱弱之人，如何去得？倒不如权且在敝庄小住，待卢芸悬赏征求猎户，入山除了猛虎，那时再送三位过山。一则除了虎患，二来也略报三位的大德。此时却万万不可前往。"妙善大师笑道："不妨不妨。猛虎是佛家的巡山夜叉，我们既皈依佛祖，它决不至于伤害我等，请员外尽管放心。我等往朝须弥要紧，不敢在此多留，员外的盛意，我等心领了！"卢芸还是不敢放行。两下争持了好一会儿，卢芸说道："既然三位一定要走的话，那么让鄙人挑选一队精壮壮丁，各带武器，护送三位过此天马峰，以免意外。"妙善大师推辞不得，只索由他去挑选，片刻之间即已挑选得三十二位精壮力健之人，各执着刀矛叉棍，齐集庄外。至此，妙善大师方才告别了卢芸，同着保姆等二人，出了庄门，坐上白象，一直向天马峰大路而行。卢芸与阖庄老少又送了一程，才止了步，望着三人由一队庄丁护送而去。

　　由此上天马峰，本来有东西两条路径，西路比较险峻，林木也多，野兽容易匿迹；东路比较平坦，树木也少，似乎平安一点。故当下一班壮丁，因欲避免与虎相遇，直趋东谷而来。不料天下的事情，自有出人意外的，你要避时，却撞个正着。此时若走西谷，倒是平安无事，如今走入东谷，却免不了一场虚惊。

　　众人入谷，一路迤逦而上，走到半山腰里，却是一道石梁，四周乱石纵横，林莽丛杂。有一个老于走山路的人，关照大家道："留心着啊！生怕那家伙藏匿在乱草之中，兄弟们手中的兵器预备着啊！"大家哄然的答应了一声，不料这一声答应，就惊动了这山中的猛虎。原来有两只猛虎，夜间由西山出洞觅食，直抄到东山，一点东西也没寻到。天色已经大明，它们也疲倦了，就在丛莽之中，伏着打盹。忽然听得人声，正是饥不择食，狂啸一声，分左右直窜出来，扑向人丛里去。妙善大师吃惊非小，口中叫声"苦也"，已翻身跌下象背，永莲二人也都跌倒在地，休想爬得起身。那些壮丁各执家伙，向四下里散开，围攻猛虎。那猛虎煞也乖觉，见有人跌在地上，便舍了壮丁，争着去扑三人。壮丁抵死救护，只挡住了一只，另一只扑到妙善大师相近，说时迟、彼时快，看看已不及相救，忽见那头白象将身一横，障住三人，待虎切近时，它猛地用鼻子将虎腰卷住，狠命的就是一摔，将那只猛虎摔到数丈之外，摔在巨石之上，跌断脊梁，再也窜不起来。那班壮丁见白象杀了一虎，顿时胆壮，又矛齐举，把另一只猛虎也结果了。

在两下争持的时候，发出一片狂嘶乱喊之声，在山头更觉宏大，山鸣谷应，把睡在西峰的两头猛虎也惊醒了。它们一听人声鼎沸，又不见两个同伴，情知在那里争斗，便一同出洞，听了声音的方向，各腾起虎跳，一阵风卷去，飞沙走石，一对大虫便翻山越岭，直奔喧闹之处而来。这里一班壮丁见扑杀了两头猛虎，正想扶持三人前行，不料狂风过处，腥气触鼻，齐说声："不好！又有大虫来了。"于是各操兵刀预备迎敌。那头白象也迎风冲上前去，待得猛虎来到切近，它又是把鼻子一卷一摔，早将一头猛虎摔在尘埃；众壮丁一拥上前，刀棍齐下，又刺死了一个。余下一只，见三个同伴被杀，不觉大怒，磨牙奋爪来斗白象。白象究竟只有一个鼻子作用，其势有些难敌，幸得它皮肉厚，虽被抓伤咬伤，它却满不在乎，依旧撩着大鼻子苦斗。那一班壮丁见四头已死了三头，明知这一头尽是猛虎，也不济事，于是便助着白象环攻。那头猛虎直斗到筋疲力尽，方扑倒在地，被众人所杀，却还被它抓伤了好几个人。天马峰的虎患，总算由此除去。那四头死虎，回头自有壮丁抬回卢家庄上，我算一言表过。

再说当时妙善大师等，虽受了一场虚惊，如今已没事，便定了心，从地上爬起，重新上了象背，向前途进发。壮丁直送她们过了天马峰的北麓，方才告辞回去。妙善大师等三人谢过壮丁，一路向琉璃城大路而来。一过了这座山头，景象就大不相同，一路上里镇市集，到处都有，不似那边的荒凉寂寞。三人行了两日，才到城中，一样的设有官府、驿馆、宾舍。妙善大师当时便取出路引，亲到府中呈验，加盖了印鉴，就有人引她们到驿馆中安歇，供应了斋饭。次日便离了琉璃城，向东取路往须弥山进发，这才是上须弥山的正路。

她们三人只因当时一个错误出了南谷，多走了三百来里路还不算，路上又着实多受魔难与虚惊，好容易才得此一条光明之路。她三人自此一路上晓行夜宿，非止一日，远远见了须弥山顶。大家的希望渐渐的接近了，

勇气越发增加，行路也越迅速，平常每日走五十里的，现在竟能走到七十里，还不觉疲倦。

行行重行行，已到得须弥山下。可是这座须弥山非但高峻接天，并且又十分广袤，大小山峰共有七十二座，峰峰连接，起伏不断，宛如游龙一般。故妙善大师一行三人虽然到了山下，却不知那一座是雪莲峰，若要遍朝列峰，未免太无意思，一旦不遇雪莲时，仍旧不会知道此峰的着落，徒然多此一行。那山峰左近十里间，又没有村庄居民可以探问。这一来，可把她难住，踌躇委决不下。商量了一下，永莲忽发奇想的说道："这座雪莲是须弥山著名主峰，一定是又高又大，比较不同。我们且不去管它是否，只拣高大的山峰往朝，就算走错了，万一精诚所至，那雪莲受了感应，也自会出现引导我们的。"大家在没有办法之中，也只得依她的主意，于是把群峰的高低大小一比较，只有居中偏左的第三峰为最大，就认做目标，一同向那座山峰前行。到得山麓，又好容易寻觅了一条上山的小径，永莲便驱着白象，想径从此路上去。不料那一向驯善的白象，今天却发起性来，强住了一定不肯走。正是：

　　　　莲峰究何处，白象暗中知。

欲知后事如何，且看下回分解。

## 第二十三回　上高峰巴蛇吞象　入幻境神将击人

　　话说妙善大师等一行三人，走到那座最高峰的山脚下，只当它是雪莲峰，找到了一条路径，驱动白象，要往山上走时，不料那头白象，在一路上过来都是驯顺异常的，今天却不知为了何故，却自只管强住了，一步也不肯走。永莲见驱赶不动，便道："这倒奇了，白象难道今天没有吃饭，故不肯向前？"于是就在布袋里掏出一个化来的馍馍，去喂给它吃。白象却又不要吃，依旧站着一动也不动。把个永莲恨得牙痒痒的，骂道："孽畜！如此怪张怪致的，敢是讨打？再不走时，赏你一顿拳头受用！"那白象一听了此话，便侧转头向她望了一望，呼呼的透过一口长气，好像在那里对永莲说："那里边气味不对，一定有怪物藏着，危险的很，进去不得！"

　　永莲虽然号称聪明，但终究猜不透象的意思，只管顿足怒骂。妙善大师见了如此情形，便下象背，抚着象鼻道："白象呀，你是通灵的了。你自从金轮山中救了我的性命，随我朝山，一路上也吃了不少辛苦，到此为山九仞之时，难道却发起野性来吗？"那白象闻说，连连把头摇了几下，表示不对。妙善大师又道："既然如此，那么你不肯前行之故，大约因为这座山不是雪莲峰吧？"白象又摇摇头。可怜它喉间生着三寸横骨，不能将不肯走的原因明白告诉出来，只是摇头，把妙善大师弄得莫明其妙。

做书的在这里，倒不能不替它表明一下。这座山峰到底是不是雪莲峰？那白象到底是个畜牲，叫它怎生会知道？它所以不肯入山的缘故，只因闻得一股腥膻之气，异常触鼻，知道这山中一定有怪异的东西，而且那东西又是它生平最怕的长蛇，因为是对头，它的辨别格外真切。论象这种东西，在野兽中性情虽极驯良，但生得皮粗肉厚，力大无穷，自卫的能力极为充足，就是虎豹，它也不怕。所怕只有两种东西，一种是老鼠，会从它鼻孔中钻进去吃它的脑子；一种就是长蛇，会缠绕它不得脱身，到死方休。故象对于这两种东西的气味，有特别的感觉，一闻便知。那么这种腥膻之气，白象已经闻得，妙善大师三人，却又如何一点都没有闻到呢？这因为兽类的嗅觉，比了人类来得灵敏，故三人还没有得知。

当下妙善大师又谆谆的向白象劝告，叫它不要有始无终，功亏一篑，是十分可惜之事，得成正果与否，也只在此一念。白象似乎领会她的意思，才点了点头，好似在那里说："我不走，并不是偷懒，只为前途危险，生怕于你不利。既然主人一定要去，我也顾不得许多了。"妙善大师见它点头肯走，甚是喜悦，重又上了象背。白象果然缓缓的依山径而行，走了五七里，清风过处，三人也闻得风中夹杂一种腥秽之气，十分刺鼻，闻了令人作呕。永莲道："咦！这是甚么气味，怎地难闻？"妙善大师道："山林阴森，经过日光蒸晒，潮湿之气上腾，故有这般气味。至于难闻好闻的话，永莲啊，你又说错了啊！你岂不闻，出家之人要六根净灭？何谓六根，你且讲来。"永莲道："眼耳鼻舌身意，就叫六根；眼为视根，耳为听根，鼻为嗅根，舌为味根，身为触根，意谓念虑之根。这些事常常听得大师讲的，如何会忘怀呢？"妙善大师道："你既知道六根，却又说难闻的，六根岂不是还没有断绝吗？"永莲连连称是，收摄心意。

跟着走了一程，那腥臭一发令人受不了。那头白象好似中毒一般，步子逐渐的迟缓下去，十分勉强。妙善大师觉得奇怪，便招呼永莲等停了步，自己跳下象背，来看白象时，忽然平空呼呼的起了一阵怪风，刮得林木震撼，砂石齐飞，连眼也张不开来，风过之处，腥秽难当。妙善大师迎风看去，只见前边树林中游出一条大蟒蛇来，一个头——不说鬼话——有栲栳大小①，两只眼睛如同一对灯笼，一张嘴宛如小小一个月洞门，一条两歧的舌头，好像出鞘的一对双股宝剑；在林外已有二三丈长，还不知尾巴在那里，身长多少，实在无从测摸。妙善大师叫声："不好，大蛇来了！我们快些避让。"那时保姆和永莲也都看见了，三人口中乱叫，一同飞步向斜刺里小路上逃去。那头白象一见了蟒蛇出来，也不住的急叫，四蹄却是不能举步。那蟒蛇游到白象相近，张开了血盆般大口，对着白象呼呼的嘘气。那象一受了蛇气，便自筋疼骨软，不消片刻，再也休想支持得住，"扑通"一声，跌倒在地。蟒蛇过去一阵乱咬，把那白象顿时咬死，一口衔住，连拖带曳的游向对面一个峰上。

妙善大师等三人逃了一程，不见动静，回身看时，却远远望见那条蟒蛇将白象拖去了，都说："可怜可怜！此象护送我们到此，不料却伤在那孽障手里，真是可惜！"永莲道："可怜可怜！它倒负送了我们这么一程，我们如今眼见它被大蛇吃去，却自救它不得。"保姆道："如此我们只得多诵几遍往生咒，使它早日登极乐，也尽了我们的一片诚心。"妙善大师道声"好"，于是三人都默诵起往生咒来，一方面仍旧觅路前进。

上高落低，直走到天色昏黑，向下望望，离开平地却已好几十丈；再向山顶看时，仍旧与地上仰望无异，这许多路好似未走。当下便找了山崖边一个石洞藏身，趺坐入定。但是三人因为日间看见蟒蛇，受了一番惊恐之后，心神不能十分宁静。心神不宁是坐禅最忌之事，足以由此生出种种恐怖幻象，与常人做噩梦一般无二。三人里边，自然是妙善大师功行最深，收摄住了心神，没有枝节。那保姆虽然功行不及大师，但还可以勉强镇住方寸，不让她旁骛。

只有永莲功行最浅，坐不多时，便觉周身火热，如同在洪炉之中一般。

---

① 栲栳（kǎo lǎo）：用柳条编成的容器，形状像斗。也叫笆斗。

急睁眼看时，只见满个石洞都是熊熊的烈焰，三人一同处身火中；但那妙善大师与保姆，却自顾瞑目趺坐，一些儿不觉甚么。永莲暗想："不好！她们没事，只我觉得发热，一定又是走了魔了。"急急抛开杂念，收摄心神，那一洞的烈焰，果然熄灭无遗，身上也不觉得热了。可是她一颗心，却终于不得宁静，又隔了片刻，幻境又发生了，只觉得浑身冰冷，如同浸在冰屋里边一般，还觉似乎受到很剧烈的震激，再睁眼看时，只见滔滔滚滚，浊浪排空而至，满石洞都是水，三个人同浸在水中；只是妙善大师和保姆，仍是不知不觉，那浊浪却不近二人之身。永莲暗道："不好了！怎么今天却一味的走魔，如此还能得成正果么？"她生了这么一念，心上不免有些烦恼。只这一烦恼，入魔愈深，转眼之间，那滔滔的浊浪却又不见了，只觉得霹雳一声，半空中来了无数金盔金甲的天神，都生得身高丈二，腰大十围，手中都执着八棱金瓜锤，一个个怒目相视。内中有一个环眼的天神，飞身走入石洞，举起金瓜大锤，不问情由，照她顶门上"飕"的打下来。这一下不由永莲不吓得神魂出窍，极声嘶叫，"啊唷"一声，早惊动了妙善大师和保姆，争着问道："永莲啊，为何极声嘶叫？"啊，到此她才如梦初觉。正是：

　　　　幻境由心造，何曾可当真。

　　欲知后事如何，且待下回分解。

观音得道

## 第二十四回　遇白熊三尼装假死　避灵猿七步学朝真

话说永莲入魔愈深，忽见金甲天神，手执八棱金瓜锤，闯进石洞，照定她顶门就打。她那一吓真是非同小可，故"啊唷"一声极叫。妙善大师等二人，竟被她叫出定来。看她失张失致的情形，便喊道："永莲，是怎的一回事，却怪叫起来？"永莲到此，才如大梦初觉，仔细看时，三个好端端的坐在石洞之中，哪里有什么水火？更何来甚么天神？才悟一切都是幻象，便将顷间之事，向二人说明。妙善大师道："永莲啊，你如何又走了这遭魔来？这怕是日间受了蟒蛇的惊恐，故心神才收不拢来，以致如此。幸而金甲天神将你惊醒，否则要多损几分功行呢！"永莲连连称是。

其时天色已经黎明，三人便收拾了一切，出了石洞，觅路上山，沿途采些野果充饥。走到日中时候，忽远远望见有一头大白人熊，迎面走来，似乎还没有看见三人。妙善大师便牵着二人，一同逃到树林中去，悄悄的道："我们躲避得过最好，如躲不过时，大家倒卧地上，屏住气息，扮作死人模样，切不可呼吸动弹，或者可以避过此难。"那白熊走到林子相近的地方，闻得人气，就四下里找寻。她三人看见，早已倒卧在地上，屏气扮死。那白熊一路寻到林中，一见三个人，便却立不动，注视了半晌，见她们无声无息、一动不动，真的当是死人，便哼哼的叫了几声，表示它的失望，

然后踱将过去，头也不回，一直走了。妙善睁眼看白熊去得远了，才招呼二人起来。原来人熊最忌的便是死人，一见死尸，它再也不肯走近。妙善大师知道它这种脾气，故用此法来解危。

当下三人仍出了树林，依路上行。又走了五七里，三人走得口干舌燥，疲倦已极，恰好有一条山涧当前，妙善大师道："且坐着歇息一会儿，待舀些水吃了再走。"于是大家倚石而坐，永莲便取了钵盂，到涧中舀了半钵盂清水，先递给妙善大师吃了几口，余下的和保姆分吃了，也席地坐下，拾着小石块，向涧中抛掷，看水花飞溅来取乐。妙善大师看了，含笑说道："永莲啊，石激水飞，这其中也含有禅机啊！你可参得透吗？"永莲道："敢请大师先说。"妙善大师说："水本是静的，被你石子一激，便变成为动，飞溅起来，一动一静，这里边便是造化之机。"永莲道："不对不对！水是动的，你不看就是我不用石子去激，也兀自昼夜不停的流着吗？石头才是静的，要不是我去抛掷，它绝不会自己飞跃到涧中去哩！"妙善大师频频点首，连称"善哉善哉"。正在此时，忽平空飞来一块石子，"扑"的打在永莲的额角上。她很奇怪的说道："静的也动了，动的谅来终会静的啊！"妙善大师道："这才又观透一层哩！"

她们正在谈论禅理，忽对面涧里"吱吱吱"的跳出一群猕猴来，永莲才悟刚才一块石子，是猴子打过来的。那群猴子，因见永莲抛石激水，它们就抛石来击人。你想这边三个人，如何经得三五十个猴子的抛击？永莲、保姆二人站起身来，欲待奔避，妙善大师道："莫跑莫跑，我等一跑，猴子就追上来，它们脚步敏疾，我们终是跑不了，那时反要被它们所困，不易对付。我想猴子这种东西，生性最灵，更欢喜学人的动作，我等三人不妨一字排着，向前途进行，走三步拜一拜，猴子如其学我等的行动，虽在后面跟上来，也不怕它们再来伤害我们了。"当下大家依言，果然排成一字儿，三步一拜的向前走。那群猴子见她们如此，以为好耍子，果真学起样来，也一路上走着拜着，再不用石子抛掷三人了。这三步一拜的朝山，实是妙善大师权宜避猴之计,后来信佛的人就传为定规,无论往朝什么山,都由山麓三步一拜的直拜到山顶,源流实是此时始起的。

她们三人在前拜着走着,猴子也一路跟定。如此走了很远一程,忽然天空中一阵"拍拍"之声,煽出了一阵好大的风来。三人抬头一看,只见一只大鹏在空中盘旋飞舞,此鸟比了寻常的要加上几倍,真是翼可蔽日,足乱浮云,两翅飞动,就煽出狂风。猴子这种东西好似顽皮孩子一般,天不怕、地不怕,却只怕鹰鹞之类,因为它由上而下,不易防躲,爪牙又异常锋利,难于抵敌。它们擒住了猴子,飞在空中,不消几啄就得毙命;猴子若用力抗拒时,它便两爪一松,从高空将猴子摔下摔死,然后飞下啄它脑子吃。因此猴子见了鹰鹞之类,就如同老鼠见了狸猫一般的骇怕,何况今天所见的是鹏呢!猴子的生性极为灵敏,在它们一听见空中刷翅的声响,就知道对头来了,哪里还敢学三人的跪拜,一阵"吱吱吱"的乱叫,纷纷四散的向丛林深草中乱奔乱窜,藏躲得无影无踪,一个也找不到了。

妙善等三人见猴子已经逃开去,便不再拜,一路缓缓的上山。走到昏黑之时,又找了一个石洞藏身。好得一路悬崖峭壁之间,大小不等石洞很多,故得随处安身。这一晚上大家坐禅入定,各自安然无事。直到次日清晨,重又上路。一连走了足足三天,才算走到半山。一过山腰,景物却大大的不同了。在山麓一路的上来,虽觉得山中的气候比了平地寒冷,但还不至于手僵足冻;此刻过了山腰,却一步冷似一步。山顶上的雪被风刮得吹下来时,扑到面上,却好像刀割的一般。地上有水沾濡之处,东一块、西一块的结成坚冰,又冷又滑,行走十分不易。一路上除了些耐冷的松柏之外,找不出寻常的树木;欲寻些果子来充饥,也兀自无从寻得。永莲看了这番情形,暗暗叫苦:"腹中又饥,身上又冷,如此一路的冷下去,岂不把浑身的血,都冻得凝结起来,那便如何是好?"就连保姆见了这种情形,也觉得有些皱眉蹙额。独有那妙善大师一本诚心的自顾走,有如木石一般,纵然赤着脚,也毫无所苦。走了大半天,才看见两棵栗子树上边长着不少

毛团，永莲便去敲了几个下来，用脚踏开了大家分食，居然吃饱了肚子。

可是说也奇怪，肚子一吃饱，身上的寒冷就觉减了不少，精神也振奋得多了。于是又走了一程，天色昏黑，又觅了一个石洞歇夜。这一晚上寒气袭人，永莲实在煎煞不得，不住的喊冷。保姆也说道："端的寒风刺骨，令人难耐。最好弄些树枝，敲个火燃烧起来，大家烤烤才好哩！"妙善大师道："你等休恁地扰嚷。深夜山中，何从得火？就算敲石燃得火，火光照处，难免不惊动山中的野兽，倘然望火而来，岂不是自惹灾祸。故千万使不得！并且我们欲求成道，必须精诚专一，神魂完聚，身体上越受到痛苦，神魂就越发坚强，多受一分痛苦，即多增一分的力量。待受过千劫百难之后，神魂即万分的坚强完聚，永远不会分散，那才可以成道。成道之后，抛撇了身体，这神魂即另成一我，大千世界环行无碍，具大神通，无所不可。我等三人既想成正果，一切寒冷饥饿之苦，原是应当受的；若连这些儿也受不了，哪里还有证道的希望呢？我等已经历过不少辛苦，如造塔般只欠一个顶了，你难道肯前功尽弃么？"这一席话，说得二人心中恍然大悟。正是：

　　九仞功成后，肯因一篑捐。

欲知后事如何，且待下回分解。

# 第二十五回　绝岭登临迷津悟彻　高谈往事竖子弄人

话说保姆、永莲听了妙善大师一席话，都觉得心地光明，寒冷也就减了不少，打坐入定。过了一宿，次日仍旧前行。

如此又走了三日，那天正走之际，忽然看见一座石牌坊，横额上刻着"胜境"两个大字。妙善大师道："好了好了，有这一座牌坊，一定有修真之士或庙宇了。"于是三人又三步一拜的进了牌坊。又约摸走了一里光景，只见悬崖之上有一个很大的石室，石室里面却趺坐一位长眉老者，慈眉善目，宝相庄严。妙善大师向二人道："遮莫是佛祖显化？即不然，独自个在此修行，也一定是位有道高人，我们正该叩求他指示迷津呢！"二人也同声称是。

于是，三人直到石室里，拜倒座下。妙善大师口称："活佛在上，弟子妙善等一行三人从兴林国来此朝山，拜求仙踪圣迹，指渡迷津。一直到得此地，方得遇活佛，缘法凑巧。还望活佛大发慈悲，指示迷途，使得归正道，那就受赐不尽了。"长眉老者听了这番话，方才睁开眼睛，向三人看了一看道："善哉善哉！难得你们三人不辞跋涉之苦，老远的来到此地，总算有缘。只是我须问你，你既然抛撒了一切尊荣，皈依佛教，一志修行，可知道佛家清修的本旨为的是什么？修成正果之后你的愿心又是如何？你且

一一说来。"妙善大师道："启禀活佛：佛家清修的本旨，原只是为人救世，并没有一点自利之心，故佛祖身经百劫，为的也是替世人消除灾障。至于弟子的愿心，那么将来万一能修脱却凡胎时，誓必走尽十方三界，救渡一切苦厄，使世人都归正觉。未识弟子此志，尚合佛家宗旨否？"长眉老者频频点首道："毕竟有些来历。可是你该知道，凡修真之人，成道有一定的地方，这也逃不过一个'缘'字的。你等今番虽然历尽艰苦，跋涉到此，但据我看来，证道之所却并不在此。"妙善大师再拜道："既蒙活佛指迷，实为万幸。但弟子等来朝须弥，却有个原因，只因为当年在兴林国时，有个多宝山修士楼那富律，曾经有过'欲成正果，必须求得此间的白莲，方可证道'的话，故特地来朝。"长眉老者点头微笑道："原来是他在那里弄这玄虚。但是他不如此说，你们也不会到此地来，一路上的魔劫也不会历尽；不历尽这些魔劫，就不得证道，这也是一定不易的。"妙善大师道："大约那楼那富律特地指点弟子等到此拜见活佛，指点正觉的罢。"

长眉老者道："总而言之，缘法所在，要逃也逃不掉的。如今索性待我来说你听罢：你前身本是慈航，只因立意要救渡世间苦厄，故转劫入世，投到兴林国，才有此根气。如今尘劫将满，不久证道。此间白莲原是有的，现在却已有人替你移到南海普陀落迦山做了莲台，备你后日受用。那边紫竹林中，才是你的净土，此间却没有你的缘分。至于脱化的地方，却还在于兴林国中的耶摩山金光明寺，这因为要借你的脱化，使一班愚民知所感动，大家好一齐归化佛门，免受一切苦厄。至于她们二人，因缘还没有到，还得苦修几时，但终究也得证果菩提的。"妙善大师道："承蒙指点，感激不尽。敢请示活佛法号，以便供养瞻礼。"长眉老者道："这倒不必，好得将来你自会知道。但我还有一件宝物送你。"说着从怀中取出一个白玉净瓶，递给妙善大师道："此瓶你可带回去好好供着，但见瓶中有水，水中长出柳枝，那就是你成道之日。切记切记！此地不可久留，如今你等可回去了。"妙善大师接了那羊脂白玉净瓶，再拜辞谢，带了二人仍依旧路，出了胜境牌坊，一直下山，一路晓行夜歇。在山中固然没有什么意外的枝节发生，出得谷口，妙善大师向二人道："今番休再走岔了路，免得又惹魔障。"于是定了定神，辨明了方向，一直向西进发，路上并无书说。

有话即长，无话即短。行行重行行，那一日已到兴林国耶麽山下。那些居民等一见大师朝山回来，大家扶老携幼的前来迎接，欢声雷动。早有人报入金光明寺中去，那班大小尼僧都披了袈裟，撞钟击鼓，排着班直到山麓，把大师簇拥着迎入寺中去了。妙善大师到得禅堂坐定，众尼过来参见。慰问已毕，妙善大师不免将路上之事，从头至尾向大众宣说一番，听得大家眉飞色舞，不住口的宣佛号。妙善大师亲自取出那羊脂白玉的净瓶，安放在佛前供桌上。众尼知道是件宝物，只等瓶中有水生柳枝出来，早让大师成佛。

事有凑巧，在大师讲说的时候，原有不少闲人在听。闲人里边老少都有，中间有一个童子，名唤沈英，他生来很是聪明，只是一味顽皮好弄，一天到晚的和人家开玩笑，老诚些的人，常常会平空上他的鬼当。他听大师讲得津津有味，就恨不得也赶上去玩一趟。后来听到那白玉净瓶自会有水，自会长出柳枝来，他就有些不信，暗想："空空一个瓶儿，若没有人去灌水和将柳枝插进去，是决不会自生自长的。"他于是灵机一转，又想闹顽皮故态，来与妙善大师打趣一场。但当时殿上人多，不便下手，故踱将出去。可是他既存了这一个念头，如何肯就此放手呢？至于在别人，却也并不知道他的念头。不过禅堂之上，终日不断人迹，夜间又关门闭户，外人如何能够入内？故沈英虽然想了种种方法，终未能如愿。

光阴荏苒，转眼已是数月。那一天，沈英忽想出一个毒计来：他先预备下了一罐清水，一枝杨柳，去藏在隐僻之所，然后独自潜往柴房，敲石取火，就在柴草上点着，无情的烈焰熊熊的燃烧起来。阖寺尼僧闻得柴房里失火，都吓得手忙脚乱，一齐奔往后边，忙着汲水救火，前面禅堂中，连人影也没有一个。沈英便趁此机会，拿了预备下的东西，走到禅堂，一

纵身跳上供桌，将罐中的水倾入净瓶，柳枝也插得端端整整，又拭净了供桌上的足印，然后匆匆的退了出来。那时山下居民也都闻警赶来，帮同灌救，来来往往，情形很是杂乱，谁也不会留心沈英的行动，更不会想到这把无情火，却是这小子使的促狭，见他提着一个瓦罐，还只当他是来帮同救火的呢。可是那沈英却自肚里寻思道："如今白玉瓶中的水也灌了，柳枝也插了，照大师说，一见如此，就是坐化成佛的日子。如今我弄个假，待她明天如不坐化成佛时，便可和她大大的开一场玩笑，那时看她还有何说？"

再说柴房失火，幸而发觉早，救的人又多，一会将火扑灭，未成巨灾。忙碌一场，已是黄昏时候，大家吃过了饭，收拾停妥，各自回禅房中去各做清课，匆忙之间，却没有谁顾念到供桌上的那白玉净瓶。故沈英虽忙了一场，当日却并没有发现。

一宿无话，直抵来朝，大家起身，自有值日的尼僧到各处去洒扫揩拭。值大殿的性空，刚揩到供桌，即发现净瓶中的柳枝，凑上前去一看，果真一瓶满满清水。他喜出望外，放了手中抹布，一路奔出殿来，恰好此时永莲采了一束鲜花来上供，两人撞个满怀，险些儿各跌一跤。正是：

看他传喜讯，不见眼前人。

欲知后事如何，且待下回分解。

## 第二十六回　苦行千般道成九品　当头一棒喝破三千

话说性空揩抹供桌，发现白玉瓶中果真有了净水、柳枝。他往常听说，这就是妙善大师证果成佛之时，故不由他喜出望外，丢了手中抹布，撒腿往殿外就跑。恰好永莲摘了一束鲜花，前来上供，大家一个不留意，竟撞了个满怀，大家险些儿跌倒。永莲定了神，看着性空道："你为何老是如此莽莽闯闯的，怎地奔窜？毕竟为着些甚么事来？却把人撞得好生疼痛！"性空也立定了脚，合着手乱拜道："永莲师父呀，我只因见白玉瓶中，已有了净水柳枝，故而喜出望外，奔出来想给大师报个喜信去。不料匆忙之间，却撞了师父，还望恕罪！"永莲道："真的有这回事吗？"性空道："此事端的千真万确，小尼斗胆也不敢打谎！"永莲道："既如此，这花你拿去上供，我去给大师报信。"

性空接了花自回殿上，永莲便向大师禅房而来。只见大师正和保姆谈话，一见永莲进来，便说道："永莲呀，你却来了，我正有话和你讲呢！大约今天是我坐化的日子了，我昨夜入定，忽觉心上白莲开放，这怕是个预兆。"永莲也将净瓶中有了净水、柳枝的话，说了一遍。妙善大师道："既然缘法已到，你们且到玲珑阁上去安排道场，就在那里示寂①。"永莲自去吩咐

---

① 示寂：即圆寂，也就是涅槃。

众人前去预备一切，妙善大师便去用香汤沐浴，换了一套庄严的服装，然后徐步登阁，在居中的禅床上跏趺坐定，宛是入定一般。保姆和永莲率领众尼，分两班站定，鱼磬齐鸣，香烟缭绕，各念动《楞严经》句。我且慢表。

再说那童子沈英，他本来安排顽皮的心眼儿，有心与大师胡闹，故一早起了身，连东西也来不及吃，便一口气奔到寺中。只见众尼正在忙碌，又听说大师今天果真要成佛，好生奇怪，便踱到阁上来观看。那时山上居民，也有人知此消息，传扬开去，就有许多人入寺参礼，把一座玲珑阁的上下，挤得满满的。那班尼僧固然个个低眉合眼，朗诵着佛号，就是一班参礼的人，也都屏息兀立，无敢喧哗。就中只有那沈英看了妙善大师的情形，不觉暗暗好笑道："打盹就老实的打盹，说甚么成佛不成佛？分明在那里捣鬼。且待我来吓他一吓，包管叫她直跳起来哩！"他打定主意，便溜到大木鱼座旁，取过那老大的鱼槌，挨到大师面前，大喝一声，对头就是"秃"的一下。说时慢、彼时快，虽有人瞥见，却也来不及阻止。这一下有分教，就名为"当头棒喝"。一下打去，即有一道红光冒出，大家只当是打破了头冒出来的血；仔细看时，红光冉冉上升，渐渐凝聚起来，结成大师的另一法像：赤脚而立，手中捧定插杨枝的净瓶。

你道为何一击之下，就会如此幻化呢？原来大师的神魂，已修到无须躯壳的地步，可是久处人间，为烟火尘埃所薰染，泥丸宫闭塞，神魂无从脱离躯壳。等到受了意外的一棒，泥丸宫突启，于是就借此脱胎而化了。沈英的顽皮，正也是缘法凑巧呢！

当时一众尼僧，固然争着膜拜；就是一群闲人，也都望空礼拜。后来只见大师的法像愈升愈高，渐渐的没入白云之中看不见了，大家方才各自起身。永莲走过去一摸大师的遗体，已经冰冷，于是便命众尼僧诵经念佛，自己预备与保姆一同进城，奏闻妙庄王。

指拨停妥，二人一同下得玲珑阁，转出正殿，一路上走出山门，只听得迎面鸾铃响处，飞也似来了两骑快马，上面坐着两位差官，见二人便问道："二位尼僧何往？我等奉庄王之命，特地前来降谕，快去唤现在的住持出来接旨。"当下保姆和永莲拜见一过，陈明所以，让两个差官入寺，就正殿上放了香案，大家跪听宣读。原来妙庄王对于大师坐化事，早已知道，因他坐朝之时，就见大师法像来到殿前，站在半空，说是"现在业已得成正果，佛祖封为'大慈大悲寻声救苦观世音菩萨'，立刻就要往南海普陀落迦山紫竹林中去观自在了，故特来辞驾。将来我王升遐时，再来相度"。故妙庄王便降旨，命将菩萨留下的肉身，招人漆髹，即供养在玲珑阁上，永受香烟，将玲珑阁改名为慈悲观音阁。大家自然遵命办理，自有一番忙碌，不在话下。

在这里，我却有几句话要交代一下。上边这一段神话，似乎太荒诞无稽了，超出于情理之外。可是照佛家的说教，却还不仅于此而止呢！这大概是时代的关系吧？除了我们先师的儒教没有这些神话以外，其余的宗教，恐怕都跳不出这一个圈子。道教的神话，固然最多，可以不必去谈它。就如现代文明各国奉行的耶教，也有耶稣复活的一件故事。我们对于妙善大师的成道，一变而为观世音菩萨，也不妨作如是观。况且照现代灵魂学讲来，人在身死之后，他的灵魂，尽有团结着，经过好久的时期，依然不散的。已故伍廷芳博士①，他还可以用某种方法，与灵魂讲话，替鬼摄影。并且灵魂学在欧美各国也有许多学者，认为科学界的新发明，并不视为荒诞，那么，我们对于观世音菩萨的成道，就多了一个新的解释。她在修行时，就是锻炼灵魂，使它团结的时候；她的坐化，正是身死的时候；她的成道，就是那团结的灵魂，虽仍旧在那里活动，并不离散消灭罢了。与现代的灵魂学，正是两下吻合，这也不能全责佛家的荒诞啊！并且灵魂的活动，迅疾得如流电一般，无与比拟。别的且不说，但看做梦，一梦的时间大约不过几十分钟，可是梦中所做的事，喜怒哀乐，不知要多多少少，甚或包括

---

① 伍廷芳：清末民初外交家。

着人的一生。梦是灵魂活动的象征,是谁也不容否认的,那么观世音菩萨成道之后,她的活动,宜乎要瞬息千里了。

现在我将这紧要关目解释过了,回笔过来。再说到耶摩山金光明寺中。保姆当然受众人推戴,做了一寺的住持,奉旨招了高手的匠人,一方面将菩萨遗留下的肉身,用上好光明宝漆,漆将起来。一面将玲珑阁的匾额除去,换上"慈悲观音阁"的匾额,又在阁中造了一座佛龛,将菩萨的肉身供入,永受香烟。一连忙了好多日,方才竣事,不在话下。再说那时兴林国中,上至妙庄王,下至一班愚夫愚妇,见持志修行,果然能够正果成佛,于是大家都生了信心,不期然而然的都皈依佛门,果真应了"人王国变成佛王国"的预言。后来妙庄王也被菩萨渡化,归入罗汉班中;保姆封为保赤君;永莲亦归南海,永侍莲台,就是侍香龙女。还有那顽皮小子沈英,他自从看了菩萨成佛之后,倒也顿时恍然大悟。他本是南方火德之精,灵气所钟,自是高人一等,平时尘蒙心窍,故演出种种顽皮之事,一旦醒悟,功行超人,久后也被菩萨收在莲台之下,就是善财童子。这些都是后事,我算一言表过,后文恕不再叙。

且说观世音菩萨自从辞了妙庄王之后,一路云浮风荡,直向南海普陀落迦山而来,不消片刻功夫,已到灵山宝境,气象万千,果非凡俗可比。正是:

　　　　瑞霭垂缨络,祥光护白莲。

欲知后事如何,且看下回分解。

# 第二十七回　观自在南海清修　悯苦厄中原化度

话说观世音菩萨自从脱却凡胎，辞了妙庄王，一路足踏浮云，直向南海普陀落迦山而来。她此时身轻脚健，不消多少工夫，已到落迦崖下。此间毕竟是灵山胜境，不同凡俗，奇花异草，生遍四周；灵兽珍禽，迎人舞蹈。白莲池上，送来万缕幽香；紫竹林中，升起千般瑞霭。中间却是一座二品莲台，霞光万道，却是空着。菩萨到此，口说一声"善哉"，便跳上莲台，端身趺坐。其时正是九月十九日啊！故现在民间习俗，凡二月十九日、六月十九、九月十九这三天，一概认为观音生日。其实二月十九是转劫诞生之日，六月十九是舍身披剃之日，九月十九是证道正位南海普陀落伽山之日。习俗虽一齐视为生日，却也非绝对没来由的啊。

再说观世音菩萨证果莲台，一心观自在法，渡化了妙庄王等一班人以后，与善财龙女同居紫竹林中，讲清净大法，逍遥自在。有一天，却有一个僧人，叫做沙门跋陀，他自西方佛国受了菩萨戒，行大愿力，往东土传教。如来谅他道行未深，虽其志可嘉，明知此去定然徒劳往返，故曾劝阻；无奈这沙门跋陀立志坚决，执意要去，如来只好付了路引牒文，让他自去。这也是他数中应当有此跋涉。他费了几天工夫，才到了中土，云游各处，向众生说法，宣扬佛教。无奈一则因语言隔绝，中土人民不知他讲些甚么，

就没人去理睬他；二来那时中土人民，并不知有佛教，对于僧人都视为异端左道，就算言语能通，也绝不会有人信他说话。因此两个缘故，他虽然走遍中原各地，终是到处受人奚落。他当下便打算西归，一路上顺便朝名山。那日恰巧到得南海，闻得观世音菩萨在此，便志心往朝，请教一切。菩萨见他立志可嘉，便向他问起东土情形。沙门跋陀道："不可说，不可说。那边刀兵不绝，灾障重重；人心险恶，争夺频频。弟子向他们说法，全然不悟，还把弟子当做恶人，到处受他们奚落。弟子生受这些，倒也罢了，只可怜那班芸芸众生，灾劫当头，还自执迷不悟，欲化度也自无法，只得西归向如来请得妙法，再行东去点化他们了。在此经过，特拜朝菩萨，还望慈悲慈悲，用大法力感化这一班迷途众生，一来使他们脱离苦厄，二来也可宣扬佛法。"观世音菩萨道："善哉善哉！这是你功行未深、言语隔绝之故。如今你且归礼如来，改日再行东去。我本着寻声救苦之志，既然知道有此等事情，万不容坐视，只得待我往中原走一遭了。"

  沙门跋陀拜谢过了菩萨慈悲，径自西去。观世音菩萨便吩咐善财、龙女，好生看守灵山，自己便化身为一老媪，离了南海。一路上向中原而来，化身丐妇模样，一路上沿门托钵，与一班下愚百姓异常接近。她看那各地的乡风，处处不同，善良的固然也有，顽恶的却占多数。那方的男子呢，到底受了圣人的教化，懂得礼义，但是妇女们却大大不然。可分高下两层说：高贵的妇女，自然出身名门，也一般的略谙诗书，但是颐指气使，平日间养尊处优，养成骄奢淫逸习惯，造下了许多恶业，难免轮回之厄；在下的愚夫愚妇，从不曾闻得圣人之教，一切行为，自然更不必说了，忤逆不孝，攘夺争杀，哪一件没有？他们不知果报，更觉可怜。

  观世音菩萨大发慈悲，决计先向下愚说法。当她法驾一路到得中州地界，选了太室山一个石屋①，做显化之地。夜间即示梦给附近百姓，说"明日内观世音菩萨要在此经过，点化有缘法的人，拯拔一切苦厄，你得留心相

---

① 太室山：中岳嵩山的一座山峰。

待，不要当面错过"，说罢便现出她的庄严宝相，悠然而隐。到了第二天，一班百姓互相谈论，都道昨夜得这么一个同样的梦。大家觉得奇怪，谈论纷纷，不外乎怀着万分的希望，专等菩萨的降临。又明知菩萨显化，决不会将本来面目向人的，但又不知今番她究竟化身何等人物，前来点化众生，因此又引起许多枝节。他们因认不得菩萨，凡是见了一个面生可疑的人就指为菩萨，大家环着向他礼拜，往往把那受拜之人弄得莫明其妙，直到双方说明真相，彼此付之一笑。如此一连闹了好几天，误会却发生了不少，只还是不见菩萨来临，反弄得大家心上疑云叠叠，就算见了面生可疑的人，也不敢冒昧拜认。那时，观世音菩萨却仍旧化装为一个穷苦老媪，下山到得城市，一路求化饮食，大家反没有留意。

　　那年正直亢旱，入夏以后，已有四十多天没有下雨，田中的禾苗都呈枯萎之色，农人等吃尽辛苦，日夜戽水，终于无济，看看灾象已成，倘使天公再不下雨，行见颗粒无收。乡农们忧愁焦虑，自不必说；就是城市中人，也愁着荒年。故观世音菩萨托了钵盂，向人家求化时，不约而同说道："天公如此亢旱，今年的收成已经无望了，自己还愁着来日的难渡，哪里更有余物，给你这老婆婆呢！"菩萨长叹一声道："水旱虽然说是天灾，到底还是由人自肇。你等这一方百姓，若是尊敬天地，广行善事，改轻杀戮，归化佛祖，上天岂会降这灾祸，使你等受苦呢？就如我这么一个穷苦的老婆子，到此地半天，一路求化了数十家，兀自不曾化到一粒米、半粒壳，足见这一方的百姓，全无向善之心。人无向善之心，受这些水旱天灾，谁说是不应该的呢？"

　　当时就有一位姓刘名世显的老人，听了菩萨的一番话，心上就是一动，暗想："这老婆婆遮莫是菩萨的化身了罢？待我来和她谈论谈论。"便上前拱手为礼道："老婆婆见得甚是。但依老婆婆的话，此间百姓，因以前未曾积善，故有今日的旱灾，就算大家从此改过自新，今次的旱灾也是救不得的了。"菩萨道："这却不然。天心最为仁慈，福善之心比罚恶之心还胜三分。

只要人肯诚心悔罪,上天决不会不容的。只要这一方的百姓肯从今天起,发誓改过日新,一心向善,目前这旱灾,也未始无法可救啊!"刘世显听了这一番话,不问情由,倒身下拜道:"多承观世音菩萨显化指示,弟子俗眼,不识慈容,几乎错过。幸闻法语,心窍顿开。伏愿菩萨大发慈悲,广施法力,降霈甘霖,救得旱灾。弟子自当建庙供养菩萨,广劝愚顽,使他们改心向善,同归座下。还望菩萨慈悲方便!"说着又连连叩头。菩萨道:"姓刘的啊,难得你一片诚心,替众人求援,可见你无自私之心,我如何不答应你的请求?只是我看此方百姓,愚顽特甚。明天午时三刻,我将显化,施展法力,大霈甘霖,叫他们亲见我佛法无边,坚他们的信心,你再善为劝导,那便容易感化了。"

刘世显再拜而起,菩萨已隐身而去,他便将遇见菩萨的话,向众宣说。大家有些疑惑,都说:"青天白日的,菩萨显身,怎样只你遇到,我们却都没有看见呢?"刘世显道:"看见或许都看见的,只俗眼认不出罢了。刚才那个托钵求化的老婆婆,就是菩萨的化身啊!"众人听了,果真见过这婆婆,只不当她是菩萨,当面错过,懊悔已嫌迟了。正是:

　　　　都因缘法异,对面不相亲。

欲知后事如何,且待下回分解。

观音得道

## 第二十八回　洒甘霖救济旱灾　卖鲜鱼感化下士

　　话说大家听刘世显说那托钵求化的老婆婆，就是观世音菩萨的化身，不觉互相惊异起来：刚才看果真是看见过的，但是谁也不知道这贫苦婆婆，却就是观世音菩萨啊！于是有的自怨有眼不识泰山，当面错过良机；有的自怨不会施舍，结个善缘……大家懊丧的情绪，一言难尽。当下刘世显又说："菩萨以慈悲救苦为旨，这些都属细事，决不加罪，只要以后虔心相信就是了。并且菩萨定于明日午时三刻显示宝相，祈需甘霖，你等那时尽可瞻礼慈容，同沾雨露哩！"大家听了此话，又都不禁喜跃起来，从此传扬开去，不消片刻，阖城全知；再是一传十、十传百的传出去，到当日晚上，四乡八镇已经完全都知道了。听了这种消息，没一个不喜形于色。

　　直到次日清晨，端的是农停耕，妇停织，商停市，大家都焚香点烛，虔诚顶礼，专等午时三刻看观世音菩萨显示法身。无论老少男女，一个个仰起脖子望着天空，连眼都不敢多瞬一瞬。直等到分际，只见太室山顶，悠悠的起了一片白云，逐渐的蔓延开来，愈延愈广。忽见白云中间，天开一线，山头之上现出丈六金身，头戴锦兜，身披袈裟，捧定羊脂白玉净瓶，瓶中贮着甘露柳枝，赤着双跌，站在光明石上。大众见此情形，一齐倒身下拜，口称"观世音菩萨"，又默默通诚，都愿皈依座下。罗拜既毕，只见

菩萨手执柳枝，蘸着甘露，向东南西北有田禾处一阵洒，说也奇怪，一忽儿云气四合，大雨如注，足足半个时辰，方才云收雨住，霁色重开。菩萨的法像，早已不见了。自此之后，那一般百姓果真都敬信佛法。刘世显捐了资财，就在太室山菩萨显身处建立一庙，塑大士像供养起来。菩萨所憩的石洞，也改名观音洞，至今还留存着哩！

这是观世音菩萨到中土后第一次显化，所现的乃大慈相①，就是圣观自在菩萨啊！当时曾留下有《圣观自在菩萨心真言瑜伽观行仪轨》一卷，直到唐代，始经释不空译出，至今仍流行佛门。

再说菩萨自从广施法雨，点化了刘世显，此间自有刘老儿向众劝善，不必久羁。于是她坐观清净，运用她的慧耳，谛听一切，她觉东海之滨，各处岛屿之民身居化外，不知礼义，与禽兽无异，甚为可怜。故就离了中州，直向东海边而来。菩萨知道那边半属渔民，故就化成一渔妇模样，挽着叉儿髻，穿着蓝布裙袄，依旧赤着双跣，生得美丽非常，手中提着鱼篮，中间放着几条鲜活的鱼儿，杂在众渔人中，入市卖鱼。市人因为这位渔妇生长得十分美丽，故争着都去买她的鱼，可是菩萨却向买鱼的人说道："你们买我的鱼去，做甚用处？"买鱼的就说是做菜肴下饭，她却就摇头说道："我这个不比等闲，不供人口腹。你等要菜鱼，请照顾别人，我这鱼却只卖给人家做放生之用的。"人家听了她的话，不免笑她痴呆，以为鱼虾之属本来是供人口腹的，如何却说是放生，果真买了鱼拿来放生，还不如将金钱向海中抛掷好得多呢，于是就悄然而去。菩萨到了晚间，也和众人杂居在金沙滩畔。次日仍旧提篮入市，可是依旧找不到主顾。

如此一连几天，就惊动了一位有心人。此人姓马，大家因为他是个卖鱼郎，故都叫他马郎。他见菩萨卖鱼，天天没有生意，她那篮中却天天老是那两条鱼儿，干放着却如何并不会死，兀自有些奇怪。他便留心察看，

---

① 大慈相：大慈一般指弥勒佛。观音菩萨一般称"大悲"，故这里的"大慈相"当指大悲相，下文"圣现自在菩萨"可证，即圣观音、正观音相。

又不见甚么特异之点。马郎十分纳罕。同时金滩上的许多渔户,对于这美丽卖鱼女子,都生了爱慕之心,不久就有许多人向她说亲,争着要娶她为妻,一共倒有二十余人,马郎也是其中的一个。菩萨倒也并不嫌他们亵渎,只善言向这许多求婚的人说道:"一女配一个丈夫,这是天经地义。我现在只有一个身体,终不成尽配你们这二十多人啊?我如今却有个办法在此,做选择的标准,但不知你们可肯依从?"

大家争着要想得她为妇,听说有办法,自然都乐于接受,向菩萨请教。菩萨道:"我会得教人诵经,现在就拿这个做标准,由我将《普门品》口授给你等,凡是在一夕之间诵得熟的,我就嫁他为妇。"于是大家就请她教授,由菩萨一句一句的背诵出来,大家一句一句跟着念去。教了一遍,又是一遍,倒来倒去,念不绝声。学诵的人,都专心一志,可是天资生得各有高下,一夕功夫,其中能够背诵的,却有半数;那一半背诵不出的,自然绝望而去。惟留着的一半,又争着要娶她了:你说你诵的绝熟,这女子应该归你;我说我念得流利,这女子应该归我。不免纷扰起来,几乎闹成打局。菩萨止住大家道:"你等休得相争,我还得再行挑选哩!《普门品》是佛家初乘,容易学得会,不能算数。现在可换《金刚经》,仍由我口授,也规定一夜,学得会的,我得嫁他为妇。"大家又高兴起来,仍请菩萨口授,十多人又静心学习,一句一句的念着。

这《金刚经》可就不比《普门品》来得容易了,整整的学了一夜,十多人中只有四人学会,那其余的被淘汰了,怏怏而去,自然不消说得。那四个人同声说道:"美女啊,我们现在还有四人哩!你到底愿嫁哪一个,爽快些说一声罢,我们绝不争夺的。"菩萨道:"不行不行。须知我对于你们诸人一视同仁,并没有什么好恶之见存在里边,只看大家的缘法。若由我指定,就欠公平。如今还得待我再挑选一番,以定此身的谁属。"四人没法,只得听她的指挥,向她问道:"《普门品》不算,又是《金刚经》;如今《金刚经》依旧无效,不知又要弄些什么花头经出来哩!请你快些说出来罢。"菩萨笑

道:"你等休要猴急。我这部经却非同小可,是佛家大乘宝藏,名为《法华经》。如今就用此经教授你等,如能在三天以内将此经诵熟的,我准嫁他为妇。"四人得妇念切,自然一口答应,于是仍由菩萨一句一句的教诵。转眼三天期满,能够背诵的,却只有一个马郎;其余三人,懊丧而去,自不必说。

当下菩萨吩咐马郎先行回去,具礼成婚。入门之后,菩萨却弄了小小神通,变成死的模样,并且皮肉立刻腐烂。马郎空欢喜了一场,到此也只是没法,就将尸体去葬了。大家闻知此事,反觉自己庆幸,把以前的懊丧却全抛了。马郎到此就誓不娶妇,闲时就把菩萨教他的三种经文念诵消遣,觉得津津有味,有些感悟。

再说菩萨自脱身而去之后,时隔数月,见马郎悟性已开,便化身为一个和尚,前去找到马郎,与他谈论佛法,指示迷津。然后问起他娶妇之事,马郎一一告知。菩萨道:"你可知那美女毕竟是谁人啊?她却是南海普陀落伽山观世音菩萨啊!她却特地到此示现感化与你的。你如不信,可同你去将坟刨开来,一验她那骨骼,就可以知道了。"马郎果真带了一把铲子,来到坟前,扒开来一看,不觉大喜过望。正是:

　　　　佛法无明净,有缘度众生。

欲知后事如何,且待下回分解。

观音得道

## 第二十九回　责贡蛤蜊民不堪命　消除疫疠手到生春

话说马郎听了和尚的话，果真携铲来到美女埋葬的地方，扒开坟头一看，不觉大为惊喜：哪里是甚么尸身，却留着一副黄金锁子骨。和尚道："如何？你如今可知道观世音菩萨的法力了。菩萨因为这一方的百姓不知礼节，愚蒙可怜，故特地化身美女，前来点化大众。合该是你的缘法，授了大藏《法华经》，你就该本菩萨的宗旨，抱定宣扬佛法、劝导大众的心志，将来功德圆满，不怕没有你的好处啊！"马郎连连应诺，说话之间，和尚却又不见了。从此马郎便把间草屋改作茅庵，塑起观世音菩萨的法像，但所塑的还是卖鱼美女的形状，一手提着鱼篮，故世称为"鱼篮观音"；又因为当时名义上曾嫁马郎，故又称为"马郎妇观音"。其实都是观自在菩萨的化身罢了。

再说菩萨自点化了马郎之后，一路沿海而行。那一日到一个所在，见有一股怨气，聚结不散，菩萨就动了慈悲之念，化身为一个行脚僧人，到民间去访问。原来此间地名宁波，是东南海口的重地，出产丰富，尤其是海洋珍味居多数，百姓富足，安居乐业，又值盛世，本来不知有什么疾苦。可是近几年来，因为一件贡品，就闹得鸡犬不宁，民怨沸腾起来，你道为何？原来那时唐文宗在位，他生平最嗜食蛤蜊一物，真是爱如生命一般，

几乎不可一日无此物,没有此物,就不能吃饭。蛤蜊一物,虽各处海口都有出产,但要算宁波出产的最为名贵,肥嫩鲜美,无出其右。既是皇帝爱到此物,自然要责令宁波贡献了。蛤蜊是宁波的土产,宁波的渔户又多,进贡些些,讲来也算不得什么啊,却为何竟民怨沸腾呢?端因官府差役等人,狐假虎威,借了责贡这问题,就大大的剥削百姓起来。渔户进呈贡品蛤蜊,自然不敢含糊,先行选择一遍,然后呈缴给责贡的差役。那时差役便摆出他们上命差遣的面目,左不是、右不是的一味挑剔,不是嫌你选择不均,就是说货色不佳,总不肯给你一个爽爽快快过秤录收的。你若是事先送几贯给这衙役,就是货色果真欠佳,他们也一样的收下来;你若是不花钱的话,他们就给你一个干搁,三天五日不给你过秤,纵然磕破头去苦求,也是不理不睬。蛤蜊是最易死的,几天一搁,又得重行采捉,结果还是要用钱。你若因此而误了限,就捉到当官,办了一个大大的罪名,包你吃不了兜着走。并且别种贡品,每年一回,每年两回,次数是有一定的。独有蛤蜊,却一年到头不断的要贡,故宁波一班渔户,也就一年到头的在责贡中度日。贡些蛤蜊本没有什么,但是每次要贴上几贯差役钱,这却老大吃不了。故数年之中,把那班渔户,富的弄得穷了,穷的弄得卖妻鬻子、家破人亡了。因为一人口腹之好,不知破了多少人家,说来正自可怜呢!那么,这班渔户未免太笨了,难道不能改业避免这种苛政么?却又不然。官府事前就有准备,先将渔户查明记录,凡是名字被录去的人,就逃不得差,并且不准中途改业,非到本人身死,决不能逃免。故很有些人因欲留些产业给后辈,不惜牺牲他自己的性命,去自杀的。你想在这种情形之下,又怎教那些百姓不怨气冲天呢?

当下观世音菩萨来到宁波,问明了这种情形,兀自摇头叹息,暗想:"这一班可怜的百姓,也是前生造孽,才罹此厄。如今我不相救,他们那有脱离苦厄的日子呢!"菩萨便走到海滩,见那时恰好潮头欲上,许多蚌蛤之属都张壳迎潮,那些渔户却冒死的捕捉。只听得一片长吁短叹一声,观世音菩萨便暗中运用她的法力，把自己的庄严宝相，深深地印入蛤蜊中去。在那些渔户，可是终没有觉得，个个捕捉满了数，自顾的前去缴纳，好似还债一般。这班渔户正在无法摆脱这种苛政，求生不得、求死不能的时候，忽然上面下旨停止责贡蛤蜊，并且禁止捕捉，诏各县设立观世音菩萨庙宇，供养大士。宁波的一般渔户听了这个消息，怎么不喜出望外，距跃三百呢？但如何会突然有此一道旨意下来，大家终是猜想不透。后来几经打听，方才知道个中的原因，却是观世音菩萨暗中救助之力。受惠的人，自免不了皈依莲台之下。

原来，那一批蛤蜊进贡入都之后，御厨见了新鲜之品，少不得就里边挑择了几个肥大的，预备作羹上进。不料第一个剖去，就坚如金石，再也剖不开来。御厨就觉得十分可疑，待到用力一劈，只见金光闪处，"素"的一声，那蛤蜊就裂开了，中间却并不是蛤肉，倒是端端整整一个观世音菩萨的法像，质地精莹透彻，似玉非玉，似珠非珠，只觉得光华夺目。御厨见了，不觉大骇，不敢隐瞒，便拿去奏明上边。文宗也十分骇愕，便命用金饰檀盒贮藏起来，一面下旨罢贡蛤蜊。后来召见恒正禅师问起此事，禅师道："物无虚应，这是菩萨欲启陛下信心，以节用爱人罢了。佛经上说：'应以菩萨身得度的，即现菩萨身而为说法。'"文宗道："菩萨身是看见了，只是没有听得菩萨说法。"禅师道："我只问陛下信与不信？"文宗道："事实彰明，怎样敢不信呢？"禅师道："既然如此，陛下已不啻听得菩萨说法了。"文宗因此大悟，以后永戒食蛤，并令合天下的寺庙都另辟一殿，供养观世音菩萨。因为这一次的观世音菩萨法像出现在蛤蜊之中，故世称"蛤蜊观音"。这并不是做书的胡诌，好为玄谈，此事在《佛祖统记》《普陀山志》等书，都有同样的记载哩！

当下观世音菩萨自海滩将法像感应了蛤蜊，救了一班渔户贡赋之苦，便一路行来，直到山东登州府地界。其时正值盛夏，疫疠盛行，死伤相继，实在凄惨万状。一班庸医俗子，又没有奇方妙药，救得此疾。菩萨知道此病都由正气亏耗,被外邪侵袭所致,只有藿香可治,便入山采药,化装为一个卖药老叟,肩荷药囊,入市求售。那边的百姓起初见了这外来之人,不敢尝试。后来有一班贫苦无钱的人,听说他肯施诊给药,于是渐渐有人求治,果然药到病除,这才大家注意,纷纷求治。在两三个月内,不知救了多少生灵。直到疫气全消,菩萨才示现给智林寺优昙禅师,传了藿香治疫的灵方。优昙禅师向大众宣说之后,大家才知道是菩萨示现。于是一班受惠的人们,个个捐金起建观音庵,塑起观世音菩萨法像,虔诚供养。但是所塑法像,面目打扮虽与别处的相同,但手中不捧净瓶杨柳,却是拈着一棵药草。这也是当地人民不忘报德的意思,既受了药草之惠,故就塑菩萨拈着药草做个纪念,这就是世称为"施药观音"的啊。后世病家在危急无法时,往往到观音院里去求签请药,实在也是滥觞于此哩!更有那一班虚名和尚,滥刻药方,凭人求取,借此敛钱。这非但是佛门之蠹,并且会得害人,那真可恨得很,岂是菩萨救世济人的本旨啊!菩萨此去,又化身"不肯去观音",往潮音洞住息,留下许多圣迹受后人瞻礼了。正是:

　　圣迹经留处,慈悲救世人。

欲知后事如何,且待下回分解。

## 第三十回　游五台夷奴盗法像　拒寇乱菩萨现奇容

话说观世音菩萨自在登州府施药救灭了疫疠之后，当地百姓经优昙宣说，知是菩萨示现救世，大家都捐资建造观音庵，塑着施药观音供养着。菩萨便隐身在此小息，间常出入民间，点化有缘之辈。那一天，心中忽然一动，菩萨便施出天眼通的妙法，运用慧眼，向四下一看，就明白一切。暗想："原来那夷鬼子在那里出花样，倒不可不去走一趟哩！"于是便又一路向浙江而来。

你道为何？原来那时有一班东夷国人，到中土游历，听得五台山的胜境，便先到那边玩赏。但五台山佛寺众多，并且规模宏大，所有的佛像，不是宝石雕成，定是白玉琢就，端的是庄严灿烂，五色缤纷。那东夷之人，生性最为狡猾，一见了许多珍宝，就动了觊觎之心。他见法华寺中，有尊观世音菩萨的法像，完全是白玉琢成，手中捧定净瓶，瓶中却插着一朵莲花，坐下的莲台也是白玉雕就，而且是整块的羊脂白玉雕就，十分工细，长有三尺左右，确是稀世之物。那班东夷看在眼里，就动了不良之念，大家一商议，便乘着寺内役人不留意的当儿，偷窃了就走。等到寺中人觉察，那一班夷人已经逃得不知去向，失去的玉观音自然也没有着落，只得罢休。

再说那班夷人，自从偷得玉观音，一路欢欢喜喜的逃过来，绕道浙江，

想由此出口,渡海回国。观世音菩萨就在此时受了感应,立刻动身赶来。恰好夷人舣舟在潮音洞下①,待晓开船。菩萨就施展法力,霎时间洋面上生出万朵莲花,绿叶摇风,把洋面完全遮蔽,使人辨不出东南西北。到得天明,夷船待要解缆,却竟找不出一个去路。正在慌急之际,忽然风浪大作,将一条小船吹得上下不定,几乎翻过身来,把几个夷人吓得魂飞魄荡,不知所措。大家再向普陀岩上望望,却见观世音菩萨手捧宝瓶莲花,端端整整的立在巅上。夷人到此,方知是菩萨的法力,于是再拜哀求,愿将五台山偷来的观世音菩萨玉像留在潮音洞,让这一方百姓瞻礼。祷告一番之后,顿时风平浪静,洋面的莲花也都不见了。夷人将玉观音送到潮音洞,然后开船远去,不在话下。

当菩萨显迹之时,适有张氏居民,亲眼看见此事,便传扬开去。张氏又募化了金资,就将自己的屋宇改建为观音庵,供奉玉像,自己便皈依座下。当时远近的人闻知其异,都来瞻礼,大家因为这尊观音不肯随夷人东去,故呼为"不肯去观音",其实乃是"持莲观音"的宝相。该处洋面,因为观世音菩萨用莲花阻止夷舟,故称为"莲花洋"。普陀山直到现在,还算是江浙一带佛教最盛之地,世俗竟有"小西天"的话头。善人善地,故菩萨肯将这尊法像留在此地啊。

再说那时正当唐末,天下扰攘,黄巢、李克用等尤为残忍不仁②,弄得生灵涂炭。浙江临安人钱镠③,虽则是一个寻常小百姓,但生就的忠肝义胆,练得一身好武功,看了当时扰乱情形,甚为不平,便召集乡勇,自成一军,屡建奇功,吴越安堵。当他起兵以前,虽有保障东南的意思,但资粮器械既不易得,万一不巧,反弄上个作乱犯上的名头,贻羞钱氏。他有了种种顾忌,对于起兵之事,便迟迟不决起来。那一天,忽然梦见观世音菩萨向他说道:"钱镠钱镠,你莫再踌躇。你既有保障东南之意,拯民水火之心,

---

① 舣(yǐ)舟:停船,泊船。舣,停泊。
② 黄巢:唐末农民起义黄巾军领袖。李克用:唐末割据者。其子李存勖建立后唐,尊其为太祖。
③ 钱镠:五代十国中吴越国的建立者,在位期间有修钱塘江海塘等德政。

这就是一片善念。天佑善人，虽百战也不会败北，快些起兵罢！"钱镠便将种种困难之点告诉菩萨，菩萨道："你莫畏缩，须知道'千般手眼，只在一人'，你如不信，且看我来。"当下钱镠只觉眼前金光一闪，菩萨已现出千手千眼的丈六金身，向他说道："钱镠啊，你须知道，为人要有千般手眼，才做得千秋事业。你休要迟疑不决，尽管放胆做去，东南无数生灵，都系在你一个人身上哩！二十年之后，可到天竺山中来寻我便了。"钱镠一梦醒来，不觉大异，暗想："既然是菩萨指点于我，一定是不会错的"，便决计起兵。一面召集大众，告知菩萨示梦的情形；一面命人画了一轴"千手千眼观世音菩萨"的法像，悬挂在家中，朝夕焚香礼拜，虔诚供养。当下投奔他的人，听说有观世音菩萨在暗中护佑，大家自然心宽胆壮，能收百战百胜的奇功。也只为了一念，果然保障得东南半壁平安，钱镠也由杭州太守做到吴越王，留名千古。

二十年后，他记起了菩萨天竺访寻的话，便往天竺山中去寻。寻到天竺，只见一个僧人端坐石上，手中执着一本经卷，专心阅看。钱镠只当是菩萨化身，便倒身下拜，口称："弟子遵菩萨吩咐，得有今日的功业，大家已不敢正视东南。现在局势粗定，弟子也厌倦尊荣，还望菩萨方便收录。"那僧人急忙还礼道："大王休得误认。贫僧一空，实因往礼潮音，行脚经过此地，果然遇见过菩萨，但当时却不知道。也只见一位僧人，坐在地上看经，贫僧就向他问讯，他说与贫僧有缘，愿将这《大悲心陀罗尼》、《大悲经》各一卷，授与贫僧。并且说今天大王要到此地来，叫贫僧在此相候，如见大王，顺便传言：现在大王功成名就，百姓爱戴，宣扬佛法收效必宏，劝大王在这上面积些功德，将来机缘到时，再来相度。贫僧到此，才知遇到菩萨，礼拜一番，菩萨又隐身去了，故此贫僧就在此相待大王。"钱镠道："既然如此，正是我们合该有此缘法。菩萨示现于此，原来是个善地，我想在此间建造一座看经庵，就烦大师主持一切，未知大师意下如何？"一空和尚连声称善。于是这位吴越王钱镠就去拨了一笔资财，由一空招工雇

匠，在上天竺大兴土木，建造了一座美轮美奂的看经庵。所塑的观世音菩萨，乃是趺坐看经之状，坐的莲台就是用菩萨坐过的那块白石雕琢而成的。从此，世间又有了"持经观音"法像。那座看经庵由一空住持。

吴越王自听了一空传述菩萨法谕之后，除建造了这座看经庵之外，到处兴修寺院，广宣佛教，大江东西大小百余寺，都是钱镠一人所兴建。当时吴越的百姓，因为受到钱镠的保护，得能平安度日，爱戴之心，自然不消说得；钱镠王既然信仰佛教，那班百姓们自然景从响应①，大家都成了佛国的信民。此风流到现在，苏杭一带的百姓相信佛的，也比别处来得众多。外路的人，且有"上有天堂，下有苏杭"的话，直把苏杭当做佛国了。

再说菩萨自点化钱武肃王之后②，随处化装了各色人物，在民间来往，指点迷途，拯拔苦厄，游行自在，但世人却无从识得。那一天来到九华山下，抬头观看，此山端的生得清秀宜人，上面有九个山峰，虽则高下参差，但都与莲花无异，九个峰就如天空中长着九朵莲花一般，九华山的得名，也就是为着这一点。山中寺院，也就不少。菩萨此时化装着行脚和尚模样，一路上山，想去指点愚僧，留些显迹。走到一个山坳里，忽听得有人在那里念《多心经》。菩萨循声走过去一看，却原来是一个西域僧人。正是：

　　　　空山清净地，风动杂梵音。

欲知后事如何，且看下回分解。

---

① 景从响应：如影之从，如响之应。景，通"影"；响，回声。
② 钱武肃王：即吴越王钱镠。

观音得道

## 第三十一回　莲花峰番僧面壁　少林寺李全招降

话说菩萨到了九华山莲花峰的山腰里，忽听得有人在这里朗诵《多心经》，便循声走过去。举眼看时，却是一个西域僧人，面壁跌坐着，在那里志心虔诵。

你道这个和尚是谁？说起来却也是个很大的来头。他本是罽宾国的王子①，因为生有宿根，故自幼即敝屣尊荣，遁入空门，研究佛家奥旨，功行精进，早已深入三藏，博通大乘，自号为求那跋陀，发大愿力，誓将西方大乘之教传入中土，故飞锡东游，欲向大众宣诵《华严经》。可是与前次的沙门跋陀一般，因言语隔绝，讲解不通，心中十分愧叹，深恨自己功行未深，以致有此，就遁入九华山，在莲花峰一个石窟中面壁跌坐，不断的念诵着《多心经》，希望感动菩萨，指示迷津。可巧今天菩萨适从此处经过，闻声而至，早就知道他的意思。菩萨暗想："难得这求那跋陀有此坚定意志，如今我不点化于他，更有何人能点化他呢？"于是便将身隐过，暗中幻化了去指示他。那求那跋陀当日夜间，在入定之时，就觉得石壁之上忽发现了一片光华，隔了半晌，光华之中就涌现出一朵莲花，莲花中间又涌现出观世音菩萨的法像，菩萨顶上又现出一匹宝马。求那跋陀便将事诉说一番，

---

① 罽（jì）宾国：西域古国。

请菩萨慈悲。菩萨只是含笑不言,却见那匹宝马发开四蹄,在寰宇之中奔跑。求那跋陀到此恍然大悟:明明菩萨在告诉我,欲通华语,非周游中土,用心学习不可。他领悟了之后,石上的幻影就不见了。

求那跋陀次日即便离了此地,到处云游。九年之后,所有华语,无所不通,于是重归九华山,宣说《华严经》,果然人人了悟了。求那跋陀于是就在昔年面壁处建庵塑像供奉,那一尊观世音菩萨法像,其余与平常的一般,只是顶上却多一匹宝马,故世人称为"马头观音",也称为"马头明王",后人尊为畜牲道的教主。

自从这一尊异状的观音塑成之后,一班善信都有些疑惑起来,以为好好的一尊观世音,如何顶上却添上一匹马,畜类居上,岂不亵渎了菩萨?于是在求那跋陀讲经说法之余,便将此意,向他请教。求那跋陀将前事告知大众,然后说道:"佛家轮回,分为六道,就是地狱道、饿鬼道、畜牲道、阿修罗道、人道、天道。观世音菩萨本大慈大悲、救苦救难的宗旨,故也分为六相。大悲观世音破地狱道三障,此道苦最重,故宜现大悲相,世传的千手观音就是此道的部主。大慈观世音破饿鬼道三障,此道饥渴,宜现大慈相,世传的圣观音就是此道的部主。狮子无畏观音破畜牲道三障,兽王威猛,宜现大无畏相,这位马头观音就是此道部主。大光普照观世音破阿修罗三障,此道猜疑嫉忌,宜现普照相,世传的十一面观音就是此道的部主。天人丈夫观世音,破人道三障,人道有事理,事优骄慢称天人,理则佛性称丈夫,故宜现天人丈夫相,世传的准提观音就是此道的部主。大梵深远观世音,破天道三障,梵是天王,标王得臣,世传的如意轮观音就是此道的部主。所说的三障,就是惑障、业障、苦障三样。观世音菩萨既各主一道,宝相也就因之而异了。这尊马头观世音在六观音中还不算得异相。像十一面观音,共有十一副面目,当前三面作菩萨面,左厢三面作嗔面,右厢三面作金刚面,后一面作大笑面,顶上一面作佛面,个个不同。又如准提观世音,一身十八臂,面有三目,上两手作说法相;右面第二手施无畏，第三手把剑，第四手把数珠，第五手把微若布罗迦果，第六手把钺斧，第七手把钩，第八手把跋折罗，第九手把宝鬘；左边第二手把如意宝幢，第三手把莲花，第四手把澡罐，第五手把索，第六手把轮，第七手把螺，第八手把净瓶，第九手把《般若波罗蜜经》箧子，七宝庄严，又是一副法相。至于如意轮观音，六臂金身，顶髻宝庄严冠，坐自在王，住于说法相。右第一手思惟，愍念有情故；第二手持如意宝，能满众生愿；第三手持念珠，为度傍生苦。左第一手接光明山，成就无倾动；第二手持莲花，能净诸非法；第三手持轮，能转无上法。这又是一副宝相。世俗见识不广，故见了这尊马头观音，以为诧异相。实不知菩萨具广大神通，何相不可以幻化，异相正多着哩！贫僧从今起，发愿化缘，塑全这六尊观世音菩萨法像，也好垂示后来。"大家听了这番话，方才恍然，个个认捐金资材料，不足的由求那跋陀到民间去募化，完成这六观音的工程。我算一言表过，以后不再提及了。

　　我在这里，又有几句话要交代一下。佛教的主旨，不外乎警世与劝善两途，至于菩萨是否有此相示世，佛家虽如此说，我们正也不必斤斤计较他的有无。大概所现示的善相，那就是劝善的意思；所现示的畏惧相，那就是警惕的意思。菩萨不必真有此相，说的人不妨如此说，塑的人不妨如此塑，那说的人、塑的人就具有菩萨心肠。譬如说沙尘的微细，我的目力辨不明白，这并不是没有沙尘，乃是我目力所不及。他说菩萨有这种种宝相，人家不能见到，也就不能说没有这回事，只能怪自己目光的不广罢了。我只要能够接受菩萨劝善和警惕的苦心，那么任便菩萨现何宝相，左右还是一个菩萨，所说的"善知识"三字，大家正当细心体会啊！

　　再说当时菩萨的真身，早已离了九华山，又折向河南地界而来。那边本是历代帝皇之都，素称为洞天福地，不料近来却又遭了兵刀之灾，弄得百姓颠连困苦，四散逃亡。原来那倡乱的却是李全，他们夫妇二人，各使一浑铁枪，勇猛无比，号称李铁枪；又说甚么李氏梨花枪，天下无敌，故

声势非常浩大。所部也着实不少，到处劫掠焚杀，无恶不作，真如海堤水决，端的势如破竹，没人敢撄他的凶锋①。因为这班人都用红巾为号，大家都呼红贼。贼势蔓延，直到登封县地界，方才屯住，不敢长驱直入。

你道为何？原来登封县的西面，有座少室山，山上有座少林寺，是达摩禅师所开创。此寺以武功著名，一行僧众，个个精于拳棒，并且是独家秘传，神奇变化，不可测摸。李全虽勇，但震于少林寺的威名，也不敢去惹他们。他打算设法将僧侣招降下来，另编一枝和尚兵，合着自己的所部。派人送到少室山少林寺中去，大意不外"投降了，共享富贵；不投降时就要兴兵攻打，玉石俱焚"等语。你想少林寺的住持原是有道高僧，就是一班徒众也都一志修行，断绝尘缘，哪里肯跟这班红贼去干那杀人放火的勾当，造那万般恶业呢？故一口回绝。送信人回营告诉了李全，可是他心还不死，又派人用甘言厚币去诱致他们，和尚仍旧付之一笑。临了儿李全怒了，又派人去说：限期三天，如其不率众归顺，就要围攻山寺。寺中住持见他们一味歪缠不清，十分讨厌，就把传言人割下两个耳朵，撵出山门。这一来就伏了祸机。正是：

持心维正道，割耳警强梁。

欲知后事如何，且待下回分解。

---

① 撄（yīng）：接触，触犯。

## 第三十二回　少室山大士退红军　洛阳市群生照宝镜

话说少林寺住持和尚因红贼李全遣使招降，一味歪缠不清，十分讨厌，便向来使道："出家人受十方供养，与世无争，如何肯甘心从贼？本当将你杀了，以绝李贼之念。现在看在佛祖分上，饶了你性命，割去两耳示警，回去对李贼讲，叫他绝了这条心念罢。"于是便将来人两耳割下，撵出山门。那人一路抱头鼠窜逃回营中，告知李全，李全不觉大怒，便传令进兵围山。那时附近的百姓恐遭寇祸，都扶老携幼的逃避。观世音菩萨见了如此情形，问明一切，暗想："佛门清静之地，万不能容这班强寇去滋扰。少林僧众虽擅武功，究竟众寡悬殊，势难相敌，还得待我去帮助一臂哩！"

菩萨此时本来化装一个行脚僧人模样，赤着双脚，一路往少林寺而来。到得寺里，照例拜了佛祖，参了执事众僧，挂单小住。那时适因灶下缺少一个烧火的和尚，执事的便命菩萨去充数，如此一住两三天。红贼攻下山头，十分紧急，阖寺僧众虽协力同心的守御，到底众寡悬殊，看看有些支持不得。菩萨想"此时不下手，更待何时"，便抽了一根铁棍在手，冲下山去，大吼一声，挥动宝棍，杀入贼人队里，如同风卷残云一般。远远望去，只见棍头起落，马仰人翻，就是李铁枪上前交手，不及三合，一棍打下马去，被乱军践踏而死。李全的妻子也战败倒下去，仰天长叹道："四十

年梨花枪天下无敌,不想今天却输在一个和尚手里,还有甚么面目见天下人呢!"就倒枪刺喉而死。主脑既去,一班部众死伤的死伤了,余众都四散奔逃。从此红军之乱,竟一鼓荡平。菩萨到此,一耸身跳在嵩山御寨之上,现出大威猛宝相,少林僧众才知是菩萨显化,都罗拜称谢。于是便将此大威猛相塑成金身,另起观音殿供养,这就是"阿摩提观音",怒目瞋容,手执宝棍,相貌很是可怕,与别处供养的又是一副面目。

当下菩萨虽然将红军杀散,还恐怕他们变成散股,为害民间,便又化装了一个村妇模样,拿着一只锦匣,匣中放着一面青铜宝镜,走到洛阳市上求卖。当时就有一班人去向她问价。菩萨道:"我这面镜子是一件稀世的宝物,实实的要卖一千两纹银,多一文也不要,少一文就不卖。若然失此机会,往后去,就出十万八万银子,也是买不到哩!"有一个好事的青年插嘴道:"小小的一面铜镜,却要这大价钱,毕竟有甚好处,你且说说看来。"菩萨道:"我这面镜子好处正多着哩!第一便能照见人心的善恶,第二便能照过去的一切,好好歹歹,丝毫不爽。有这么两样好处,难道一千两银子还不值吗?"那少年道:"老奶奶,你休打谎,世间哪有此等宝物?却叫人有些不信。不知你肯让我试照一下吗?"菩萨道:"这倒也使得。只是借你一照,须纳三文青钱。"少年果真摸了三文青钱给菩萨,菩萨便从匣中取出铜镜,执在手中,向少年道:"来照来照,但须要聚精会神,不要胡思乱想,才照得真形。"

少年对镜约有一杆烟功夫,果然见镜中现出的一切,都是自己已往的所作所为,临了儿却堕入畜牲道中,投生为一条母狗。他看了不觉心惊意乱,连称奇怪。可是别人从后面看去,仍旧是一面空空洞洞的铜镜,一些儿痕迹都没有。菩萨将镜收了,问道:"照得可满意?三文钱值不值?"少年额汗涔涔,神色灰败,连称:"好好好!值值值!"旁人见了他如此神气,争着向他询问所以来。少年哪里肯说出真情,自出其丑,只向众声言道:"众位也不必问我,如其有意思,不妨花费三文,也照一照,包管能够满意就是了。"毕竟好事的人多，一听了少年的话，争着要一试这新鲜把戏，你也出三文，我也出三文，轮流着试照。没有照过的争先恐后，照过的不是哭丧着脸，便是攒眉蹙额，现出失望的颜色；最低限度，也得露出十分惊异的神情。大家你看着我，我看着你，口虽不言，却是彼此心照不宣。

这么一来，瞧热闹的人也着实不少，风声一传开去，真有万人空巷来观之慨呢！菩萨却只向着大众含笑不言，由辰至酉，足足照了三千来人。这三千来个人里面，照了忧愁懊丧的，倒要占十分之九；喜悦愉快的，不过十分之一。当下菩萨向众说道："如此宝物，只费一千两银子，却终于只有照的人，没有买的人，可见俗眼到底没有识货的人。天已不早，老身却要走了。"说罢便将铜镜收放在匣子里边，站起身来，弹了弹衣上尘沙。抬起头来时，法像却又换了，在各人眼中变成种种不同的形状：在恶人眼中看去，那老奶奶顿时变成金神七煞模样，十分凶恶，看了令人胆战心惊；在寻常人眼中看去，或作瞋怒之容，或作忿恨之状，也是令人寒心；只有在善人眼中看去，却是慈眉善目的一位观世音菩萨。

当下有一班人受了惊吓，纷纷逃走，在一阵混乱之中，那老奶奶已不见了。于是大家知道是菩萨来点化大众，彼此各述所见，大概可分为三副面目：一副是慈眉善目的菩萨面，一副是大忿怒面，一副是含瞋面。其中有几个老人提议：好在刚才每人所出的照镜钱仍留在此，就用来在原处建庵塑像供养。这一尊像，也分三面，正面菩萨面，左厢是大忿怒面，右厢是含瞋面，手持宝镜，俗称为三面观音，其实是"游戏三昧观世音"啊！自此之后，那一班有过作恶之人，因为照见来生受苦情形，也都憬然觉悟，改过自新，涤涤罪业。此间民风，因受了这个感化，真是醇良了不少哩！

再说菩萨自洛阳留了一相，脱身而去，一路云游，直到江北地方。只见那边民风强悍刁恶，不知礼义，只贪财物，只要有利可图，为盗为娼，都心甘意愿。故奸淫盗杀之风，比了随便甚么地方都厉害，连官法也治不胜治。菩萨要点化他们，便化装了一个肥头大耳的和尚，带了无数金珠宝

物。一路行来，入了这班贪得无厌之徒的眼，便生了觊觎之心，结党呼群，将他拦路邀住，问道："何方僧人，大胆到此？出家人又何来这许多宝物，敢莫是抢劫来的？快快献出，放你过去，要不然休想活得性命！"菩萨道："我并没有甚么宝物，也不知世间甚么叫做宝物。只有为善修心，那才是宝物哩！"众人道："休得胡说！你身上的金珠翠玉，还算不得宝物吗？快快献上来。"菩萨道："你等指这些东西吗？贫僧正嫌它累赘呢？"于是就将一众宝物，取出放在地上，道："你等只拣喜欢的拿吧！"大家便一哄而上，七手八脚，争着拣值钱的抢夺，转眼间抢个罄尽；只留下一串婆罗子的数珠，大家却都不要，丢在地上。菩萨拾在手中，含笑说道："没中用的东西，倒一齐拿去了，怎么如此一串宝珠，却竟没人问信？这可见此间百姓，生来没有善根了。"

当下大家也不去管他，个个夺了东西，想到市肆中去变卖，多人不觉疑神疑鬼起来。正是：

　　　　佛宝人谁识，愚蒙疑鬼神。

欲知后事如何，且看下回分解。

## 第三十三回　幻香梨小警贪顽　托梦兆庇护善士

话说那一班人想拿了宝物去变钱花用，不料却都变作灰尘，随风散尽。大家都十分惊异，一商议之下，都以为和尚此时当没有去远，大家去找他说话。于是结伴追赶，直到慈云寺里，果见那和尚在此挂单，于是气势汹汹的向他责问。菩萨含笑道："贫僧所有的东西，列位已都拿去了。如今只剩得一串数珠，一只钵盂，列位原来也用不到这东西，故留还贫僧。如今却何故又来寻找贫僧呢？"众人道："你那宝物，我们拿去，片刻就都变为灰尘。这一定是你这和尚用的法术，故特地寻你来讨取，快快拿出来。"菩萨道："原来如此。我早就说过，那些东西并不是宝物，你们却一定要当他是宝物。现在我的话应了，却又说我作了法，要讨二重，叫我哪里来呢？如列位一定要时，依旧是那话儿，一定变不得钱。须知贫富各有天命，若用强力挣来的，一定享受不得。我劝列位还是省悟省悟罢！"

大家闻言，哪里肯就此甘休，都说："这和尚刁滑，非要给他些厉害，决不肯拿出来。"于是大家四面围攻，菩萨却乘此脱身，用一段香梨木植在地上，由他们扑击。众人打得手酸脚软，只得住手，定睛看时，见是一棵大木植在地皮中，大吃一惊。原来这段香梨木，正是寺中重价买来，预备雕刻佛像的。观世音菩萨因与此木有缘法，故特移来作替身的。众人中有

认得字的,见木上隐隐有"多宝观音菩萨"六个字,到此大家才知道那和尚是菩萨的化身,当时倒也深悔鲁莽,纷纷的散去。寺中的和尚,就将那段梨木雇匠雕成多宝观音法像,一身四面十八臂,每手各持一宝,与准提观音像仿佛。这是寺僧因欲符"多宝"之意,故引准提相来雕刻,其实当时菩萨并未有此等示现啊。

自慈云寺里雕成了这尊多宝观音供养起来之后,民间因为有那许多人的说话,知道菩萨灵感,都十分相信,香烟甚盛。在菩萨的原意,要使他们一心向佛,不做越分之事。不料那边的人的确没有善根,就误会了意旨,在起初不过求财求福,倒还罢了;到后来他们不问甚么事,都到菩萨面前来占卜祈祷,甚至于妓院鸨儿也来烧香叩求菩萨,保佑她们生意兴隆;小偷儿也来烧香许愿,求菩萨保佑他顺风得利;还有那痴男怨女也暗中请求菩萨替他们作合,野鸳鸯也来求保佑他们白头到老……烧香人中,甚么都有,如此一闹,把一位救苦救难大慈大悲的观世音菩萨,闹得乌烟瘴气,此间再也留存不得。

本来观世音菩萨虽说是拯拔一切苦厄,又哪里管得这许多歪缠的事呢?况且菩萨也不能因为受了一炷香烟,就保佑他们去做那不法的勾当呢!只得叹"此方业障太重,无法点化",终于迁地为良了。可巧那尊多宝观音像,手中所持的珠旛宝幢,的确是很有价值的宝物做成的,那一班鸡鸣狗盗的东西早就生了觊觎之念。中间有一个胡七,是一党的头领,因为屡做巨案,人家防范得严密,失了几次风,潜伏了几时,弄得十分窘急,于是召集了几个同党一商议,决计去偷那多宝观音手中的宝贝。在初大家还多顾虑,后来胡七自告奋勇,只叫大家在外把风,有甚么事都有他的,方才个个无话。安排停妥,到了晚间,果真由他独个翻入慈云寺里,索性把观音像背负了出来,驮到僻静所在,各自动手,把那法像十八手中所有的宝物完全取下,然后把观音像抛入长江之内,看他随波逐流而去。他们得手之后，自然欢喜万分，将赃物俵分了①，各自散去。

再说菩萨的真身明知此事，所以不去施展法力，阻止他们的行动，也委实因为此间不可久居之故。在他们将法像丢下江心的时候，菩萨早已渡江到了金陵，觅到一位有缘法的善人。此人姓潘名和，是金陵一个商人，开一家粮食行，家道小康；生平笃信佛教，行善修心，远近都称他为潘好人。只是他虽一心礼佛行善，生平却有一件缺陷，膝下只有一个女儿，却没有子息。他年纪已经五十六岁了，自揣无望，便打算将女儿招赘一个如意郎君，以作半子之靠，却又因选择过苛，高不对、低不就，一向延搁下来，直到眼前，仍旧一无成就。他那一天忽做了一个奇梦，梦见一位兜头的白衣尊者，向他说道："潘老儿，你明天到江口去等候，巳午之交，对江有一个四面十八臂的多宝观音法像，由江北那面漂来，你可好生打捞了，送往清凉山鸡鸣寺里，重行修整供养，就有无量功德。那边的石荷叶，也正好改作莲台。"潘和道："小老一切尊教。只是小老年将耳顺，膝下犹虚，不知是否还有生育之望？"白衣人道："这个容易，我就赐你一子便了。"说着从怀中取出一颗白围棋子，付与潘和。潘和正欲再问白衣人的尊号，却被他一推，就此惊醒。当下便将此事告知老奶奶。

到了次日，往江干去等候，果然捞得了多宝观音的法像，信心益坚，送到鸡鸣寺里。又出资将一片荷叶石雕成莲座，重塑金身。可是那尊法像略有损伤，不能直立，只好侧卧在莲叶之上，于是世俗就称这一尊观音叫做"莲卧观音"，又成了一相。

再说潘和不觉恍然大悟，知道托梦给他的就是观世音菩萨，于是便请了有名画工，将梦中所见的白衣人模样描出，怀中又加上一个小孩子，称为"白衣送子观音"，供奉在家。后来他果真不久就生了一个玉雪可爱的儿子，善人有后，也不枉他一生信佛的结果啊！故此风直传到现在，江南一带凡是无子的人，往往向白衣观音祈祷，拜求送子。其实潘和梦中所见的

---

① 俵（biào）分：按份儿或按人分。

白衣观音，手中却并不抱孩子，就是给他的也不过是一颗白围棋子。这抱孩子的法像，不过是潘和以意为之，叫人家见了，知道虔礼观音之后，无后的人也会得子罢了。后人就误会为大士当年果真有此示现哩！至于白衣观音呢，在三十三相中，原是有的，乃胎藏界的一尊，莲花部的部主。白衣是表示淳净的菩提心啊！今世所传诵的《白衣大悲咒》，就是此尊的法门。

那时菩萨又离开了金陵，一路来到姑苏。其时恰值兵灾之后，姑苏的百姓枉死于兵刀之下的，不计其数。菩萨于是就大发慈悲，广施法力，解除他们的苦厄，便化装为一个中年美妇，手捧杨枝宝瓶，来到冤魂结聚之处，叠石为台，高可数丈，菩萨就趺坐石台之上，念诵那破地狱障的《千手千眼观世音菩萨广大圆满无碍大悲心陀罗尼》。每诵千遍，便取过杨枝，在宝瓶中蘸了甘露，望空四面遍洒一周，然后仍插好杨枝，诵经如故。当地百姓见了菩萨如此情形，不明其故，诧为异事，于是传说开去。一时传遍了街坊里巷，一窝蜂的前来观看，有的说是化缘，也有说是作法的，纷纷不一。菩萨见大众疑念杂生，便向他们说出一番话来。正是：

　　　　群疑难自决，一语破迷津。

欲知后事如何，且待下回分解。

## 第三十四回　水月朦胧慈容隐现　情怀荡漾浪子操刀

话说菩萨结台诵经，超度那一班冤魂怨鬼，当地人士，不明究竟，纷纷往观，你一言我一语，议论不一。菩萨见他们疑神疑鬼，便向众宣说道："此间不幸受了金人之难，冤死了数十万无辜百姓，凄惨不堪。可是这许多冤魂，三界不收，六道不管，流散在外，漂泊无归，十分苦恼。贫尼本我佛慈悲之旨，既然有缘来到此方，不容不加拯拔。故此发愿结台，诵经四十九日，遍洒杨枝甘露，使他们脱离苦厄，往生乐土。众位不必猜疑，贫尼既不要募缘，也不要化斋，只了此一愿罢了。"大家闻说，方才明白。但中间又有那些好事之人，你一言我一语，向菩萨寻根问底起来，或者问他诵的甚么经，或者问她为何洒水，好似乌鸦鸣噪。菩萨又道："众位不必如此纷乱。此刻贫尼誓愿未了，恕不能与众位多谈，且等四十九日功德圆满之后，再与众位细谈这些。"大家听了，因为她是在那里替姑苏人做功德，又不索取酬报，一片好心，委实难得，故也不再追问，大家纷纷散去；由菩萨一人去诵经洒水，专等四十九日之后，与他细谈一切。

光阴过得很快，转眼之间，四十九日已如电光石火一般的过去了。那日晚间，菩萨功德圆满，大众也如期而集，听菩萨说法。菩萨开言道："前承询问所诵何经、所洒何水，且待贫尼来说与诸位知道。此经名为《千手千

眼观世音菩萨广大圆满无碍大悲心陀罗尼经》，此经可破地狱诸障，超度一切幽冥苦厄，诵满一藏之数，万劫全消。此水乃是功德水，遍洒十方，只要受得一滴，就可往生乐土。贫尼也算与地方有缘法，故无意云游到此，自应设法超度，使解除苦厄。如今功德圆满，贫尼也要往别处去了。"那许多苏人，见菩萨干了这么一场功德，端的不索酬报，一致向她拜谢。中间有人问道："我闻得观世音菩萨游戏人间，各处时常现示宝相。不知我等这一班人，有没有福分看见菩萨之面？"菩萨道："有有有！心中有佛，心即是佛。你等既有欲见菩萨之念，心中就有了一菩萨，当然可以看见的了。"那人道："菩萨在于何处？"菩萨指着河边道："那河水中央，不是菩萨吗？"大家就向指示处看去，果然看见水中一个影子，现出七宝庄严之相，众人相率膜拜。那一天正好是月中，一轮圆月，照得寰宇通明，水中团团的月影也反映生辉，只见那菩萨的宝相，冉冉的走入月影中去，渐渐的隐没。众人拜罢起身，那石台上的尼僧却已不知去向了。

大家到此，方才恍然大悟，原来那尼僧就是观世音菩萨的化身。于是一众善姓，各出资财，即就菩萨诵经之处，建筑一座观音庵，塑着观世音菩萨诵经洒水的法像供养起来，民间都称为"洒水观音"。在那看见菩萨在水中显身的人里面，有一个丹青妙手，名叫邱子靖的，又将菩萨显身时的情形，用工笔画出，月影婆娑，水光荡漾，大士七宝庄严的法相现身其中，端的出神入化，名为"水月观音"。此帧画像一出，一班善姓纷纷的求他绘画，或是借去临摹。故在当时，人家所供养的菩萨画像，大半是水月菩萨，其余便是洒水观音了。相沿至今，苏常一带，民间私家所供，还以水月观音为多哩！其实菩萨所以化现之意，不过示人以色即是空、空即是色的意思，使大家彻悟不生不灭的大旨。难得邱子靖也是生有宿根，悟得此旨，画出此尊宝相，留示后人，也无非要使人彻悟罢了。不过现在一班供养水月观音、念佛诵经的人，能够悟得此旨的，恐怕是百不得一罢，因为他们是单诵字句，不参义理啊！

闲文少叙。再说当时菩萨并未离开姑苏，只是另化了一身，寄迹人间，欲看此一众善姓之中谁有缘法，度化数人，以为世俗劝，使佛教可以广播。暗中观察，果然被她寻到了一个。菩萨见他生有慧根，将来得能证道，但目前灾祸临头，他既虔诚礼我，我不救他，谁还可以援手呢？于是便去化身指点他去了。你道那人是谁？却是一个药店主人，名叫贾一峰，平日间他抱定薄利主义，嘉惠贫病，总比别人家来得便宜；遇到实在窘迫无钱的人，他又肯赊欠，却并不索讨，因此有善人之名。他平日最信佛教，家中店内，都供着观世音菩萨，晨夕礼拜之外，没事时便坐在佛前念诵《观世音经》，一日不间。但是他虽然是个好人，他那妻子却生性淫荡，与邻家子有些不清白，外边都有些知道，只瞒过了一峰。人家都说："善人不报也罢了，却如何反受恶报呢？况且他又是信佛之人，难道菩萨是无灵的吗？"却替他暗中叹息。

　　可是因果报应，终是有的。那一天，一峰要往别省去进货，先一天夜间，忽梦观世音菩萨在他家现身，手中执着如意，顶上现出一条金龙，用如意敲着他顶门说道："贾一峰听了，你不久有大祸临头，我因你相礼甚虔，不忍见你身罹此厄，故来救你。如今有四句偈语在此，你听真了：'逢桥莫停舟，逢油即抹头，斗谷三升米，青蝇捧笔头。'切记切记，不要忘了此话！"一峰拜领而醒，将此四句偈语倒来倒去的念熟了，谨记在心。

　　菩萨的吩咐，他哪里敢于忘怀呢！第二天坐船动身，行不到半日路程，忽然遇到倾盆大雨，恰好行到一座桥下，舟子想在此桥洞中躲雨，一峰记起前言，连称："使不得，我们快摇过去，莫停莫停！"舟子看了他如此情形，不知何故，既然如此说，只得冒雨摇将过去。不到一箭之地，只听"轰通"一声，那桥已中断。舟子道："好险好险！要不是贾老爹吩咐，大家都没有命了！贾老爹，看你刚才那副神情，好像预先知道一般，真奇怪哩！"一峰便将菩萨示梦的事细说了一番，舟子也从此虔心礼佛起来。

　　一峰到了目的地，与各行商接洽就绪，付款载货而归。路上一来一往，

足足有两个月跋涉。这两个月中，他那妻子与邻家子正打得火一般的热，大有难解难分之势。一峰那日到家，已是黄昏时候，他因菩萨救了他断桥之厄，故一进门便到菩萨像前焚香拜谢。拜罢起身，那梁上挂的一盏长明灯，忽然绳断落下，里边的油倾得他肩背上淋漓尽致。他猛里却记起偈中的第二句，便略不迟疑的把油向头上抹，抹得满头光致致的与女人一般。当下换去外衣，与妻子叙了一番契阔，少不得提起断桥之事。少停吃过了晚饭，一同入房安息，不在话下。

再说那邻家子见一峰回来，不能过去和他妻子追欢取乐，不觉忿火中烧，睡在床上翻来覆去，哪里想睡得着，越想越恨。到后来突的动了杀心，去厨下找了一把切菜刀，翻墙过去，悄悄的掩入房中，步到床前，揭开帐子，举刀待砍，忽又缩住了，暗想："不要杀错了，那倒有点儿舍不得。"略一筹思，女人头上一定有香油气味，这个倒也不难辨别，于是用鼻一嗅，只闻得外床一个油气扑鼻，便认定里床一个是一峰，重新举起刀来，用尽平生之力，向里床的一个头上劈去，只听得"秃"的一声，脑瓜儿已劈成两半。一峰从梦中警醒过来，大声呼喊。敲石取火，很要一些儿工夫，邻家子已乘间遁去，四处搜寻，哪有一点儿踪影？正是：

　　　　今朝漏网去，终有被羁时。

欲知后事如何，且待下回分解。

观音得道

## 第三十五回　详偈语擒捉康七　入空门剃度一峰

话说邻家子一刀砍去，正砍在妇人左太阳穴上，"秃"的一声，劈开半个头颅，两脚乱蹬，已自死了。一峰从梦中惊醒，一面大呼婢仆，一面取出火镰，打火点灯。一阵子手忙脚乱，耽搁了好一会儿工夫，那邻家子已自脱身而去。

一峰见妻子被杀，十分伤惨，四下里找寻凶手，却又踪影全无，不得已便连夜去告知岳家。丈人到来一看，却硬派是一峰所为，他说："门不开，户不启，发生这杀人之事，不是你还是谁？"弄得一峰分辩不得。第二天便告到当官。官府相验之后，也疑是一峰所干，用严刑询问。一峰是个正当商人，又非江洋大盗，身体又极孱弱，哪里经得起种种苛刑，到煎熬不得时，只有自叹："命中注定，前世冤业，如其活受罪，不如一死完事。"他打了这个主意，便一口承认了。官府将他打入牢中，一面预备拟定献词，通详出去。不料下笔之时，却有十来个青蝇，飞集笔端，把笔头抱住；用手扑开，待下笔写时，却又群集，屡试都是如此。县官却疑心起来，暗想："此事遮莫里边真有冤枉，故灵蝇示兆？"于是与师爷相商。师爷道："待我到狱中去向他询问看来。"到得狱中，只见他在那里念佛，只说："你的罪名已定，念佛还有何用？"一峰道："菩萨曾说过相救的，决不谎人。"于是便

将赠偈之事，细说一遍。师爷听了"青蝇捧笔头"的话，不觉一惊，只第三句斗谷三升米，却解释不出。想了一会，忽灵机一动道："一斗谷除了三升米以外，其余七升不是糠还是什么？你可认得康七吗？"一峰道："认得认得！我家左邻那个少年，他就叫康七。"师爷点头而去，将此事告知县尊。第二天，便出签提康七到案，一询而伏，果然是他干的。一峰的奇冤，总算因此昭雪。

贾一峰自从受了这意外之灾，虽然脱了杀身之祸，但对于世事一发感觉到变幻无常，灰心已极。于是便将财产全部施舍给贫苦之人，决意到杭州灵隐寺，去投师剃度，顶礼空王①。他一路上行脚而往，那日到了嘉兴地界，他正睡在一家旅店之中，恍惚间似有人唤他的名字。举眼看时，却是妻子和康七二人，迎面浴血而来，一个手中提着血淋淋的断头，一个斜披了半个脑袋，形状十分凄厉可怕，正欲扑上前向他讨命。一峰见了，怎么不心惊胆战？待要逃时，可是房门却被两个厉鬼挡住，又无别条出路，弄得他无处脱身。正在惶急之际，忽想起菩萨来，便索性将两眼一闭，默念观世音菩萨法号。隔了一会儿，却不见鬼物扑近前来，才放胆睁眼看时，哪里还有什么厉鬼；只见一尊菩萨站在一张莲叶之上，一个赤身童子南无着手，对立作合掌朝拜之状，倏忽之间，也就隐灭了。一峰到此方如梦初觉，回忆刚才之事，似乎是梦，又似乎是真，弄得他莫明其妙。但菩萨两度显化的法相，却深深的印在他心上。其实境由心造，他这番就如入定的走魂，是一般无二的。

次日，他离了嘉兴县城，一路向杭州的路上而去。沿途过了不少乡村市集，到得一个胡家庄附近，见有一群人围聚在田埂间，不知何事，便走上前去。一看，却原来有王姓农人刨田，忽然触着一件坚硬之物，于是用锄在四周留心的刨去。到二尺深时，却现出一尊一尺半左右的佛像来，本是碧琉璃瓦质造成，十分工致，虽被泥沙掩住，亦可见其须眉毕现，故人

---

① 空王：即佛祖。

家多争来观看，围着一大群人在那里。一峰挨身过去，仔细看了一遍，道："合该你们这一方的百姓有点福分，故菩萨此身，托付到此。你们应当虔诚供养，包管往后去保佑你等岁岁丰登。此间可有庙宇？宜将此尊法像送往供养。"那姓王的问道："你这人既然口口声声说是菩萨，但是菩萨也有好多的名号，这一尊又是什么菩萨呢？"一峰道："这是观世音菩萨啊！"大家听了，都说："不对不对。观世音菩萨的法相，我们也曾看见过，却非如此装束，且多是女身，为何此尊却是男身，你倒说说看来。"一峰道："菩萨自从成道之后，周行寰宇，随时幻化，或男或女，或老或少，都不一定，有时还作种种法身警世哩，你等何必大惊小怪呢。"又将自己两度见菩萨示现的事，讲给他们听了，大家方才相信，果然把那尊法身送入庙中去供养。因为此尊佛像得自田间，故大家都称为"垄见观音"。

再说一峰来到杭州灵隐寺，拜了元寂禅师做师父，祝发为僧，随众修行，一般的诵经礼忏，打坐参禅。打坐这件事，做书的在前屡经说过，大非易事，心头着不得一点尘滓；若然着得些微尘滓，便要走魔，弄得不巧，还会变成疯癫哩！一峰和尚虽然有些根基，到底被凡俗所蒙，初入手时，终究不能静定。心中一有了事，在打坐之时，每次总见康七和自己妻子的怨鬼，提着血淋淋的头前来相扰，使你不得入定。他自己对于此事，也非常不安。那一天又在打坐，硬抑心怀，不料康七等二人领了一班无头野鬼，又来与他相扰。正在危急之际，忽见一位青颈菩萨，一首三面，正面作慈悲熙怡之状，右边作狮子面，左边作猪面；首珠戴宝冠，冠中有化身的无量寿佛[①]；一身四臂：右第一臂执杖，第二臂执莲花，左第一臂执轮，第二臂执螺；以虎皮为裙，以黑鹿皮络于左膊络，披黑蛇为绅线，在八叶莲花上立；璎珞臂钏，环佩光焰，十分威猛。不片刻工夫，把一群野鬼完全吃尽，用杖向一峰和尚一击，顿觉心地光明，不留尘滓。次日做完课诵，便将夜来之事，去请教元寂禅师，所见的究竟是什么菩萨。元寂禅师道："善

---

① 无量寿佛：即阿弥陀佛。

哉善哉！你所见的却是'青颈观自在菩萨'啊，是观音菩萨所变的名王相。虔念此尊菩萨，可以脱离一切怖畏。"于是便将《青颈观自在菩萨陀罗尼经》一卷，传给一峰，叫他在发生怖畏时，便念此经，可以解除。

  从此，一峰和尚功行精进，数年之后便到各处去朝礼名山，因念观世音菩萨屡屡点化之恩，遇到名山奇石，便相度情形，雕刻一尊菩萨法相，留示后世。所刻的就是他曾经看见的宝相，故至今各地所留的菩萨石像，不是"龙头观音"，就是"一叶观音"，或"青颈观音"。一叶观音俗称为童子观音，其像最多，几乎到处可见，却都是一峰和尚的手迹啊！一峰和尚后来往朝南海，又无意间在海滨巨浪之中见到一尊琉璃观音法像，长一尺三寸，遍体通明，庄严七宝。一峰便在巨浪之中设法捞起，带归杭州灵隐寺里去供养。这一尊或称为"琉璃观音"；或者因为他是从水中漂来，便叫"漂来观音"，也是人家的附会。后来一峰和尚在灵隐寺住持多年，坐化之时，预先知道。香汤沐浴，趺坐神龛，一室之内香气缭绕，鼻垂玉筋二尺有余。拜送的在万人以上，见他如此，都说是罗汉后身，故示寂时有这种种瑞兆，如今又重回佛国去了。自此以后，杭州人的笃信佛教，更比前增加信心。正是：

    善因从早种，好果此时收。

  欲知后事如何，且待下回分解。

## 第三十六回　画观音指示善士　卖药草忻逢孝子

话说上一回书中，因为叙述一峰之事，把菩萨那边搁过，如今却又要回转笔来，补叙菩萨的行踪了。菩萨自从救度了贾一峰，当时姑苏的人民，见贾一峰行善得了恶报，妻子被杀，自己又吃冤屈官司，屈打成招，免不了杀身之祸，甚是替他不平，有的竟指菩萨没有灵感。直到后来，县官审清了这一桩无头案，知道是菩萨留偈指点才能破案，于是又把疑团打破，愈发深信菩萨的威力，虔诚供养。

菩萨游踪一路来到太仓，又遇见一位善人。此人姓王，名锡爵，号叫荆石①，曾经做过显宦，现在息影家园，享清闲之福。他虽曾做显宦，但乐善好施，终身不二色。晚年喜欢谈佛学，信心坚定，凡远近大小寺院，他都亲自写了匾额送去悬挂，为众指导。恰好那时有位圆通法师，乃是一位有道高僧，来到太仓，创兴佛法。荆石与他往来极密，谈禅说法，非常透彻。当时太仓有了这一位显宦、一个高僧的提创，人家都自景从，佛法极为兴盛。荆石十分欢喜，又想起观世音菩萨的种种灵迹，便发愿聘请名手画家，画一千幅菩萨法像，施舍民间，使他们一心向善。这一来是信佛心虔，二来也可以借此移风易俗，使阖境的人民不要为非作恶，补政教所不

---

① 王锡爵：字元驭，号荆石，南直隶太仓（今属江苏）人。明万历年间首辅（宰相）。

及。他打了这一个主意，便去和圆通法师商议道："我闻得观世音菩萨列代显迹，所现宝相个个不同。我今欲画菩萨像一千幅，施舍民间，使大家信奉。不知画何种宝相为宜。"圆通法师道："居士肯如此尽力佛教，功德真是无量。若问菩萨宝相，照《千光眼观自在菩萨秘密法经》上边说，共有八相：第一是金刚观自在菩萨，第二是与愿观自在菩萨，第三是数珠观自在菩萨，第四是钩召观自在菩萨，第五是除障观自在菩萨，第六是宝剑观自在菩萨，第七是宝印观自在菩萨，第八是不退转金轮观自在菩萨。八尊菩萨有八副相，各有一般神通。究竟宜画哪一相，贫僧也不敢断定，还待居士自决。"荆石踌躇了一会儿道："那么如此罢：我们就多雇几个画工，先期命他们斋戒沐浴，虔诚祷告菩萨请赐一兆，菩萨愿现何相，即叫他们看见，然后依梦中所见的照画，岂不是好？"圆通法师道："如此却好。"荆石于是命人招雇画工，一月之内，恰恰的招到八位，便将画像祈梦的事，告诉了他们一遍。大家自然照办，可是一连九日，八人中一个也没有得到梦兆，荆石心中甚为不解。

　　其时菩萨恰巧在此经过，闻得此事，便化身为一个白衣秀士模样，造门请见，说是善画各相观音。荆石一听此话，甚是喜悦，连忙请入相见，谈论之下，甚为合意。秀士自称曾七次梦游佛国，故熟悉诸般菩萨的面目，既是善士发此宏愿，愿相助成功。荆石又问："画哪一幅宝相？"秀士道："既然圆通法师向善士说起八相，愚意不如八相都画，以免缺陷。"荆石大喜，便命设下香案，预备了金银针，纯净笔砚，清洁纸张，请秀士动手。秀士略不凝思，提起笔来就画，出手迅速异常，真是运笔如风，挥毫似电，不消片刻，一尊已就。重又取过一幅纸铺了，又是一阵子挥洒，又成了一尊。如此费了大半天工夫，八尊宝相已完全画就，端的是八样法身。看那第一幅，题着"金刚观自在菩萨"，画得棱眉怒目作瞋之状，云是忿怒相，摄伏群魔。第二幅题着"与愿观自在菩萨"，画得慈眉善目，左手执一经卷，右手作施愿之状，云是大慈之相，广结善缘。第三幅题着"数珠观自在菩萨"，合目瞑坐，手中扣着一串念珠，作默数之状，云是大悲相，了除尘劫。第四幅题着"钩召观自在菩萨"，一首三面，正面熙怡，头戴天冠，冠有化身阿弥陀佛，左面怒目可畏，鬓发耸竖，首戴月冠，右面颦眉怒目，狗牙上出；一身六臂，一手持罥索①，一手持莲花，一手持三叉戟，一手持钺斧，一手施无畏，一手把如意宝杖，结跏趺坐，云是圆通相，钩取人天之鱼，于菩提之岸。第五幅题着"除障观自在菩萨"，一首三目，右手执宝镜，左手作施愿状，云是普照之相，破除六道三障。第六幅题着"宝剑观自在菩萨"，顶上涌现莲花，一手执宝剑，一手举胸前，云是解脱之相，斩除六贼。第七幅题着"宝印观自在菩萨"，一身三面，都现慈悲状，一手执宝印，一手把铃铎，一手执旛幢，一手持剑，一手持宝镜，一手把莲花，云是迅奋之相，驱驰三界。第八幅题着"不退转金轮观自在菩萨"，玉面含笑，首戴宝冠，冠中有化身无量寿佛，两手捧金轮作旋转状，云是如意相，转除恶业。

　　荆石看了这八幅图像，大喜过望，赞不绝口。那秀士又说道："如今善士有了此八幅蓝本，可以给画工临摹，小子却要告别了。"荆石苦留不住，送金银给他又不肯受，反是他取出一颗圆珠子送给荆石，说是西方无患子，常佩在身，可以免除灾害，益人智慧。荆石谢了又谢，一直送到大门之外，才拱手而别。于是他就带了画，去找圆通法师，告知一切。法师道："恭喜居士，今天却遇见菩萨了。"荆石道："此话怎讲？难道作画的白衣秀士，就是观世音菩萨不成？"法师道："怎么不是？要不是菩萨，凡间人即能画出这种宝相，又从何得此无患子呢？"荆石方才恍然大悟，于是益发高兴起来，将八幅画相悬挂在大厅之上，命八个画工，每人认定一帧去临摹。一帧脱手，他便自己写上一卷《多心经》，送给人家。又把那一颗无患子种在地上，果然发芽结子，分送人家，使大家获福远祸。整整的一年有余，才送满了一千幅观世音像。菩萨手画的八幅留在家中，奉为传家之宝。从此

---

① 罥（juàn）索：罥，挂。索，南亚次大陆一种用五色绳编成的套捕野兽的工具。

太仓的佛教大兴，尤其是王氏一门，大小都信仰菩萨，子孙如王烟客等都是科名望重①，大家以为是奉佛的善报。

菩萨自从留画给王荆石之后，便又化装为一个卖药草的行脚医生，挑了两个藤斗子，内中放着好几十样药草，走到闹市之中，在人烟稠密处找了一个干净的地方，将担子放下，取出一块巾袱来，铺在地上，盘膝而坐，专等主顾上门。暗中观察那一班来来往往的行人，细辨忠奸贤佞。正在观看，忽来了一个十二三岁的孩子，身上穿得破烂不堪，鹑衣百结，赤足蓬头，奔到跟前，劈口问道："卖药的老丈，你可会得治病？"菩萨道："痴孩子，不会治病，如何好卖药，岂不要误人性命？"小孩道："那么请你治病，不知要多少钱才行？"菩萨道："行医之人，原是半积阴功半养生的，我只要遇见有缘之人，贫苦之辈，非但不要诊金，连药也肯送哩！"小孩子听了此话，不觉喜欢得跳跃起来，拍着小手道："好了好了，今天我父亲遇见你老丈，就有了救了。我只求老丈慈悲一下，医治我父亲得活，永世也不敢忘了你的大恩。"说着拖着菩萨就要走。菩萨道："你且莫慌，可将你父亲的病先说与我知道，看我医得医不得。如其是医得的，那时跟你同去不迟。"那小孩子便将父亲的病情，说了出来。正是：

　　　　看他纯孝子，宜是有缘人。

欲知后事如何，且待下回分解。

---

① 王烟客：王时敏号烟客，清初画家。

## 第三十七回　治危病煎服薄荷汤　医痧症传说观音柳

　　话说那小孩子听了菩萨的话，一面放了手，一面说道："我家父亲名唤张四，一向卖烧饼为活。家中除我们父子二人之外，没有旁人，穷也穷到十分，一天卖下来的钱，只够吃薄粥。不料两天前父亲却说身子不好，可是还勉强出去卖饼，因为一天不卖，就一天没得吃。晚上回家，就支持不得，倒头就睡。这一睡就睡糊涂了，竟然不省人事，喊他也不答应，推他也不动弹，身上热得好似烘烧饼的炉子，干焦焦的灼手。我急了，去找二伯，无奈二伯也穷得腰无半文，没法可想。第二天就想请位郎中来看看，只是没有诊金给他们，一个也不肯来。倒是前天晚上病倒的，昨天整整的一天不声不响，今天又是半天了，身上的热更烧得厉害，看来是难救的了。我正想到城外去请娘舅，不料在此遇见老丈，真是再巧也没有，请你好歹去替我父亲医治一下，那才是阴功积德的呢！"菩萨道："如是，我们同走好了。"于是便收拾担子挑好，跟看小孩子一路行来。

　　连转了两个弯，来到一座破碎不堪的土地庙中，只见张四直躺在一张板铺上面，咬紧牙关，闭着双目，如已死去的一般。菩萨见系风寒蕴结所致，便从藤斗里取出一束药草交给孩子，叫他去煎服。不多一会儿煎好了，倾在瓦罐里，只觉得香气四溢，清心开胃。菩萨又帮同孩子用竹筷撬开了

张四的牙关，热热的灌了一碗。隔了半个时辰，又浓浓的灌了一大碗，只见头面渐渐的滋出汗来。菩萨说："如今不妨了，出得一身畅汗，自然清醒，病就好了。"当时便告别要走。孩子道："老丈且慢。你的药也要本钱的，我身上还有五个青钱，就送了你罢，你莫嫌过少，这是聊以致意的啊！"菩萨暗想："难得穷苦人家出此孝顺儿子。"当下便对他道："不消你破费钱钞。我这药草却是自往山中去采取的，不曾费得本钱。我看你小小年纪，倒有如此一片孝心，甚为可敬。如今给你一包种子，你尽可往河岸之处种了，长成收获之后，你便可割了去卖给药店之中，名叫薄荷，也可以得些蝇头之利，与你父图活。"孩子接了，拜了又拜，谢了又谢，菩萨就扬长而去。那张四在夜间果然出了一身畅汗，又下了一次大解，顿时清醒，不久便愈。便依了菩萨的吩咐，自此种薄荷为生，后来竟得成小康。薄荷这一件东西，现在各地都有得出产，但终以太仓的出品算最好，据说还是因为菩萨的手泽，才能不同凡品哩！其实或许是地气的关系吧？

再说菩萨又离了太仓，一路向西北而行。走入海虞地界，路上听人家说起，近来虞山之上忽然产生了一种怪虫，似蛇非蛇，全体翠绿，生有四脚，形似壁虎，却又大上几倍，当地的人呼为"四脚蛇"。此物匿伏草间，行动极为迅速，且与草木颜色相类，很是不易辨认；况又其毒无比，一咬了人，奔跑不上十步就得毒发倒毙，无药可救。故近来一班靠山为生的人，都吓得不敢入山，绝了生计，叫苦连天哩！菩萨一听此话，记在心头，便又化装一个卖眼药的捕蛇花子模样，直到海虞城外，果真确有此事。大家因他是外来的捕蛇者，谅来有些本领，便都来请他设法除此四脚蛇之害。菩萨是有求必应的，当时就答应下来，独自个儿背着贮蛇的篦子①，走入深山，找到蛇洞，施展法力，将合山的四脚蛇完全捉到，放入篦中，带下山来，当众说道："此物虽毒，却可以入药救人，世间缺不得它，故我不能加以杀害。如今待我用禁咒之法，使它钳口，以后不再咬人就是了。"众山樵

---

① 篦（lǒu）子：竹箱子。

也但求如此，自然无话可讲。只见菩萨咬破了一只中指，从篮中一条一条将四脚蛇捉出，在每条头额之上滴上一小点鲜血，仍旧放入草间。说也奇怪，自从这么一来之后，那四脚蛇虽然很多，见了人却只有逃避的份儿，再也不会咬人。直到如今，虞山的四蛇脚额上的确还存留着鲜红的一点。据说是个特点，别处四脚蛇却无此标记的。

闲言少叙。却说那时正是春夏之交，因为天时忽寒忽暖的关系，一班小儿多患痧疫之症，差不多到处都有，并且最危险的是丹痧，往往透了出来，一不留心，偶然受了一点风，或是热得太过，以致内陷，毒气攻心，不可救药。菩萨见了，好生不忍，在药物中一算，只有赤杞柳可以救得此危，幸喜此物民间野生的很多，又恰当夏令，正是此物盛生之时。当时菩萨想寻觅一个有缘之人，将此方传授给他，以救一方小儿之命。于是一路行到辛峰之麓，听见有两个人坐在山麓上面讲话，一个年轻的说道："如今天道是反了，行善的人，一向弄得七颠八倒；作恶的人，倒反而逍遥快乐。老伯伯你想，城东严家的老员外，他是多么行善的啊！修桥补路，他哪一件不做，夏令开堂施诊给药，冬天开厂施粥给衣，也不知救了多少性命。如今弄到他自己孙儿出丹痧，据说受了一点子风，丹痧隐了，诸医束手，已是没有生望的了。你想可气不可气呢！"老者道："这由于数和命罢了。论理严员外这种人家，非但不当有这种顽逆的事，正宜公侯万代哩。但如今弄到身上，又有甚么办法呢，不过大家替他同声一叹罢了。"

原来他们严姓，却是严文靖公之后①。有一位道彻先生②，他生就一副慈善心肠，好为善举。三十无子，人劝纳妾，他只说未得其人。有一天偶然到亲戚家中，见一个婢女，却光着头没有蓄发。先生无意间问起，才知是个哑子，于是便向那亲戚说道："叫她把头发留起来，我便娶她为妾。"那亲戚如何肯信，道彻便申约留聘，第二年便娶了回去。人家问他为何却纳一

① 严文靖公：严讷，字敏卿，号养斋，江苏常熟人。明嘉靖朝宰辅，谥文靖。
② 道彻先生：严澂字道彻，明代古琴家，常熟人。

个哑子,道彻道:"她天生喑哑,已是十分可怜,况且主人不使蓄发,人家知道她是哑子,自然不会去娶她,后半世的日子,岂不是更加凄苦?我因此才收纳下来啊!"当时人家不免讥笑他,后来他果真得到三个儿子,行善也格外认真了。那两人谈话中所说的严老员外,却就是这位道彻先生啊。

菩萨那时正在路上采得一束赤杞柳在手中,听了二人之话,便走将过去,向二人说道:"丹痧内陷,委实不易调治,惟有这赤杞柳煎服有效。你可拿去送往严宅,叫他们赶紧煎成浓汁服下。在一个时辰后,如其再不见效验的话,另用炭风炉一只,烧了炽炭,取红枣杂置罐中煨炖,痧子自然会推出来的。这是秘方,你等倘能广为传布,也是无量功德。"那少年接了赤杞柳,正待要走,忽又站住道:"先生,敢请教你老人家尊姓大名?现住何处?回头严老员外问起来,我好回话。"菩萨道:"我却没有姓名。若是严老员外问你时,你只说有一个落伽山人,云游过此,闻知员外家小儿病重,故特传此秘方。员外听了,他自会知道的。"说罢便与二人作别下山,不在话下。

再说那少年拿了一束赤杞柳,拔脚飞跑,直入严府,将上面一段话说个明白。员外道:"既如此,你可问得那人姓名?"少年道:"他说没有名姓,却叫做落伽山人。"员外一听此话,倒身向空便拜,把个少年倒吓得一跳。正是:

　　　　慈悲真面目,俗子未曾知。

欲知后事如何,且待下回分解。

# 第三十八回 严居士建造白衣庵 刘贤妇割股疗姑疾

话说严道彻听少年说出"落伽山人"四字，就知道是菩萨现示，不觉倒身向空拜谢。拜罢起身，便命少年稍待，自己却拿了那一束赤杞柳送到里边，说明就里，叫家人快去煎给小官儿吃。家中上下人等听说菩萨指示，都喜出望外，笑逐颜开，知道小官儿今番有救了，自去煎煮。道彻便去拿了五十两银子，送给那少年做酬劳；又说明他们遇见的是观世音菩萨，还问明了菩萨示相的地方。那少年只因多了一番嘴，奔跑了一趟，却获到白花花五十两纹银，怎不欢喜，道谢而去。道彻重新入内，那时药已煎好了，便灌给小官儿吃了一盏，隔了半个时辰，面部已斑斑点点的推出瘀子来，当晚就推齐了。大家小心将护，一周时之后，渐渐的回了点，延医调治，不久痊愈。再说那少年回去，知道遇见了菩萨，便告知老者，一家以为菩萨所传的方药，自然是灵应的，于是广为传布。患同样病症的人家，争着如法炮制，果然十分灵验，这一来真救了不少小儿的性命。大家感激观世音菩萨的大德，因此赤杞柳一物，便改名为"观音柳"，纪念深恩。

再说那严道彻，在孙儿病好之后，便招工雇匠，大兴土木，在辛峰之阳菩萨当日示相之处，造起一座庙宇，题名为"白衣庵"，塑着"白衣观音"的法像。这位菩萨的手里，不拿杨枝，却拈着一枝赤杞柳，作施舍之状。

大家因为菩萨救护小儿,使能延年益寿,故称为"延命观音"。这座白衣庵当时香烟鼎盛,直传到现在,依然矗立山腰,香烟不绝。逢到二月、六月、九月三个十九日,四乡八镇的人都来烧香,盛况不下杭州三月的香市哩。

再说菩萨自传了丹方之后,即便离了海虞,一路依江岸而行,到处广行方便,拯拔众生;但不轻易将真面目示人,故受惠的人也不尽知道就是救苦救难的观世音菩萨。那一日来到沧州地界,在一个小村子里求宿。她求宿到那一家呢,也非无故,因看见她有瑞气笼罩,故此去一瞻究竟。走到那家门前,只见里边走出一个妇人,面有忧容,手中拏着一个药罐,出去倾药渣。观世音菩萨那时也已化装了一个中年妇人模样,上前说道:"大嫂啊,我是过路之人,因天色已晚,无处存身,故特来向大嫂商量,愿借一宿。"那妇人道:"本来可以相留,现在因为婆婆有病,家中又没有人手,照顾不周,如何可以相留尊客?还是另投别家罢。"菩萨道:"别家都有男子,诸多不便,还望大嫂方便方便。我也并不要大嫂照顾甚么,只求借一角之地,过这一夜,明早即便登程,决不有扰的啊!"那妇人心地慈悲,见她是过路之人,不愿绝人太甚,当下便答应了。倾了药渣,让她进得里边,在灶下坐了,又向她说道:"锅中有饭,壶中有茶,饥渴时不妨自用。我去服侍婆婆,等一会儿再来给你被褥。"说罢自去,菩萨就在灶下存身。

现在我且将这家人家来叙述一番。他家姓汪,那妇人却是刘氏,丈夫早已去世,只留下她和一位年纪七十的老婆婆。幸而家中有些赀财,还够婆媳两个度日。刘氏对待婆婆十分孝敬,一切总是先意承旨,从不违拗,一向相安无事。不料今番婆婆病起来了,病的是呃逆,历经大夫医治,百药无效,病势一天重似一天,危险异常。刘氏十分着急了,她曾听得人家讲过割股疗亲的故事,说是极端灵验的。她当下便打定主意,也自割一片肉,疗治婆婆的危疾。此际恰巧来了菩萨,坚拒不得,只得让她入内,将她安顿厨下。刘氏便先去瞧看婆婆,见她呼呼熟睡,才回到自己房中,取过一把锋利的剪刀,掀起了衣袖,用口将左臂上的一块肉噙住扯起,霍的就是一剪，鲜血直冒。她唾下口中噙的一片肉，放了剪刀，然后撒上把香灰，将血掩了，扯了一块布条，扎缚好了。然后拏了那块肉，走到外厢，放在瓦罐中去煎煮。人家说割股疗亲，是不觉得疼痛的，这句话却不见得，因为好好的皮肉，用针刺一下还觉得疼痛，又何况剪去一块呢！不过在割股的人，意志专一，不感觉过分的痛苦罢了。

刘氏煎煮时，早惊动了菩萨，便走过去问道："大嫂啊，你在那里做些什么？"刘氏起初只说是药，菩萨道："你休瞒我。你左臂之上刚才还好好的，现在为何却裹了创呢？罐中所煮的，还不是人肉吗？"刘氏知道瞒她不过，只得明白告诉给她。菩萨长叹道："世上几曾有人肉治得好的病？毁伤了父母之遗体，去干这勾当，也非常理。但是一片纯孝之心，却也不可及呢。况且婆媳之间不比母女，人家诟病百端的也正多着。大嫂能够如此孝顺婆婆，真是万分难得，真令人十分起敬。但不知你家婆婆所患何病，倒要请教。"刘氏道："是呃逆之症，接连不断的呃着，吃得药下去，稍为平复一点，隔不了多少时候，却又发作起来。我想婆婆年纪已高，常是如此呃逆不住，岂有不屏坏的，故才割臂相疗。不料却被大嫂所知。若端的再治不好，那便如何呢？"菩萨道："此病不妨，我倒有一个灵验丹方，只消去药店中买一两大豆，一两柿蒂，和水煎服，自然有效。"刘氏于是依言记牢。

到了次日清晨，菩萨作别而去，刘氏便托人到市上药铺之中，买了那两味东西回家，浓浓的煎上一碗，送给婆婆吃了，一面再煎二盅。一碗吃过之后，顿时平伏了不少，沉沉的睡去了。醒来时虽还有些呃逆，但不似先前那般厉害了。刘氏又奉二盅给她吃了，隔了半日，呃逆果然完全平息，真似仙丹妙药一般的灵验。呃逆既愈，经刘氏悉心将护，不消多日，婆婆已病体痊愈，康健如昔，不在话下。

再说菩萨此时已游遍中土各区，广传佛法，中原佛教兴盛，心上甚是喜悦，便折向南行，意欲问道闽粤，返归南海。不料半路之上又遇见一个吴璋，菩萨暗想："近来所遇的倒都是些孝子贤妇，却真难得。但此人往生

劫中，宜受到许多磨折，不免待我来将护于他。"

你道这吴璋是何等样人物？且待我细细讲来。吴璋是一个孤儿，十岁上就丧了父亲。他母亲陆氏工于刺绣，贞静幽娴，安心守寡。不料那时上边有令挑选民妇，供内廷及各王府差遣，陆氏就被选入都，留下孤儿吴璋，寄给他叔父教养。吴璋天性独厚，自母亲去后，怀念不忘，一连读了几年书。直到十六岁上，他想："世间岂有无母之人。我明明有着母亲，如今即不去相见，还成得人吗？"于是便辞了叔父，略略收拾些盘川行李，搭船入都，去寻访陆氏。一路上陆行水船，逢人打听，好容易打听得母亲分发在某亲王府，心中甚是欣慰。经过好多日子，才得到都城，找客店安顿了行李，再去打听王府时，不觉大失所望。因那时亲王已经分封广东去了，陆氏也当然不会独留在京了。吴璋当时好像兜头浇了一勺冷水，继又想道："他们能够去的地方，难道我就去不成？虽然盘川用尽，讨饭也得要去。"他打定主意，回到客店之中，预备歇宿了一宵上路，不料病魔却来相扰了。正是：

慈亲还未见，疾病又相侵。

欲知后事如何，且待下回分解。

## 第三十九回　吴孝子万里寻亲　观世音几番现示

话说吴璋听说母亲已在广东，初是十分懊丧，后来一想："他们可以去得的地方，难道我就去不得？纵然川资告竭，求乞前往，也是可以的。"便回到客店，预备耽搁一宵，然后动身。不料这天夜半，觉得腹中疼痛，一连下了几次泻，直到天明，觉得精神疲乏，但还付了房钱，勉强上路。走了三天，实在再走不动了，泻泄的次数也逐渐增加，只好找了一座破庙，暂时存身。那时寒热大作，不省人事，但昏愦之中，常常唤着母亲。那时菩萨恰好在此经过，便化身一个行脚和尚，替他去医治，费了五七天的功夫，才算将他治好。吴璋询问姓名，菩萨只说是叫蕴空，并不明言，又送他数百青钱作路费，吴璋始得重行登程。一路上历尽艰辛，好容易总算被他摸到广东，可是又扑了一个空。你道为何？原来那时亲王又改封到江右饶州去，已不在广东了。

吴璋见母心切，既然有了着落，便又转道向饶州而来。一路在沙碛中行走，七高八低，十分困顿。连走了几天，鞋破袜穿，又无钱购买，只得赤足而行。又是几天，两足进裂，浓血交流，寸步也不能移动，倒身在野寺的厩中。思想前后，不觉大恸起来，放声大哭道："母亲啊！我不辞千里迢迢，奔来奔去，原想一见慈亲。不料天不从人，竟弄得我寸步难行，如

今是再不能走到你跟前的了呀！"一边喊一边哭，端的十分沉重。这一哭却惊动了庙中的一位焦老道，出来问明情由，便道："莫哭莫哭。我这里现成有药，可以医得你。"于是便入内取了一瓶药，一盆清水，倒来替他冲洗净，然后将药调敷了，背他到房中，叫他安心睡着，三天之内，包管可以行动。

吴璋伏枕叩头，谢了又谢。次日，老道又替他冲洗换药。三天之后，果然完全好了。道人又送了一双麻鞋给他穿了，向他说道："如今你可以上路了。但此去山深林密，须好生提心，不可大意。"吴璋谨领受教，当即拜别道人，重行前进。路上果真山岭重叠，他谨记道人的话，小心翼翼的走去，翻山越岭，两日间倒也安然无事。不料第三天午后，走过一个山头，丛莽蔽路。他披荆掠棘的走去，将近达平坦大道时，那丛草里面却"飕"的一声，游出一条长蛇来。吴璋看见，欲待躲避，哪里还来得及，那蛇已窜到近前，照准他足踝上就是一口。吴璋觉得这一口不比等闲，痛彻心肺，眼睛一暗，两足那里还想站立得住，"扑通"一声，已跌倒在丛草之中。原来那一条是歧首蛇，其毒无比，不消半个时辰，毒气已攻到心，任你什么仙丹灵药，也不能救治；但有了好药，及早救治，也不是绝对无效。

当时吴璋跌倒在地，晕厥了过去，不省人事。观世音今次却现了大慈宝相，远远走来，先将吴璋扶到平坦大石上躺着，便将杨枝甘露洒在他的创口。半晌，吴璋果然悠悠醒转，大呼："母亲何在？"菩萨在旁应声道："吴璋啊，你为母忘躯，真是纯孝的铁汉。上天决不负你这一片苦心的，你与母亲相见的时候，距今也不久了。只是前途还有一点儿小小魔障，只要放定坚苦的心念，或可免得。"吴璋见是观世音菩萨显化指点，喜出望外，一骨碌从石上爬起，倒身下拜，谢了救命之恩。菩萨道："如今你可以过岭去罢，时候也不早了。切记我刚才的话，不要忘怀，我去了。"说罢，菩萨的法相就隐没不见。

吴璋便寻路下山，刚到山麓，天色已经昏暗，恰有一座山神庙，便在里边权宿一宵。次日黎明再走。那时正是十二月中旬，天气逐渐的寒冷，彤云密布，朔风怒号，吹在身上好像刀割针刺一般，十分难熬。他虽然鼓足勇气，赶奔前程，到底脚步下也迟缓了不少。奔了一日，身上又冷，腹中又饿，看看天色将晚，鹅掌似的雪花纷纷降下，更是困人。幸喜前面有个三家村舍，烟囱里正袅袅的冒炊烟，吴璋便向那村舍走来。走到一家门首，正好一位白发老者，倚在门前看雪景，他便走上前去，供手为礼道："老丈请了。小子因往饶州去寻亲，路过宝庄，天晚雪大，不能赶路。敢借贵处一宿，明早即行，感恩不浅。"老者一听他是江南口音，知道所言不虚，便道："好说好说。如此便请里边坐地。"二人一同到了中间见礼，分宾主坐定，各展邦族。

原来那老者姓尤名鼎，早岁以负贩为生，着实有几文积蓄。有一个儿子，现继他的行业，远商在外。媳妇白氏，年纪尚轻，乃是一个风流人物。如今家中除翁媳二人之外，没有旁人，故当时吴璋入内叙话之顷，尤鼎就叫白氏也相见了，烹茶敬客。不料那白氏一见了吴璋就动了邪念。当下尤鼎又命出酒肉飨客，晚餐之后，引吴璋到厢中去安睡，他们翁媳二人也各归房。那白氏和衣躺了一会儿，一心想吴璋相貌堂堂，清秀可爱，那里还睡得着。约莫半夜光景，便悄悄的走到厢房跟首，轻轻叩门。那吴璋正好一觉醒来，听得有叩门之声，便问道："外边是谁？"白氏道："是我呀！因为怜念你孤眠独宿，特来相伴。"吴璋听了大惊道："使不得，使不得！娘子名节要紧，不可贪一时之欢，贻终身之玷，快请回房。"无奈白氏春心荡漾，一味纠缠，那门本来没有闩，竟被推将进来。吴璋急忙披衣下床，用好言相劝，白氏竟钻入被窝中去。吴璋弄得没法，仔细一想，非立刻离开此地，两下的名节绝不会保全。于是他便拿起自己的东西，不别而行。开门出去，幸得地上积雪光耀，认明路径，连夜踏雪而行。那白氏未能如愿，便将厢房里不相干的东西藏过两件，自去房中睡觉。第二天起身，尤鼎不见了吴璋，正在诧异。白氏假意检点什物，这也不见了，那也不见了，便

指吴璋是窃贼。尤鼎因所失甚微,并不去追究,也终料不到夜半有这么一回事。

再说吴璋一路过去,虽然风雪载道,却都是平坦大路。不上一日,已到饶州,打听到亲王府第,他母亲陆氏果然在那里。他便上书给亲王,乞母终养,亲王不准。屡次上书,终未得亲王的允许,他便在王府右边租了一间房子住下,匾额上大书"寻亲"二字;门上贴一副对联,写着:"万里寻亲,历百艰而无悔;一朝见母,纵九死以何辞。"他独居在内,虔诚念诵《观世音经》。如此大约一个月光景,那一天恰好亲王在他门前经过,看见了匾额上对联,不觉惊异道:"不想吴璋此人,倒端的是个孝子。"便命召他相见,问明一切。吴璋便将路上之事,原原本本的历述一番。亲王听了,也为感动,便依他的请求,命陆氏相见,准吴璋奉母回籍,又赠了不少川资。吴璋母子因此事端赖菩萨的将护,才能达到目的,故决计先买舟往朝南海,然后回吴江原籍。后来子孙极为繁荣,也算是纯孝之报。我算一言表过。

在他母子往朝南海之时,观世音菩萨正化为一个渔人,在粤海之滨结那不空钓罥索,万法紫金明光钩,钩取海中一怪物,替这里的百姓除害哩。正是:

　　不空罥索钓金鳌,大慈大悲归南海。

欲知后事如何,且待下回分解。

观音得道

## 第四十回　钩金鳌解除苦难　归南海结束全书

话说菩萨自从解救吴璋毒蛇咬足之厄，便一路云游到粤海之滨。见此地蛮夷杂处，风俗远非苏杭等地可比，故尘劫也较为深重，蛮烟岚嶂固然毒厉，最近海中还出了一件怪物，为民间大害。观世音菩萨暗想："虽然尘劫已注定了，颠扑不开，但是方便处总要给他们些方便。见那海中怪物，我不替他们除去，还有谁能除它呢？"于是便化身为一个渔人，来到海滨，结那宝索金钩，预备擒那怪物。

读者们，你道那怪物是怎样的一种东西？且待我细细说来。那东西似鱼非鱼，似龟非龟，头生得龙头相仿，却没有须。身上披着一重坚厚的甲壳，与龟相似，身体的高度，却较龟要加上两倍。头颈完全像龟，尾巴却像大鱼。也生着四脚，趾间厚皮相连，用为划水之具。通体深褐，略现金色光彩。体长一丈六七尺左右，形状极为怕人。此物平常匿居水底，觅食时就出水面，如同一只小船一般，行动极快。最奇怪的是此物不仅能在水中活动，一般的也能上岸游行，凭着它一副锋利的牙齿，和坚厚的皮和甲壳，甚么都不怕。它最喜欢的食品，就是猪羊牛犬之类，尤其喜欢吃人。力大无穷，海船如遇见它，无论船身多少大，只消它用背一掀，不是打个老大窟窿下沉，就是翻身打滚，绝无幸免之理。上岸时，就是农家最大的

水牛，被它一口咬住拖着走时，强也强不得一下，其余畜类遇到它时，自然更不消说了。粤海里边本来没有此物，在前一年的夏季，它不知从何处闯进粤海。在起初还不过为害渔船海舶，大家已经受了它的大累，行商视为畏途，渔户绝了生计。于是近海渔户商议捕捉之法，屡次用大网滚钩去与它火并，非但不能将怪物捕获，并且死伤累累。这一来反激怒了那怪物，它本来只在水中猖獗，并不上岸为害，一火并之后，它索性闯到陆上来横行了，见了人畜，恣意拖了果腹。有时深夜冲破了墙垣，到屋中去捕人充饥，人家在睡梦之中，如何防得？虽用火筒鸟枪去打它，它也不会损伤。附近村落的百姓，禁不得此物的相扰，都迁到内地居住，再也没法奈何它。

今番恰好菩萨过此，知道了金鳌在此为害，故大发慈悲，为民除害。当下菩萨就在海滨找了一座空屋存身，去找了十万八千根天蚕之丝，结成了一条胃索。又取宝瓶中的杨柳枝，削成九个倒刺钩儿，贯在胃索的一端。然后取海滨的沙土，堆捏成一个人形，九个倒刺钩儿就深深的埋在泥人腹内。菩萨做这件东西，倒也费了不少时日。附近百姓有几个胆大的人，时常到海滨探看，见了菩萨如此举动，不免动问，菩萨便将捕捉金鳌的话告诉他们。大家听了都有点儿不信，以为那火枪都不怕的怪物，难道这几件些微之物，就可制得下它？又争着讯问。菩萨道："天下之物都有克制。你们不瞧那巨大的象，却怕老鼠；巴山的蛇，却怕蜈蚣。这正可见不在乎物的大小。"于是那些人便传言出去，好事的人又一天天到海滨走动，要看菩萨毕竟如何捕捉金鳌，一广眼界。

菩萨做好那几件东西之后，等了数日。那一天傍晚时候，那金鳌蛰伏海底，连日捕捉鱼虾充饥，吃得怪腻烦的，到海面上望望，又不见有船舶经过。一想，还是到陆地上去寻找，或者有些人畜可得。它便涌着波浪，一直向海滨而来。那时恰有百十人聚在海滨与菩萨讲话，一听那波浪的声音不对，都嚷道："怪物来了！"果见波掀浪涌，壁立数仞。菩萨便右手持了胃索的一端，左手提着泥人，约退大众，自己迎将上去。金鳌到了近岸之处，便冒出水面，一见了菩萨，又沉下水去。只听得一阵呼呼吸水之声，水面上就现出大大的漩涡来。它吸足了一口水，重又冒出水面，昂着头，伸着脖子，只见一道水如游龙一般向菩萨射过来。菩萨兀立不动，那股水打在身上，水花四散飞溅，如同顿时下起一阵大雨，溅得那般看的人都淋漓尽致。大家在此时，一个个都替菩萨担心，看了那副安闲镇静的样子，又知有十分把握，急欲看她捕捉。

金鳌喷那股水，足足有一袋旱烟功夫，方才射完。它见一股水没有将菩萨打倒，也似十分惊异，接着忿怒起来，大叫一声，张牙舞爪，一直扑奔菩萨而来。菩萨等它到得切近，喝道："孽畜休得无理！连我也认不得起来？如今却赏你一个人吃。"说罢把手中泥人迎头摔去。那金鳌一见有人吃，便张开血盆大口，"拍"的一声，囫囵吞下，接着还想来奔菩萨。不料那泥人一入腹中，立刻融化开了，胃索上九个倒刺杨枝钩儿，苟苟的捧在它一颗心的四周，拢得紧紧的，无从摆脱。它扑上去时，只见菩萨将手中胃索，轻轻一扯，金鳌却杀猪般的狂叫起来，不住的在沙滩上打滚，失却了威猛态度。菩萨道："孽畜在人间已久，不知残害了几许生灵，照理应受天诛。如今我本慈悲之旨，度你到南海去修行，好忏除夙孽，你愿也不愿？"说着放松了手中胃索。那金鳌毕竟有些通灵，听了此话，便伏在沙滩之上，眼望着菩萨，一动也不敢动，好像表示满意的一般。当下一般看的人都觉得诧异，暗想："怎么如此一根胃索，就制得下这么巨大的怪物？"但是天下事理无二致，且瞧一头绝大的牛，只因为鼻子里穿了一根绳，就是数岁小儿，也能呼叱它，俯首帖耳，一强也不敢强。若去了这根穿鼻绳，那可对不住，莫说小儿，就是大人它也不卖你的账。这就叫一物一制。何况那金鳌被菩萨的杨枝钩捧住了心，自然不能发威了。

菩萨收了金鳌，向众人作别道："我替你们将此物捕了，你们尽可重归故土，安居乐业。如今我要回南海而去，不能在此久留。传语世人多行善事，少种恶因，虔诚信佛，自有你们的好处。"说着便跳上金鳌之背，现出

本来面目。只见那只金鳌发开四足，转身入海，浮在水面，一路南去。众人到此方恍然大悟，知是观世音菩萨示现，都倒身下拜，谢了除怪之恩。移去的百姓，却又搬回来，重理旧时生计。因感菩萨大恩，就并凑了金资，建造了一座观音禅院，塑起菩萨踏鳌的法相，虔诚供养，不在话下。

再说菩萨一路回到南海普陀落迦山，自有善财、龙女来接。菩萨便将金鳌放入白莲池中，教它悔过修心。自己便走入紫竹林中，高坐莲台，享受清福。我书写到这里，也乘机结束，所有余事，不再详叙了。

菩萨的事迹，本来很多多，大有记不胜记之慨。除了经卷之外，还有《观音灵感录》、《普陀天竺各志》、《高僧传》等，都很多记述菩萨的事迹。有了这些书本，我更不必剿袭陈编，滥入本书了。

自观世音菩萨赤足入中原，前后一共现示了三十三宝相，其间男女身都有，故现在各处庙宇中所供的观世音菩萨，宝相也个个不同。这最后一尊法相，人家都称为"鳌头观音"，寺院中往往塑在三世诸佛的后壁，这倒是各地相同的啊。正是：

　　看破菩萨相，竟自占鳌头。